suhrkamp taschenbuch 3789

Julio Cortázars Liebesgeschichten kommen auf leichten Füßen und scheinbar verspielt daher, und die Liebe wird in den vielfältigsten Formen aufgefächert: Ein Ehepaar versucht, sein nach zwanzig Jahren auf freundschaftliches Miteinander reduziertes Leben wieder mit Energie und Verlangen aufzuladen; »Das Fräulein Cora« tut als Krankenschwester mehr als ihre Pflicht; das Spiel der Annäherung in einer U-Bahn führt zu einer Katastrophe. Überhaupt ist die Liebe bei Cortázar meist eine Gefährdung, kann aus kurzem, flüchtigem Glück bitterster Ernst werden. Die hier zusammengestellten Liebesgeschichten sind ein weiterer Beweis für die außerordentliche Kunst Cortázars, die Leser zu entführen, zu verführen, im schönsten Sinn des Wortes zu »becircen«.

»Die Cortázar-Erzählungen sind nicht nur ein Stück Weltliteratur, sondern ein Stoff, der süchtig macht.« (Bayerischer Rundfunk)

Julio Cortázar (1914-1984) ist neben Jorge Luis Borges der bekannteste Autor Argentiniens. Sein Werk erscheint auf deutsch im Suhrkamp Verlag, unter anderem *Die Erzählungen* und der Roman *Rayuela*.

# Julio Cortázar
# Liebesgeschichten

Aus dem Spanischen von
Rudolf Wittkopf

Ausgewählt von
Michi Strausfeld

Suhrkamp

Die Originalausgabe erschien 1994 unter dem Titel
*Cuentos completos* bei Alfaguara, Madrid.
© Julio Cortázar, 1951, 1956/64, 1966, 1967, 1969, 1974, 1977,
1979, 1983

Umschlagfoto: © Gisèle Freund/Agencia Nina Beskow

Die Erzählung »Der Fluß« wurde von Wolfgang Promies übersetzt;
die Erzählung »Das Fräulein Cora« von Fritz Rudolf Fries.

suhrkamp taschenbuch 3789
Erste Auflage 2006
© der deutschen Ausgabe
Suhrkamp Verlag Frankfurt am Main 2006
Suhrkamp Taschenbuch Verlag
Alle Rechte vorbehalten, insbesondere das
des öffentlichen Vortrags sowie der Übertragung
durch Rundfunk und Fernsehen, auch einzelner Teile.
Kein Teil des Werkes darf in irgendeiner Form
(durch Fotografie, Mikrofilm oder andere Verfahren)
ohne schriftliche Genehmigung des Verlages reproduziert
oder unter Verwendung elektronischer Systeme
verarbeitet, vervielfältigt oder verbreitet werden.
Satz: Hümmer GmbH, Waldbüttelbrunn
Druck: Druckhaus Nomos, Sinzheim
Printed in Germany
Umschlag: Göllner, Michels, Zegarzewski
ISBN 3-518-45789-6
ISBN 978-3-518-45789-4

1 2 3 4 5 6 – 11 10 09 08 07 06

# Liebesgeschichten

»... und was wir Liebe nannten, war vielleicht, daß ich mit einer gelben Blume in der Hand vor dir stand, und du trugst zwei grüne Kerzen, und die Zeit blies uns einen langsamen Regen aus Verzicht und Abschied und Metro-Tickets ins Gesicht.«

aus: *Rayuela*

# Circe

And one kiss I had of her mouth, as I took
the apple from her hand. But while I bit it,
my brain whirled and my foot stumbled; and
I felt my crashing fall through the tangled
boughs beneath her feet, and saw the dead
white faces that welcomed me in the pit.

*Dante Gabriel Rossetti, The Orchard-Pit*

Es hätte ihm schon gleichgültig sein sollen, doch diesmal
schmerzte ihn das Getuschel, das unterwürfige Gesicht
von Mutter Celeste, wenn sie Tante Bebé davon erzählte,
und die mürrische Ungläubigkeit in der Miene seines Vaters. Zunächst war es die Frau von oben gewesen, ihre
Art, wie eine Kuh langsam den Kopf zu drehen und die
Worte mit dem Entzücken eines pflanzenfressenden Rind-
viehs wiederzukäuen. Doch auch das Mädchen in der Apotheke – »Nicht, daß ich es glaube, aber wenn es wahr
wäre, wie entsetzlich« – und selbst Don Emilio, immer
so diskret wie seine Bleistifte und seine in Wachstuch ein-
geschlagenen Kontobücher. Alle sprachen sie von Delia
Mañara mit einem Rest Scham, sich gar nicht sicher, ob
es wirklich stimmte, aber Mario konnte nicht verhindern,
daß ihm die Wut ins Gesicht schoß. Mit einem ohnmäch-
tigen Ausbruch von Unabhängigkeit haßte er auf einmal
seine Familie. Er hatte sie nie geliebt, nur das Blut und
die Angst, allein zu sein, banden ihn an seine Mutter und
seine Geschwister. Zu den Nachbarn war er brüsk und
ruppig, Don Emilio beschimpfte er von Kopf bis Fuß, als
das Gerede von neuem anfing. Die von oben grüßte er
nicht mehr, als könnte ihr das was ausmachen. Und wenn
er von der Arbeit zurückkam, ging er ostentativ zu den
Mañaras hinein – manchmal mit Bonbons oder einem

Buch –, um dem Mädchen Guten Tag zu sagen, das ihre zwei Verlobten umgebracht hatte.

Ich kann mich an Delia nicht mehr genau erinnern, sie war schlank und blond, überaus langsam in ihren Bewegungen (ich war damals zwölf, da sind die Zeit und die Dinge langsam) und trug helle Kleider und weitschwingende Röcke. Eine Zeitlang glaubte Mario, daß Delias Anmut und ihre Kleider den Haß der Leute hervorriefen. Er sagte es Mutter Celeste: »Ihr haßt sie, weil sie nicht zu dem Pöbel gehört wie ihr und ich selbst«, und er zuckte nicht einmal mit der Wimper, als seine Mutter Anstalten machte, ihm mit dem Handtuch kreuz und quer ins Gesicht zu schlagen. Danach war der Bruch offenkundig; sie überließen ihn sich selbst, wuschen seine Wäsche wie aus Gefälligkeit, und sonntags gingen sie nach Palermo oder zum Picknick, ohne ihm etwas zu sagen. Dann stellte sich Mario unter Delias Fenster und warf ein Steinchen. Manchmal kam sie heraus, manchmal hörte er sie drinnen lachen, etwas boshaft und ohne ihm Hoffnungen zu machen.

Dann kam der Fight zwischen Firpo und Dempsey, und in jedem Haus heulte man und war zutiefst empört, worauf eine fast ländliche Melancholie der Beschämung sich breitmachte. Die Mañaras zogen vier Häuserblocks weiter, und das bedeutet viel in Almagro, so daß nun andere Nachbarn mit Delia verkehrten; die Familien in der Victoria und der Castros Barros vergaßen den Fall, und Mario besuchte Delia weiterhin zweimal in der Woche, wenn er von der Bank zurückkam. Es wurde schon Sommer und Delia wollte manchmal ausgehen, so gingen sie zusammen in die Konditoreien der Rivadavia oder setzten sich auf eine Bank der Plaza Once. Mario war gerade neunzehn geworden, Delia sah ihrem zweiundzwanzigsten Geburtstag entgegen, ohne Feier diesmal, da sie noch Schwarz trug.

Die Mañaras fanden es unangebracht, daß sie wegen eines Bräutigams Trauer trug, auch Mario hätte einen inneren, nicht zur Schau getragenen Schmerz lieber gesehen. Es griff einem ans Herz, Delias verschleiertes Lächeln zu sehen, wenn sie sich, so blond sie war, vor dem Spiegel den zur Trauerkleidung passenden Hut aufsetzte. Sie ließ sich von Mario und den Mañaras von Ferne bewundern, ließ sich spazieren führen oder beschenken und beim letzten Tageslicht nach Hause bringen. Sonntagnachmittags empfing sie Mario bei sich zu Haus. Manchmal ging sie auch allein aus, sie ging dann in das alte Viertel, wo Héctor ihr den Hof gemacht hatte. Mutter Celeste hatte sie eines Nachmittags vorbeigehen sehen und mit ostentativer Verachtung die Fensterläden geschlossen. Eine Katze folgte Delia, alle Tiere waren ihr stets gefügig, man wußte nicht, ob es Liebe war, oder ob sie eine geheime Macht über sie besaß, sie umstrichen sie, ohne daß Delia sie beachtete. Mario hatte einmal bemerkt, daß ein Hund vor ihr zurückwich, als Delia ihn streicheln wollte. Sie hatte ihn zu sich gerufen (eines Nachmittags auf der Plaza Once) und der Hund war brav, wohl auch freudig, bis an ihre Hand gekommen. Ihre Mutter erzählte, daß Delia als kleines Mädchen mit Spinnen gespielt hatte. Alle wunderten sich darüber, selbst Mario, der kaum Angst vor ihnen hatte. Und die Schmetterlinge setzten sich ihr aufs Haar – Mario hatte eines Nachmittags in San Isidro gleich zwei gesehen –, doch mit einer leichten Bewegung des Kopfes verscheuchte Delia sie. Héctor hatte ihr ein weißes Kaninchen geschenkt, das aber bald starb, noch vor ihm selbst. Doch Héctor hatte sich an einem frühen Sonntagmorgen in Puerto Nuevo ins Hafenbecken gestürzt. Damals hatte Mario den ersten Klatsch gehört. Der Tod von Rolo Médicis hatte niemanden interessiert, denn an Herzschlag stirbt schließlich die halbe Welt. Als Héctor Selbstmord beging, sahen die Nachbarn merkwürdige Übereinstimmungen, Mario erinnerte sich an das unterwürfige Gesicht von Mutter Celeste, als sie Tante Bebé davon erzählte, und an die mürrische Ungläubigkeit in der Miene seines Vaters. Und zu alledem noch der Schädelbruch, denn Rolo war der Länge nach hingeschlagen, als er aus dem Hausflur der Mañaras kam, und wenn er auch schon tot war, der harte Aufschlag des Kopfes auf die Stufe war ein weiteres häßliches Detail. Delia war drinnen geblieben, seltsam, daß sie sich nicht an der Haustür verabschiedet hatten, doch sie war immerhin in seiner Nähe gewesen und die erste, die aufgeschrien hatte. Héctor dagegen war allein gestorben, in einer eiskalten Nacht, fünf Stunden, nachdem er Delias Haus wie jeden Samstag verlassen hatte.

Ich kann mich an Mario nicht mehr genau erinnern, aber man sagt, daß er und Delia ein hübsches Paar abgaben. Obgleich sie wegen Héctor noch Trauer trug (Rolos wegen hatte sie es, wer weiß aus welcher Laune, nie getan), war es ihr recht, daß Mario sie begleitete, um in Almagro spazieren oder ins Kino zu gehen. Bis dahin hatte Mario sich Delia fern gefühlt, nicht zu ihrem Leben gehörig, selbst in ihrem Haus ein Fremder. Er war immer nur »Besuch«, und bei uns hat das Wort eine ganz bestimmte, einschränkende Bedeutung. Wenn er sie beim Überqueren der Straße oder auf der Treppe der Metrostation Medrano am Arm nahm, sah er manchmal auf seine Hand, die die schwarze Seide ihres Kleides drückte. An diesem Weiß auf Schwarz ermaß er die Distanz. Doch Delia würde ihm näherkommen, wenn sie wieder Grau trüge und am Sonntagmorgen ihre hellen Hüte.

Obgleich der Klatsch keine reine Erfindung war, fand Mario es abscheulich, daß man gleichgültige Vorkommnisse miteinander verband, um einen Zusammenhang herzustellen. Viele Leute sterben in Buenos Aires an einer Herzattacke oder an Asphyxie. Viele Kaninchen siechen in den Häusern oder Patios dahin und verenden. Viele Hunde lassen sich streicheln oder weichen zurück. Die paar Zeilen, die Héctor seiner Mutter hinterlassen hatte, das Schluchzen, das die Frau von oben im Hausflur der Mañara in der Nacht, als Rolo starb (doch vor dem Aufschlag), gehört haben will, das Gesicht, das Delia die ersten Tage machte … Die Leute messen diesen Dingen viel zuviel Bedeutung bei, und da aus vielen Knoten sich am Ende ein Stück Teppich ergibt, sollte Mario mit Ekel und Entsetzen diesen Teppich manchmal vor sich sehen, wenn die Schlaflosigkeit sich in sein kleines Zimmer schlich und ihm die Nacht raubte.

»Verzeih mir meinen Tod, Du kannst ihn unmöglich begreifen, doch verzeih mir, Mama.« Ein kleines Stück Papier vom Rand der *Crítica* abgerissen, mit einem Stein beschwert, neben der Jacke, die dort lag, wie um dem ersten Matrosen am frühen Morgen den Weg zu weisen. Bis zu jener Nacht war er so glücklich gewesen, wenn man ihn die letzten Wochen auch ein wenig sonderbar gefunden hatte; nicht sonderbar, eher zerstreut, in die Luft schauend, als sähe er dort etwas. Geradeso, als versuchte er etwas in die Luft zu schreiben, ein Rätsel zu entziffern. Alle Jungens im Café *Rubí* waren sich darin einig. Doch bei Rolo war es anders gewesen, sein Herz hatte plötzlich ausgesetzt, Rolo war ein einsamer und stiller Junge gewesen, mit Geld und einem Chevrolet-Kabrio, weshalb ihn wenige in der letzten Zeit zu Gesicht bekommen hatten. In den Korridoren hallen die Geräusche stark nach, die Frau von oben hatte immer wieder behauptet, daß Rolos Klagen wie ein unterdrücktes Brüllen gewesen sei, ein Schrei zwischen Händen hindurch, die ihn würgen wollen. Und fast gleich darauf der furchtbare Aufschlag des Kopfes auf der Schwelle, das Herbeirennen der schreienden Delia, der schon unnütze Aufruhr.

Ohne sich dessen bewußt zu sein, verband Mario Teile der Episoden miteinander und es überraschte ihn, Erklärungen zu finden, die mit den Anschuldigungen der Nachbarn übereinstimmten. Nie fragte er Delia danach, in der vagen Erwartung, daß sie von sich aus etwas sagen würde. Manchmal meinte er, daß Delia genau wisse, was gemunkelt wurde. Merkwürdig waren auch die Mañaras, ihre Art, wie sie auf Rolo und Héctor anspielten, so ungezwungen, als wären sie auf Reisen. Delia, geschützt durch diesen behutsamen und bedingungslosen Pakt, schwieg. Als Mario sich ihnen anschloß, diskret wie sie, deckten sie alle drei Delia mit einem feinen, beständigen Schatten, der an den Dienstagen und Donnerstagen fast durchsichtig war, greifbarer und dichter von samstags bis montags. Delia zeigte jetzt von Zeit zu Zeit wieder etwas Lebensfreude, einmal spielte sie Klavier, ein andermal Ludo*; zu Mario wurde sie netter, sie bat ihn, sich ans Fenster im Wohnzimmer zu setzen und erzählte ihm, was sie sich nähen oder stricken wollte. Nie sprach sie ihm von den Desserts oder den Pralinen, Mario wunderte sich darüber, doch er schrieb es ihrem Zartgefühl zu, der Furcht, ihn damit zu langweilen. Die Mañaras lobten Delias Liköre; eines Abends wollten sie ihm ein Gläschen servieren, aber Delia sagte barsch, daß es Damenliköre wären und daß fast alle Flaschen leer seien. »Héctor . . .« begann klagend ihre Mutter, doch sagte sie weiter nichts, um Mario nicht weh zu tun. Später merkten sie, daß es Mario nicht störte, wenn von den früheren Verlobten die Rede war. Sie sprachen nicht mehr über Liköre, bis Delia wieder munterer Laune war und neue Rezepte ausprobieren wollte. Mario erinnerte sich an diesen Nachmittag, weil man ihn gerade befördert hatte, und das erste, was er tat, war, für Delia Pralinen zu kaufen. Die Mañaras drehten geduldig am Knopf des kleinen Detektorempfängers mit Kopfhörern und baten ihn, doch etwas im Eßzimmer zu bleiben, um Rosita Quiroga singen zu hören. Danach erzählte er ihnen von der Beförderung und daß er Delia Pralinen mitgebracht habe.

* Ein Brettspiel. A. d. Ü.

»Das hättest du nicht tun sollen, aber geh jetzt und bring sie ihr, sie ist im Wohnzimmer.« Und sie blickten ihm nach und sahen einander an, bis Vater Mañara sich die Kopfhörer absetzte, so als nähme er sich einen Lorbeerkranz vom Haupt. Seine Frau seufzte und wich seinem Blick aus. Auf einmal schienen die beiden unglücklich, verloren. Mit zerstreuter Geste schaltete Vater Mañara den Apparat aus.

Delia betrachtete sich die Schachtel und machte von den Pralinen nicht viel Aufhebens, doch als sie die zweite aß, Pfefferminz mit einem Nußkrönchen, sagte sie Mario, daß auch sie Pralinen machen könne. Sie schien sich dafür zu entschuldigen, daß sie ihm all dies nicht früher anvertraut hatte, und begann, ihm lebhaft zu beschreiben, wie sie die Pralinen machte, die Füllung und den Schokolade- oder Mokkaüberzug. Ihr bestes Rezept waren Pralinen mit Orangen- und Likörfüllung, mit einer Nadel stach sie in eine von denen, die Mario ihr gebracht hatte, um ihm zu zeigen, wie man dabei verfuhr; Mario sah, wie sich ihre Finger übermäßig weiß von der Praline abhoben; Delia kam ihm bei ihren Erläuterungen vor wie ein Chirurg, der zögernd einen heiklen Eingriff vornimmt. Die Praline sah aus wie eine winzige Maus zwischen Delias Fingern, ein kleines, aber lebendiges Ding, das die Nadel verletzte. Mario empfand seltsames Unbehagen, eine Süße von entsetzlicher Widerwärtigkeit. ›Werfen Sie diese Praline weg‹, hätte er ihr am liebsten gesagt. ›Werfen Sie sie weit weg, führen Sie sie nicht an den Mund, sie ist lebendig, es ist eine lebendige Maus.‹ Dann kehrte die Freude über seine Beförderung zurück, er hörte Delia die Rezepte wiederholen, das des Teelikörs, des Rosenlikörs ... Er griff in die Schachtel und aß zwei, drei Pralinen nacheinander. Delia lächelte, als machte sie sich über ihn lustig. Er stellte sich alles mögliche vor und war in einer bangen Weise glücklich. ›Der dritte Bräutigam‹, dachte er seltsamerweise. ›Besser gesagt: ihr dritter Bräutigam, aber lebendig.‹

Jetzt wird es schon schwieriger, davon zu erzählen, es ist vermischt mit anderen Geschichten, die man, weil einige Umstände in Vergessenheit geraten sind, hinzuerfindet, winzige Unwahrheiten, die sich hinter den Erinnerungen fortspinnen. Es scheint, daß er jetzt öfters zu den Mañaras ging, mit der Rückkehr zum Leben schloß Delia auch ihn in ihre Neigungen und Launen mit ein, und sogar die Mañaras baten ihn ein wenig zögernd, Delia aufzumuntern. Und er kaufte das Nötige für die Liköre, die Filter und Trichter, die sie tief befriedigt annahm, worin Mario ein wenig Liebe zu erblicken meinte, zumindest eine innere Abkehr von den Toten.

Sonntags blieb er nach Tisch bei seiner Familie, und Mutter Celeste dankte es ihm, ohne zu lächeln, doch sie gab ihm das Beste von der Nachspeise und den heißesten Kaffee. Endlich hatte das Gerede aufgehört, wenigstens sprach man von Delia nicht in seiner Gegenwart. Vielleicht hatten die Ohrfeigen, die der Jüngste der Camilettis bekommen hatte, und das heftige Aufbrausen vor Mutter Celeste das ihre getan; Mario meinte schließlich, daß sie sich die Sache hatten durch den Kopf gehen lassen, daß sie Delia von aller Schuld freisprachen und sie sogar wieder achteten. Nie erzählte er bei den Mañaras von zu Haus, noch erwähnte er sonntags bei der Unterhaltung nach Tisch seine Freundin. Er begann zu glauben, daß dieses doppelte Leben, eines vom anderen vier Häuserblocks entfernt, möglich sei; die Ecke Rivadavia und Castro Barros war die notwendige und entscheidende Brücke. Er hatte sogar die Hoffnung, die Zukunft werde die beiden Häuser und deren Menschen einander näherbringen, und war taub gegenüber dem unverständlichen Schritt, den er manchmal, wenn er allein war, als zuinnerst fremd und dunkel empfand.

Andere Leute besuchten die Mañaras nicht. Ein wenig wunderte ihn dieses Fehlen von Verwandten und Freunden. Mario brauchte kein besonderes Klingelzeichen für sich zu erfinden, alle wußten, daß er es war. Im Dezember, bei angenehm feuchter Hitze, war Delia der konzentrierte Orangenlikör gelungen, erfreut tranken sie ihn an einem Gewitterabend. Die Mañaras wollten ihn nicht kosten, sie waren sicher, daß er ihnen nicht bekommen würde. Delia war nicht gekränkt, doch sie war wie verklärt, als Mario anerkennend den kleinen violetten Fingerhut voll orangefarbigem Licht schlürfte. »Der wird mich umbringen, so brennt der, aber er ist köstlich«, sagte er ein- oder zweimal. Delia, die wenig sprach, wenn sie zufrieden war, bemerkte: »Ich hab ihn für dich gemacht.« Die Mañaras sahen sie an, als wollten sie in ihrem Gesicht das Rezept dieser minuziösen Alchimie lesen, die Delia vierzehn Tage Arbeit gekostet hatte.

Rolo hatte Delias Liköre geschätzt, Mario entnahm das einer Bemerkung, die Vater Mañara so nebenbei gemacht hatte, als Delia nicht anwesend war. »Sie hat ihm viele Getränke gemacht. Aber Rolo war ein wenig ängstlich wegen seines Herzens. Alkohol ist nicht gut fürs Herz.« So einen schwächlichen Bräutigam zu haben! Mario verstand jetzt die Befreiung, die sich in Delias Verhalten zeigte, in der Art, wie sie Klavier spielte. Er wollte die Mañaras schon fragen, was Héctor gern gemocht hatte, ob Delia auch für ihn Liköre oder Süßigkeiten gemacht habe. Er mußte an die Pralinen denken, die Delia jetzt wieder ausprobierte, und die zum Trocknen aufgereiht auf einem Bord in der Vorküche lagen. Etwas sagte ihm, daß Delia mit den Pralinen Wunder vollbrachte. Nachdem er sie lange gedrängt hatte, gab sie ihm schließlich eine zu kosten. Er war schon im Begriff zu gehen, als Delia ihm auf einem Alpakatellerchen eine weiße und appetitliche Kostprobe brachte. Während er sie kostete – leicht bitter, mit einer Spur von Pfefferminz und Muskat, die eine seltsame Verbindung eingingen –, hielt Delia die Augen gesenkt und war ganz Bescheidenheit. Sie wollte nicht gelobt werden, es war nur ein Versuch und noch längst nicht das, was ihr vorschwebte. Doch beim nächsten Besuch – ebenfalls am Abend, schon im Abschiedsdunkel neben dem Klavier – erlaubte sie ihm, einen weiteren Versuch zu kosten. Er sollte die Augen schließen und den Geschmack erraten, und Mario schloß gehorsam die Augen und erriet einen sehr zarten Geschmack nach Mandarine, der ganz tief aus der Schokolade kam. Mit den Zähnen zerkleinerte er knusprige kleine Stückchen, doch deren Geschmack vermochte er nicht zu definieren, es war lediglich das angenehme Gefühl, in dieser süßen und wegglitschenden Masse einen Halt zu finden.

Delia war mit dem Resultat zufrieden, sie sagte Mario, daß seine Beschreibung des Geschmacks dem, was sie sich erhofft hatte, schon näher kam. Es bedurfte noch weiterer Versuche, Feinheiten mußten aufeinander abgestimmt werden. Die Mañaras erzählten Mario, daß Delia sich nicht wieder ans Klavier gesetzt hatte, daß sie ihre ganze Zeit damit verbringe, Liköre und Pralinen zu bereiten. Sie sagten es nicht vorwurfsvoll, aber sie waren auch nicht glücklich darüber; Mario vermutete, daß Delias Ausgaben sie bekümmerten. Da bat er Delia insgeheim um eine Liste der Essenzen und aller Zutaten, die sie benötigte. Sie tat darauf etwas, das sie nie zuvor getan hatte, sie legte die Arme um seinen Hals und küßte ihn auf die Wange. Ihr Mund roch ganz sacht nach Pfefferminz. Mario schloß die Augen, von dem Bedürfnis getrieben, ihr Parfüm und ihren Geruch im Dunkel der geschlossenen Lider zu spüren. Und sie küßte ihn noch einmal, jetzt fester, und sie seufzte dabei.

Er wußte nicht, ob er ihren Kuß erwidert hatte, wahrscheinlich hatte er, der Geschmacksprüfer Delias im Halbdunkel des Wohnzimmers, sich ruhig und passiv verhalten. Sie spielte jetzt Klavier wie kaum je zuvor, und sie bat ihn, am nächsten Tag wiederzukommen. Nie hatten sie mit dieser Stimme gesprochen, nie hatten sie auf diese Art geschwiegen. Die Mañaras argwöhnten etwas, denn sie kamen Zeitungen schwenkend mit der Nachricht herein, daß über dem Atlantik ein Flugzeug verschollen sei. Zu jener Zeit gingen viele Flugzeuge mitten über dem Atlantik verloren. Jemand schaltete das Licht an und Delia zog sich verärgert vom Klavier zurück, Mario kam es einen Augenblick so vor, als hätte ihre Reaktion auf das Licht etwas von der blinden Flucht eines Tausendfüßlers, von einem verrückten Die-Wände-hoch-Rennen. Im Türrahmen stehend, rang sie die Hände und kam dann wie beschämt zurück, verstohlen die Mañaras ansehend; sie sah sie verstohlen an und lächelte.

An diesem Abend ermaß Mario, ohne daß es ihn überraschte, es war eher eine Bestätigung, wie zerbrechlich Delias Frieden war, wie sehr der doppelte Tod noch auf ihr lastete. Der von Rolo mochte noch angehen; der Héctors aber war schon zuviel, ein Riß, der einen Spiegel freilegte. Delia blieben ihre heiklen Manien, der Umgang mit Essenzen und Tieren, ihr Kontakt mit einfachen und dunklen Dingen, die Nähe der Schmetterlinge und Katzen, der Hauch ihres Atems, der halb aus dem Tode kam. Er gelobte sich grenzenlose Fürsorge, eine Heilung über Jahre hinaus in hellen Zimmern und Parks fern den Orten der Erinnerung; vielleicht ohne Delia zu heiraten, nur indem er in dieser stillen Liebe fortführe, bis sie nicht mehr einen dritten Tod an ihrer Seite sähe, einen weiteren Bräutigam, der sterben muß.

Er hatte angenommen, die Mañaras würden sich freuen, als er begann, Delia die Extrakte zu bringen; statt dessen wurden sie mürrisch und abweisend, sagten kein Wort, wurden schließlich aber versöhnlicher und zogen sich zurück, zumal wenn die Stunde der Kostproben kam, immer im Wohnzimmer und spätabends, und er die Augen schließen und den Geschmack definieren mußte – wegen der Feinheit der Substanz manchmal lange schwankend –, den Geschmack der zarten Masse eines Pröbchens, eines kleinen Wunderwerks auf dem Alpakateller.

Als Dank für diese Gefälligkeiten nahm Mario Delia das Versprechen ab, zusammen ins Kino oder nach Palermo zu gehen. Er spürte, daß die Mañaras ihm dankbar waren und ihm stumm beipflichteten, wenn er samstagnachmittags oder sonntagmorgens kam, um sie abzuholen. Es schien, als zögen sie es vor, allein zu Hause zu bleiben, um Radio zu hören oder Karten zu spielen. Aber er spürte auch einen Widerwillen seitens Delia, aus dem Haus zu gehen, wenn die Alten daheim blieben. Wenn sie in Marios Beisein auch nicht traurig war, so war sie die wenigen Male, die sie zusammen mit den Mañaras ausgegangen waren, doch fröhlicher gewesen, da hatte sie sich auf der Landwirtschaftsausstellung richtig amüsiert, wollte Schokoladeplätzchen haben und ließ sich Spielsachen schenken, die sie auf dem Heimweg unentwegt ansah, sich genauestens betrachtete, bis sie müde wurde. Die frische Luft tat ihr gut, Mario sah, daß sie eine gesündere Gesichtsfarbe hatte und einen entschlossenen Gang. Wie bedauerlich, diese abendliche Rückkehr ins Labor, dieses endlose Grübeln vor der Waage und den kleinen Zangen. Jetzt beschäftigten sie die Pralinen so sehr, daß sie die Liköre darüber vernachlässigte; jetzt gab sie ihm ihre Neuschöpfungen nur noch selten zu kosten. Den Mañaras nie; Mario vermutete, ohne dafür Gründe zu haben, daß die Mañaras es abgelehnt hatten, neue Rezepte zu probieren; sie mochten lieber die gewöhnlichen Pralinen, und wenn Delia einmal eine Schachtel auf dem Tisch liegen ließ, ohne die Mañaras ausdrücklich aufzufordern, zuzulangen, es aber gleichsam doch tuend, wählten sie die einfachen, die gewohnten Formen, und sie schnitten die Pralinen sogar durch, um sich die Füllung anzusehen.

Mario amüsierte das stumme Mißvergnügen Delias neben dem Klavier, ihre gespielte Zerstreutheit. Die neuen Sorten hatte sie ihm zugedacht, im letzten Augenblick kam sie mit dem Alpakatellerchen aus der Küche; einmal wurde es spät, sie hatte zu lange Klavier gespielt, weshalb sie ihm erlaubte, sie in die Küche zu begleiten, um sich ein paar neue Pralinen zu holen. Als sie das Licht anknipste, sah Mario die Katze, die in der Ecke schlief, und die Kakerlaken, die über die Steinfliesen flüchteten. Er mußte an die Küche bei ihm zu Haus denken, Mutter Celeste streute immer gelbes Pulver in die Ritzen zwischen Boden und Wand. An diesem Abend schmeckten die Pralinen nach Mokka und hatten einen seltsam salzigen Nachgeschmack (von ganz weit her), so als verstecke sich hinter dem Aroma eine Träne; es war idiotisch, daran zu denken, an den letzten Rest der geweinten Tränen an jenem Abend, als Rolo im Hausflur starb.

»Der Fisch ist so traurig«, sagte Delia und zeigte ihm das Glas mit den Steinchen und den künstlichen Pflanzen. Dort duselte ein durchsichtiges rosa Fischlein, das in gleichmäßigem Rhythmus das Maul öffnete. Sein kaltes Auge sah Mario an wie eine lebendige Perle. Mario mußte bei diesem salzigen Auge an eine Träne denken, die einem beim Kauen entglitscht.

»Man muß ihm das Wasser öfter erneuern«, schlug er vor.

»Das ist nicht nötig, er ist alt und krank. Morgen wird er sterben.«

Ihm klang diese Vorhersage wie eine Rückkehr zum Schlimmsten, zu der von Trauer gequälten Delia der ersten Zeit. Alldem noch so nah, der Treppenstufe und der Mole, und zwischen Strümpfen und Sommerunterröcken kamen plötzlich Photos von Héctor zum Vorschein. Hinter einem Heiligenbild an der Kleiderschranktür steckte eine getrocknete Blume von Rolos Totenwache.

Bevor er ging, bat er sie, ihn im Herbst zu heiraten. Delia sagte nichts, blickte auf den Boden, als suche sie dort eine Ameise. Nie hatten sie darüber gesprochen, Delia schien sich an den Gedanken gewöhnen zu müssen und erst überlegen zu wollen, bevor sie antwortete. Dann hob sie plötzlich ihren Kopf und sah ihn strahlend an. Sie war hübsch, ihre Lippen zitterten ein wenig. Sie machte eine Handbewegung, als wollte sie in der Luft ein Türchen öffnen, eine fast magische Gebärde.

»Dann bist du also mein Bräutigam«, sagte sie. »Du erscheinst mir jetzt ganz anders, ganz verändert.«

Mutter Celeste nahm die Nachricht schweigend auf, sie stellte das Bügeleisen beiseite und verließ den ganzen Tag nicht ihr Zimmer, in das Marios Geschwister einer nach dem andern hineingingen, um mit langen Gesichtern und einem Gläschen Hesperidina wieder herauszukommen. Mario ging zum Fußball und am Abend brachte er Delia Rosen. Die Mañaras erwarteten ihn im Wohnzimmer, umarmten ihn und sagten ihm das in solchem Fall Übliche, es mußte eine Flasche Portwein entkorkt werden und es gab feinstes Gebäck. Jetzt behandelte man ihn als zur Familie gehörig und zugleich distanzierter. Sie verloren die Unbefangenheit von Freunden und sahen einander mit den Augen von Verwandten, die von früher Kindheit an alles über einen wissen. Mario küßte Delia, küßte Mama Mañara, und als er seinen künftigen Schwiegervater fest umarmte, hätte er ihm gerne gesagt, daß sie zu ihm, dem neuen Pfeiler des Hauses, Vertrauen haben möchten, doch die Worte blieben ihm im Halse stecken. Man spürte, daß auch die Mañaras ihm gerne etwas gesagt hätten, aber nicht den Mut dazu aufbrachten. Die Zeitungen schwenkend, gingen sie wieder in ihr Zimmer, und Mario blieb mit Delia und dem Klavier zurück, mit Delia und dem »Liebestraum«.

Ein- oder zweimal während dieser Wochen der Verlobungszeit war er nahe daran, sich mit Papa Mañara außerhalb des Hauses zu treffen, um mit ihm über die anonymen Briefe zu sprechen. Er fand es dann aber doch unnötig grausam, weil gegen diese elenden Kerle, die ihn belästigten, nichts unternommen werden konnte. Der schlimmste Brief kam an einem Samstagnachmittag in einem blauen Umschlag, Mario betrachtete lange das Bild von Héctor in der *Ultima Hora* und die mit blauer Tinte unterstrichenen Sätze. »Nur tiefste Verzweiflung konnte ihn in den Tod getrieben haben, wie seine Angehörigen erklärten.« Er hatte selten darüber nachgedacht, warum Héctors Angehörige sich bei den Mañaras nicht mehr blicken ließen. Vielleicht waren sie in der ersten Zeit ein paarmal bei ihnen gewesen. Er erinnerte sich jetzt an den Zierfisch, die Mañaras hatten gesagt, er sei ein Geschenk von Héctors Mutter. Das Fischlein war an dem von Delia vorausgesagten Tag gestorben. Nur tiefste Verzweiflung konnte ihn dazu getrieben haben. Er verbrannte den Umschlag mit dem Zeitungsausschnitt, zählte die Verdächtigungen zusammen und nahm sich vor, sich mit Delia auszusprechen, sie vor dem Gegeifer, dem Durchsickern dieser Gerüchte zu bewahren. Fünf Tage später (er hatte weder mit Delia noch mit den Mañaras gesprochen) kam der zweite Brief. Auf dem himmelblauen feinen Karton war oben ein Sternchen gemalt (man wußte nicht, warum) und darunter stand: »Wenn ich Sie wäre, würde ich mich vor der Schwelle des Hauses in acht nehmen.« Aus dem Umschlag kam ein vager Duft von Mandelseife. Mario überlegte, ob die Frau von oben vielleicht Mandelseife benutzte, er besaß sogar die Unverschämtheit, die Kommodenschubladen von Mutter Celeste und seiner Schwester zu durchsuchen. Auch diesen anonymen Brief verbrannte er, und Delia sagte er wieder nichts. Das war im Dezember, und die Dezembertage der zwanziger Jahre waren sehr heiß, weshalb sie sich, wenn er nach dem Abendessen zu Delia ging, in dem Gärtchen hinter dem Haus aufhielten oder ums Karree gingen. Bei der Hitze aßen sie weniger Pralinen, nicht daß Delia ihre Versuche aufgegeben hätte, doch sie brachte selten Proben ins Wohnzimmer, verwahrte sie lieber in alten Schachteln, wo sie geschützt in kleinen Mulden lagen, ein feiner Rasen aus hellgrünem Papier darüber. Mario merkte, daß sie unruhig war, wie auf dem Quivive. Manchmal drehte sie sich an den Straßenecken um, und an dem Abend, als sie zum Briefkasten Ecke Medrano und Rivadavia kamen, und Delia eine abwehrende Gebärde machte, begriff Mario, daß man auch sie aus der Ferne drangsalierte; daß sie beide, ohne es einander zu sagen, unter denselben Belästigungen zu leiden hatten.

Er traf sich mit Papa Mañara im *Munich*, Ecke Cangallo und Pueyrredón, und bewirtete ihn reichlich mit Bier und Kartoffelchips. Doch so, als mißtraue er der Verabredung, ließ Papa Mañara sich nicht aus seiner wachsamen Benommenheit reißen. Mario sagte lachend, daß er ihn nicht anpumpen wolle und sprach ohne Umschweife von den anonymen Briefen, von Delias Nervosität, von dem Briefkasten an der Ecke der Medrano und Rivadavia.

»Ich bin sicher, daß diese Schändlichkeiten, wenn wir erst geheiratet haben, aufhören werden. Doch es ist nötig, daß ihr mir helft, daß ihr sie beschützt. So etwas kann ihr schaden. Sie ist so zart, so sensibel.«

»Du willst damit sagen, daß sie verrückt werden kann, stimmt's?«

»Nun, nicht gerade das. Aber wenn sie wie ich anonyme Briefe erhält und nicht darüber spricht und sich das bei ihr ansammelt ...«

»Da kennst du Delia schlecht. Die anonymen Briefe machen ihr gar nichts aus ... Ich will damit sagen, daß sie keinen Eindruck auf sie machen. Sie ist stärker als du denkst.«

»Aber sehen Sie denn nicht, sie ist wie verschreckt, etwas quält sie«, stammelte Mario hilflos.

»Das kommt nicht davon, glaub mir.« Er trank sein Bier, wie um Mario zum Schweigen zu bringen. »Vorher war sie genauso, ich kenne sie gut.«

»Was meinen Sie mit vorher?«

»Bevor sie ihr starben, du Tropf. Zahl, ich hab's eilig.«

Er wollte protestieren, aber Papa Mañara strebte schon der Tür zu. Er machte noch eine vage Geste des Abschieds und ging mit gesenktem Kopf in Richtung Plaza Once. Mario hatte keine Lust, hinter ihm herzulaufen, noch weniger, lange darüber nachzudenken, was er da gerade gehört hatte. Jetzt war er wieder allein, wie zu Anfang, allein gegenüber Mutter Celeste, der Frau von oben und den Mañaras. Ja, selbst den Mañaras gegenüber.

Delia schien etwas zu ahnen, denn sie empfing ihn ganz anders, war geradezu geschwätzig und fragte ihn listig aus. Vielleicht hatten die Mañaras ihr von dem Treffen im *Munich* erzählt, Mario wartete darauf, daß sie das Thema berühre, um ihr aus diesem Schweigen herauszuhelfen, aber sie zog es vor, *Rose Marie* und ein wenig Schumann zu spielen, die Tangos von Pacho mit scharfem, eindringlichem Rhythmus, bis die Mañaras mit Keksen und Malaga hereinkamen und alle Lichter anknipsten. Man sprach von Pola Negri, von einem Verbrechen in Liniers, von der partiellen Sonnenfinsternis und der Unsauberkeit der Katze. Delia meinte, die Katze habe zuviel Haare geschluckt, und war für eine Behandlung mit Rizinusöl. Die Mañaras, ohne eigene Meinung, gaben ihr recht, schienen indes nicht sehr überzeugt. Sie erinnerten sich eines befreundeten Tierarztes und irgendwelcher bitterer Kräuter. Sie kamen zu dem Entschluß, die Katze in dem kleinen Garten allein zu lassen, damit sie sich die Heilkräuter selber suche. Doch Delia sagte, daß die Katze sterben würde, das Rizinusöl könnte ihr Leben vielleicht

etwas verlängern. Sie hörten an der Ecke einen Zeitungs-
verkäufer und die Mañaras liefen zusammen hinaus, um
die *Ultima Hora* zu kaufen. Auf den fragenden Blick Delias hin löschte Mario im Wohnzimmer alle Lichter. Nur
die Lampe auf dem Tisch in der Ecke blieb an und warf
auf das Tischtuch mit den futuristischen Stickereien ein
schmutziggelbes Licht. Das Klavier stand im Dämmer.

Mario fragte nach Delias Aussteuer, ob sie an ihrer Wäsche nähe, ob März nicht ein besserer Monat für die Hochzeit sei als Mai. Er wartete auf einen Augenblick des Muts,
um die anonymen Briefe zu erwähnen, doch ein Rest von
Angst, mißverstanden zu werden, ließ ihn immer wieder
zögern. Delia saß neben ihm auf dem dunkelgrünen Sofa,
ihr himmelblaues Kleid hob sich gegen das Halbdunkel
leicht ab. Als er sie küssen wollte, spürte er, wie sie sich
langsam zusammenzog.

»Mama wird noch einmal kommen, um sich zu ver-
abschieden, warte, bis sie ins Bett gehen ...«

Draußen hörte man die Mañaras, das Rascheln der Zeitung, ihr ununterbrochenes Reden. Sie waren diesen Abend
nicht müde, es war schon halb zwölf und sie schwatz-
ten immer noch. Delia setzte sich wieder ans Klavier und
spielte wie aus Trotz lange kreolische Walzer, einmal mit
da capo al fine und ein anderes Mal mit Läufen und Schnör-
keln, die, obgleich ein wenig abgeschmackt, Mario bezau-
berten, und sie spielte so lange, bis die Mañaras kamen,
um ihnen Gute Nacht zu sagen, und sie sollten nicht so
lange machen, jetzt, wo er zur Familie gehörte, müßte er
mehr denn je auf Delia achten und dafür sorgen, daß sie
sich nicht die Nacht um die Ohren schlage. Als sie gingen, etwas widerwillig zwar, aber todmüde, drang in Stö-
ßen die Hitze durch die Flurtür und das Wohnzimmer-
fenster. Mario wollte ein Glas frisches Wasser und ging
in die Küche, obgleich Delia es ihm holen wollte und deswegen ein wenig gekränkt war. Als er zurückkam, sah er

Delia am Fenster stehen und auf die leere Straße blicken, auf die früher, an Abenden wie diesem, Rolo und Héctor hinausgegangen waren. Etwas Mondlicht beschien schon den Boden neben Delia und auch den Alpakateller, den sie in der Hand hielt und der aussah wie ein anderer kleiner Mond. Sie hatte Mario in Gegenwart der Mañaras nicht bitten wollen zu kosten, er müsse verstehen, wie sehr deren Vorwürfe sie verdrossen, immer fanden sie, daß sie Marios Gutmütigkeit ausnütze, wenn sie ihn bitte, ihre neuen Pralinen zu probieren. Natürlich, wenn er keine Lust dazu habe, doch zu niemandem habe sie soviel Vertrauen wie zu ihm, die Mañaras seien unfähig, einen neuen Geschmack zu beurteilen. Sie bot ihm die Praline an, ihn fast flehentlich bittend, aber Mario begriff das Verlangen, das ihre Stimme erfüllte, er begriff es jetzt mit einer Klarheit, die nicht vom Mond kam, nicht einmal von Delia. Er stellte das Glas Wasser auf das Klavier (er hatte es nicht in der Küche getrunken) und nahm mit zwei Fingern die Praline. Delia stand neben ihm und wartete auf das Urteil, ihr Atem ging schwer, so als wenn alles davon abhinge, sie sagte nichts, doch drängte ihn mit Gesten, die Augen weit aufgerissen, die Pupillen geweitet – oder war es wegen der Dunkelheit im Zimmer –, während ihr Körper beim Keuchen ein ganz klein wenig schwankte, denn jetzt war es fast ein Keuchen, als Mario die Praline zum Mund führte, sie anbeißen wollte, doch die Hand wieder senkte und Delia aufstöhnte, als fühlte sie sich mitten in einem unendlichen Genuß jäh getäuscht. Mit der anderen Hand drückte er die Praline leicht zusammen, doch er sah nicht hin, er hielt den Blick auf Delia gerichtet, auf ihr gipsfarbenes Gesicht, ein abstoßender Pierrot in dem Halbdunkel. Die Finger spreizten sich und zerteilten die Praline. Der Mond schien geradewegs auf die weißliche Masse des Kakerlaken, der Leib seines ledernen Panzers entkleidet, und ringsherum, mit Pfefferminz und Marzipan vermischt, die Stückchen von Beinchen und Flügeln, das Pulver der zermahlenen Deckflügel.

Als er ihr die Stücke ins Gesicht warf, bedeckte Delia sich die Augen und begann zu schluchzen. Sie keuchte unter einem sie würgenden Schlucksen, und das Weinen wurde immer lauter, wie in der Nacht mit Rolo. Da schlossen sich Marios Finger um ihren Hals, wie um sie vor diesem Entsetzen, das aus ihrer Brust aufstieg, zu bewahren, ein Kollern des Weinens und Klagens, unterbrochen von Lachen, doch er wollte nur, daß sie schwiege, preßte ihren Hals nur, damit sie still sei, die Frau von oben lauschte sicher schon, schauernd vor Furcht und Wonne, weshalb er Delia unbedingt zum Schweigen bringen mußte. In seinem Rücken, von der Küche her, wo er die Katze mit den Splittern in den Augen gesehen hatte, die sich immer noch herumschleppte, um im Haus zu sterben, hörte er den Atem der Mañaras, die aufgestanden waren und sich im Eßzimmer verbargen, um sie zu belauschen, er war sicher, daß die Mañaras alles mit angehört hatten und dort an der Tür standen, im Dunkel des Eßzimmers, und hörten, wie er Delia zum Schweigen brachte. Er lockerte den Druck, und sie torkelte bis zum Sofa, unter Krämpfen zuckend und schwarz im Gesicht, aber lebend. Er hörte die Mañaras keuchen, sie taten ihm wegen so vielem leid, auch wegen Delia, die er ihnen erneut und lebend zurückließ. So wie Héctor und Rolo ging er und ließ sie ihnen zurück. Sie taten ihm wirklich sehr leid, die Mañaras, die dort darauf gelauert hatten, daß er – daß endlich einer – Delia, die weinte, zum Schweigen bringe, dem Klagen Delias ein Ende mache.

## Der Fluß

Und doch scheint es so zu sein, daß du gegangen bist und dabei irgendwas gesagt hast, daß du dich in die Seine stürzen wolltest, etwas in dem Stil, eine dieser Redensarten mitten in der Nacht, vermengt mit Bettlaken und teigigem Mund, fast immer aus dem Dunkeln oder mit Hand oder Fuß den Körper dessen streifend, der kaum zuhört, weil ich dich längst schon kaum noch höre, wenn du solche Dinge sagst, das kommt von der anderen Seite meiner geschlossenen Augen, vom Schlaf, der mich abermals nach unten zieht. Also gut, was kümmert es mich, ob du fort bist, dich ertränkt hast oder noch auf den Kais entlanggehst und in das Wasser starrst, was außerdem nicht sicher ist, denn hier liegst du doch und schläfst stoßweise atmend, warst also gar nicht weg, als du in irgendeinem Augenblick der Nacht davongegangen bist, bevor ich mich in den Schlaf verlor, weil du im Gehen irgend etwas sagtest wie, du würdest dich in der Seine ertränken, du Angst gehabt, aufgegeben hast und plötzlich hier bist, mich beinah berührend, und dich so wellenförmig bewegst, als ob etwas in deinem Schlafe ganz sanft arbeitete, du tatsächlich träumtest, daß du hinausgegangen und zu guter Letzt zu den Kais gelangt bist und dich ins Wasser geworfen hast. So zum wiederholten Male, um danach, das Gesicht durchtränkt von einem stupiden Weinen, bis elf Uhr vormittags zu schlafen, der Stunde, wo sie die Tageszeitung mit den Nachrichten über die bringen, welche sich im Ernst ertränkt haben.

Du Ärmste bringst mich zum Lachen. Deine tragischen Entschlüsse, diese Sitte, im Hinausgehen die Türen zuzuschlagen wie eine Schauspielerin auf Provinztournee, da fragt man sich, ob du wirklich an deine Drohungen glaubst, deine ekelhaften Erpressungen, deine unerschöpflichen, pathetischen, mit Tränen und Adjektiven und Vorhaltungen gesalbten Auftritte. Du hättest jemanden verdient, der es besser als ich versteht, dir gehörig herauszugeben, dann würde man das perfekte Paar erst in voller Größe sehen, mit dem erlesenen Gestank nach Mann und Frau, die sich zerstückeln und sich dabei in die Augen sehen, um sich noch eine bestimmte Schonfrist einzuräumen, um noch zu überleben und von vorn zu beginnen und unerschöpflich ihrer verbohrt männlichen und weiblichen Wahrheit nachzujagen. Aber wie du siehst, wähle ich das Schweigen, zünde mir eine Zigarette an und höre dich reden, höre zu, wie du dich beklagst (mit Recht, aber was kann ich machen), oder, was noch besser ist, schlafe einfach weiter; von deinen vorhersehbaren Verwünschungen beinah eingewiegt, mische ich mit halbgeschlossenen Augen noch für eine Weile die ersten Windstöße der Träume mit deinen Gebärden im lachhaften Hemde unter dem Licht des Lüsters, den man uns geschenkt hat, als wir heirateten, und ich glaube, am Ende schlafe ich ein und, ich gestehe es dir fast mit Liebe, nehme das Brauchbarste an deinen Bewegungen und Bezichtigungen mit hinüber, den knallenden Laut, der dir die Lippen, fahl vor Zorn, verunstaltet. Um meine eigenen Träume zu bereichern, in denen sich noch nie jemand ertränkt hat, wie du mir glauben kannst.

Aber wenn es so ist, frage ich mich, was du in diesem Bett zu suchen hast, das du doch für das andere, weitere und flüchtigere Bett aufzugeben entschlossen warst. Jetzt stellt sich heraus, daß du schläfst, dann und wann ein Bein bewegst, das die Zeichnung des Lakens jedesmal verändert, du scheinst über irgend etwas verärgert, nicht allzusehr verärgert, es ist wie eine bittere Mattigkeit, deine Lippen verziehen sich leicht zu einer Grimasse der Verachtung, entlassen die Luft stoßweise, ziehen sie in kurzen Schlucken ein, und wäre ich nicht so erbost über deine leeren Drohungen, würde ich wahrscheinlich zugeben, daß du schön wie immer bist, als ob der Schlaf dich wieder ein wenig meiner Seite zugekehrt hätte, wo das Begehren möglich ist und sogar Wiederaussöhnung oder neue Frist, etwas weniger Trübes als dieser heraufziehende Morgen, in dem die ersten Karren zu rollen beginnen und die Hähne ihre greuliche Fron abscheulich an den Tag legen. Ich weiß nicht, es hat nicht einmal mehr Sinn, abermals zu fragen, ob du irgendwann fortgegangen bist, ob du es warst, die beim Hinausgehen die Tür in ebendem Augenblick zuschlug, in dem ich ins Vergessen hinüberglitt, und deshalb ziehe ich es vielleicht vor, dich zu berühren, nicht weil ich daran zweifle, daß du da bist, wahrscheinlich in keinem Augenblick aus dem Zimmer gegangen warst, vielleicht schloß ein Windstoß die Tür, träumte ich, daß du gegangen warst, während du, mich wach wähnend, vom Bettende aus mir deine Drohung zuschriest. Aber nicht deshalb berühre ich dich, in dem grünen Halbschatten des Morgens ist es fast lieblich, mit einer Hand über diese Schulter zu fahren, die erschauert und mich zurückstößt. Das Bettlaken bedeckt dich halb, meine Finger beginnen an der glatten Zeichnung deiner Kehle herabzusteigen, mich niederbeugend atme ich deinen Atem ein, der nach Nacht und nach Sirup riecht, ich weiß nicht, wie es kam, daß meine Arme dich umschlungen halten, ich höre einen Klagelaut, während du die Lenden, dich verweigernd, aufbäumst, aber wir kennen dieses Spiel zu gut, um daran zu glauben, du mußt mir deinen Mund überlassen, der unzusammenhängende Wörter keucht, dein Körper, schlaftrunken und überwunden, kämpft ganz vergeblich, um zu entkommen, wir sind dermaßen eins in diesem verwikkelten Knäuel, in dem die weiße Wolle und die schwarze Wolle wie Spinnen in einem enghalsigen Gefäß kämpfen. An dem Laken, das dich kaum bedeckte, kann ich den jähen Windstoß ablesen, der durch die Luft schneidet, um sich im Schatten zu verlieren, und jetzt sind wir nackt, das Morgengrauen hüllt uns ein und versöhnt uns zu einer einzigen zitternden Materie, aber du versteifst dich darauf zu kämpfen, ziehst dich zusammen und schlingst die Arme um meinen Kopf, öffnest wie in einem Blitz die Schenkel, um ihre monströsen Scheren gleich wieder zu schließen, die mich von mir selbst abtrennen möchten. Ich muß dich langsam übermannen (und dies, das weißt du, habe ich immer mit einer zeremoniellen Anmut getan), ohne dir weh zu tun, biege ich das Schilf deiner Arme auseinander, widme ich mich ausschließlich deiner Lust mit gespreizten Händen, mit weit geöffneten Augen, jetzt sinkt dein Rhythmus in langsamen Bewegungen von schwerer Seide, von tiefen Blasen auf den Grund, Blasen, die bis zu meinem Gesicht aufsteigen, vage liebkose ich dein Haar, das sich über das Kissen ergießt, in dem grünen Halbschatten erblicke ich verwundert meine Hand, die trieft, und bevor ich noch an deine Seite gleite, weiß ich, daß man dich soeben aus dem Wasser gezogen hat, viel zu spät, natürlich, und daß du auf den Steinen des Kais liegst, umgeben von Stiefeln und Stimmen, auf dem Rücken liegend, nackt, mit durchtränktem Haar und die Augen weit offen.

## Das Fräulein Cora

We'll send your love to college, all for a year or two
And then perhaps in time the boy will do for you.
*The trees that grow so high* (Englisches Volkslied)

Ich versteh nicht, warum ich nicht über Nacht bei dem Kleinen im Krankenhaus bleiben darf, wo ich doch seine Mutter bin, und der Dr. De Luisi hat uns persönlich dem Direktor empfohlen. Sie könnten doch eine Liege hineinstellen, und ich würde ihm Gesellschaft leisten, damit er sich allmählich daran gewöhnt, der Ärmste war so blaß, als er eintrat, als sollte er sofort operiert werden. Ich glaube, es ist dieser Geruch in den Krankenhäusern, auch sein Vater war nervös und merkte nicht, daß es Zeit zum Gehen war, aber ich war ganz sicher, daß sie mich bei dem Kleinen ließen. Schließlich ist er noch keine fünfzehn Jahre, die sieht ihm keiner an, so wie er immer an mir hängt, obschon er jetzt in seinen langen Hosen gerne angibt und wie ein erwachsener Mann auftreten möchte. Es wird ihm nahegegangen sein, als er merkte, daß ich nicht bei ihm bleiben durfte, bloß gut, daß sein Vater ihn mit Reden ablenkte, er ließ ihn den Schlafanzug anziehen und ins Bett steigen. Und alles wegen dieser Rotznase von einer Krankenschwester, und ich frage mich, ob sie wirklich nach Anweisung der Ärzte handelt oder aus reiner Bosheit. Aber es war richtig, daß ich es ihr gesagt habe. Ich fragte sie, ob sie auch sicher sei, daß ich gehen müßte. Man braucht sie nur anzusehn, um zu wissen, was das für eine ist, mit diesen Manieren, wie ein Vamp, und dieser enganliegenden Schürze, eine miese Puppe, die hält sich für die Direktorin der Klinik. Immerhin, bei mir kam sie damit nicht an, ich hab ihr meine Meinung gesagt und das, obwohl der Kleine sich schämte und sich am liebsten verkrochen hätte, und sein Vater spielte den Unschuldigen, und natürlich schaute er ihr auf die Beine, wie üblich. Das einzige, was mich tröstet, ist, daß es einen guten Eindruck macht, man merkt, es ist eine Klinik für vermögende Leute; der Kleine hat eine wunderhübsche Nachttischlampe, da kann er seine Zeitschriften lesen, und zum Glück hat sein Vater daran gedacht, ihm Pfefferminzbonbons mitzubringen, die er so gerne ißt. Aber gleich morgen früh, das erste, was ich mache, ich rede mit dem Dr. De Luisi, damit er dieser eingebildeten Rotznase die Meinung sagt. Mal sehen, ob die Decke warm genug ist für den Kleinen, ich will noch eine verlangen, die er für alle Fälle zur Hand haben soll. Aber ja, ich hab es warm genug, bloß gut, daß sie endlich weg sind, Mama denkt, ich bin ein kleiner Junge, und dann steh ich blöd da. Bestimmt glaubt die Krankenschwester, ich könnte nicht den Mund aufmachen, wenn ich was brauche, sie sah mich so komisch an, als Mama sich beschwerte ... Es ist schon richtig, und wenn sie nicht hier bleiben darf, kann ich ihr auch nicht helfen, ich meine, ich bin groß genug, um nachts alleine zu schlafen. Es schläft sich bestimmt gut in diesem Bett, man hört überhaupt keine Geräusche um diese Zeit, manchmal von weitem das Summen des Fahrstuhls, was mich an diesen Horrorfilm erinnert, der auch in einem Krankenhaus spielt, wo um Mitternacht langsam die Tür aufgeht und die gelähmte Frau im Bett sieht den Mann mit der weißen Maske hereinkommen.

Die Krankenschwester ist ziemlich sympathisch, um halb sieben kam sie mit ein paar Papieren zu mir und fragte mich nach meinem vollständigen Namen, wie alt ich sei und solche Sachen. Ich hab gleich die Zeitschrift weggesteckt, denn es hätte einen besseren Eindruck gemacht, wenn ich wirklich ein Buch gelesen hätte und nicht diese Bildergeschichte, ich glaube, sie hat es gemerkt, hat aber nichts gesagt, sicher war sie noch böse wegen Mama, sie wird denken, ich bin genauso wie sie und möchte sie herumkommandieren oder so. Sie fragte mich, ob mir der Blinddarm schmerze, und ich sagte nein, an diesem Abend war er in Ordnung. »Was ist mit dem Puls«, sagte sie, und nachdem sie ihn gefühlt hatte, trug sie noch etwas auf der Liste ein und hing sie zu Füßen meines Bettes. »Hast du Hunger?« fragte sie mich, und ich glaube, ich wurde rot, weil ich nicht erwartet hatte, daß sie mich duzte, sie ist so jung, daß es mir einen Stoß gab. Ich sagte nein, aber es war gelogen, denn um diese Zeit habe ich immer Hunger. »Du wirst heute abend nur wenig essen«, sagte sie, und ehe ich was merken konnte, hatte sie mir auch schon die Packung mit den Pfefferminzbonbons weggenommen und war fort. Ich weiß nicht, ob ich ihr noch was sagen wollte, ich glaube nicht. Aber ich war wütend, weil sie mir das angetan hatte, wie einem kleinen Jungen. Sie hätte mir ja sagen können, ich solle keine Bonbons essen, aber sie mir einfach wegzunehmen ... Sicher war sie wütend wegen Mama und wollte sich an mir schadlos halten, einfach weil sie verärgert war; was weiß ich. Jedenfalls, nachdem sie weg war, war auch mein Ärger auf einen Schlag weg, ich wollte noch böse auf sie sein, aber ich konnte nicht. Wie jung sie ist, ich wette, sie ist noch nicht mal neunzehn, bestimmt hat sie gerade erst ihr Examen als Krankenschwester gemacht. Vielleicht kommt sie, um mir Abendbrot zu bringen, ich werde sie fragen, wie sie heißt, denn wenn sie meine Krankenschwester wird, muß ich ihr doch einen Namen geben. Aber statt ihrer kam eine andere, eine sehr freundliche, blauangezogene Frau, die mir Suppe brachte und ein paar Zwiebäcke, und sie gab mir grüne Pillen, die ich schlucken sollte. Auch sie fragte nach meinem Namen und ob es mir gutginge, und sie sagte mir, in diesem Zimmer würde ich ruhig schlafen können, es sei eines der besten in der Klinik, und das ist wahr, denn ich schlief fast bis um acht, als ich von einer kleinen und wie ein Affe verrunzelten Krankenschwester geweckt wurde, die aber sehr freundlich war und mir sagte, ich könne aufstehen und mich waschen. Aber vorher gab sie mir ein Thermometer und sagte, ich solle es so gebrauchen, wie man es in diesen Kliniken tut, und ich verstand nicht, denn zu Hause steckt man es sich unter den Arm, und da erklärte sie es mir und ging. Wenig später kam Mama, und welche Freude, alles so schön zu sehen, wo ich doch geglaubt hatte, er würde eine schlaflose Nacht verbringen, der arme Gute, aber so sind die Jungen, zu Hause macht man sich Sorgen und dann schlafen sie ruhig und fest, auch wenn sie noch so weit von ihrer Mama sind, die kein Auge zugemacht hat, die Arme. Dr. De Luisi kam, den Kleinen zu untersuchen, und ich ging einen Augenblick hinaus, weil er doch schon groß ist. Ich wär gern der Krankenschwester von gestern begegnet, um ihr richtig ins Gesicht zu sehn und ihr zu zeigen, wo sie hingehört, indem ich sie nur mal so von Kopf bis Fuß anschaue, aber es war niemand auf dem Gang. Dr. De Luisi kam sogleich aus dem Zimmer und sagte, der Kleine werde morgen früh operiert. Es gehe ihm sehr gut, und er sei in sehr guter Verfassung für die Operation. In seinem Alter sei ein Blinddarm eine Kleinigkeit. Ich dankte ihm sehr und nutzte die Gelegenheit, ihm zu sagen, daß das ungehörige Benehmen der Krankenschwester, die am Nachmittag Dienst hatte, meine Aufmerksamkeit erregt habe, und ich sagte es ihm nur deshalb, weil es nicht richtig war, wenn meinem Sohn die nötige Aufmerksamkeit fehle. Danach trat ich ins Zimmer, um dem Kleinen Gesellschaft zu leisten, der seine Zeitschriften las und bereits wußte, daß man ihn am nächsten Tag operieren werde. Als wär's das Ende der Welt, schaut die Ärmste mich an, ich werde schon nicht sterben, Mama, du könntest mir ein wenig Mut machen. Cacho haben sie im Krankenhaus den Blinddarm herausgenommen, und nach sechs Tagen wollte er schon Fußball spielen. Du kannst beruhigt sein, es geht mir sehr gut, und ich brauche nichts. Ja, Mama, ja, zehn Minuten fragt sie mich, ob es mir mehr hier oder mehr da weh tut, bloß gut, daß sie sich zu Hause um meine Schwester kümmern muß. Schließlich ging sie, und ich konnte mir die Bildergeschichte zu Ende ansehn, die ich gestern angefangen hatte.

Die Nachmittagskrankenschwester heißt das Fräulein Cora, ich hab die kleine Krankenschwester danach gefragt, als sie mir das Essen brachte; sie haben mir nur wenig zu essen gegeben und wieder diese grünen Pillen und Tropfen mit Pfefferminzgeschmack. Ich glaube, es sind die Tropfen, die einen so schläfrig machen, denn mir fielen die Zeitschriften aus der Hand, und auf einmal träumte ich von der Schule, wir machten ein Picknick mit den Mädchen von der Unterstufe, wie im vorigen Jahr, und wir tanzten am Rande des Swimmingpools, es war sehr lustig. So gegen halb fünf bin ich aufgewacht und mußte an die Operation denken, nicht daß ich Angst hätte, der Dr. De Luisi hat gesagt, es wäre nichts, aber die Narkose muß komisch sein, und daß sie einen im Schlaf aufschneiden. Cacho sagte, das Schlimmste wäre das Aufwachen, da hat man Schmerzen und muß sich übergeben und hat Fieber. Mamas Kleiner ist gar nicht mehr so neunmalklug wie gestern, man sieht es ihm am Gesicht an, daß er ein wenig Angst hat. Er ist so jung, daß er einem fast leid tut. Als er mich eintreten sah, richtete er sich ganz schnell auf und versteckte die Zeitschrift unterm Kopfkissen. Es war ein wenig kühl im Zimmer, und ich drehte die Heizung an, dann brachte ich das Thermometer und gab es ihm. »Kannst du damit umgehen?« fragte ich ihn, und seine Wangen glühten, als wollten sie platzen. Er nickte und streckte sich im Bett aus, während ich die Jalousien herunterließ und die Nachttischlampe anmachte. Als ich zu ihm ging, damit er mir das Thermometer gebe, war er

35

noch immer so rot, daß ich fast gelacht hätte, und mit Jungen in diesem Alter ist es immer dasselbe. Sie haben Mühe, sich an diese Dinge zu gewöhnen. Und damit nicht genug, sie sieht mir auch noch in die Augen, warum kann ich ihren Blick nicht aushalten, wo sie doch nichts weiter ist als eine Frau, und als ich das Thermometer unter der Decke hervorholte und es ihr gab, schaute sie mich an, und ich glaube, sie lächelte ein wenig, man merkt sicher, wenn ich rot werde, ich kann nun mal nichts dagegen machen, es ist stärker als ich. Danach trug sie die Temperatur in dem Blatt ein, das am Fußende des Bettes ist, und ging weg, ohne etwas zu sagen. Ich weiß schon fast nicht mehr, was ich mit Papa und Mama gesprochen habe, als sie um sechs kamen, um mich zu besuchen. Sie blieben nur kurze Zeit, weil das Fräulein Cora ihnen sagte, man müsse mich vorbereiten und es sei besser, wenn ich am Abend davor Ruhe hätte. Ich dachte, Mama würde ihr mit einem ihrer Sätze kommen, aber sie schaute sie nur von oben bis unten an, und Papa auch, aber ich kenne die Blicke des Alten, das ist gar nicht zu vergleichen. Alles, was kam, war, daß ich Mama sagen hörte: »Ich wär Ihnen dankbar, wenn sie ihn gut pflegen, er ist ein Kind, das stets von seiner Familie umhegt worden ist«, oder irgend so ein Quatsch in dieser Richtung, und ich hätte vor Wut sterben wollen, ich hab dann nicht einmal mehr auf das gehört, was das Fräulein Cora antwortete, aber ich bin sicher, es hat ihr keine Freude gemacht, vielleicht denkt sie, ich hätte mich über sie beschwert oder so.

Gegen halb sieben kam sie zurück mit so einem kleinen Tisch auf Rädern voller Flaschen und Watte, und ich weiß nicht warum, aber plötzlich hatte ich ein wenig Angst, in Wirklichkeit war es keine Angst, aber ich schaute mir an, was es da auf dem kleinen Tisch gab, alle Arten blauer oder roter Fläschchen, Gazetampons und auch Pinzetten und Gummischläuche, der Ärmste schien es langsam mit der Angst zu kriegen ohne seine Mama, die aussieht wie ein aufgetakelter Papagei, ich wär Ihnen dankbar, wenn Sie den Kleinen gut pflegen, wissen Sie, ich habe mit Dr. De Luisi gesprochen, aber ja, Señora, wir werden ihn pflegen wie einen Prinz persönlich. Er ist hübsch, Ihr Kleiner, Señora, mit seinem Gesicht, das rot wird, sobald er mich kommen sieht. Als ich die Bettdecke zurückschlug, tat er eine Bewegung, als wollte er sich wieder zudecken, und ich glaube, er hat gemerkt, daß es mir Spaß machte, ihn so schamhaft zu sehen. »Also nun zieh dir die Schlafanzughose herunter«, sagte ich zu ihm, ohne ihm ins Gesicht zu sehen. »Die Hose?« fragte er, und seine Stimme kippte. »Na klar, die Hose«, wiederholte ich, und er fing an, sich die Schleife zu lösen und sich aufzuknöpfen mit Fingern, die ihm nicht gehorchten. Ich selbst mußte ihm die Hose bis zu den Schenkeln herunterziehen, und er war so, wie ich ihn mir vorgestellt hatte. »Du bist schon ein ziemlich erwachsener Junge«, sagte ich und legte Pinsel und Seife zurecht, obschon es in Wahrheit da kaum etwas zu rasieren gab. »Wie nennen sie dich zu Hause?« fragte ich ihn, während ich ihn einseifte. »Sie nennen mich Pablo«, sagte er mit einer Stimme, die mich jammerte, so groß war seine Scham. »Aber sicher hast du einen Kosenamen«, bestand ich und machte es noch schlimmer, denn ich glaubte, er würde anfangen zu weinen, während ich seine wenigen Haare rasierte. »Also einen Kosenamen hast du nicht? Klar, du bist eben der Kleine.« Ich war mit dem Rasieren fertig und machte ihm ein Zeichen, sich zuzudecken, aber er war schneller und im Nu bis zum Hals zugedeckt. »Pablo ist ein schöner Name«, sagte ich, um ihn ein wenig zu trösten; fast tat es mir leid, ihn so beschämt zu sehen. Es war das erste Mal, daß ich einen so jungen und so schüchternen Burschen betreute. Aber etwas ärgerte mich an ihm, was er vielleicht von seiner Mutter hatte, etwas, das stärker war als seine Jahre und das mir nicht gefiel, und es ärgerte mich auch, daß er für seine Jahre so hübsch und gut gebaut war, ein grüner Junge, der sich schon wie ein Mann vorkam und der mir, sobald er sich besser fühlte, Komplimente machen wird.

Ich machte die Augen nicht auf, das war die einzige Möglichkeit, der ganzen Sache ein wenig zu entkommen. Aber es half nichts, denn ausgerechnet in diesem Augenblick fügte sie hinzu: »Also einen Kosenamen hast du nicht. Klar, du bist eben der Kleine.« Und ich hätte sterben wollen oder sie am Hals packen und würgen, und als ich die Augen aufmachte, sah ich ihr kastanienbraunes Haar beinah über meinem Gesicht, denn sie hatte sich gebückt, um einen Rest Seife zu entfernen, und sie roch nach Mandelshampoo, wie es die Zeichenlehrerin verwendet, oder irgend so ein Parfüm, und ich wußte nicht, was ich sagen sollte. Mir fiel nur ein, sie zu fragen: »Sie heißen Cora, nicht wahr?« Sie sah mich spöttisch an mit ihren Augen, die mich schon kannten und mich überall schon gesehen hatten, und sie sagte: »Fräulein Cora«. Sie sagte das, um mich zu strafen, ich weiß, genauso wie sie vorher gesagt hatte: »Du bist schon ein ziemlich erwachsener Junge«, nur um mich zu verspotten. Auch wenn es mich ärgert, daß ich rot im Gesicht werde, ich kann mich nun mal nicht verstellen, und es ist das schlimmste, was mir passieren kann, so fand ich doch den Mut, ihr zu sagen: »Sie sind so jung, daß ... Also Cora ist ein sehr hübscher Name.« Also ich hatte nicht gerade das sagen wollen, aber ich glaube, es wurde ihr klar, was ich meinte, und es gefiel ihr nicht. Ich bin jetzt sicher, sie ist wegen Mama verärgert, und ich wollte ihr nur sagen, sie sei so jung, daß ich sie lieber nur Cora und sonst nichts genannt hätte, aber wie hätte ich es ihr in diesem Augenblick erklären können, da sie böse war und schon den kleinen Tisch auf Rädern aus dem Zimmer schob und ich solche Lust zu weinen hatte, das ist auch etwas, das ich nicht verhindern kann. Plötzlich versagt mir die Stimme, und ich sehe alles bewölkt, und gerade dann, wenn ich unbedingt die Ruhe selber sein müßte, um zu sagen, was ich denke. Sie wollte hinausgehen, aber als sie an der Tür war, blieb sie einen Augenblick stehen, so als wollte sie nachsehen, ob sie nichts vergessen habe, und ich wollte ihr sagen, was ich gerade dachte, aber ich fand die Worte nicht. Mir fiel nur ein, auf die Seifenschale zu zeigen, er hatte sich aufgerichtet, und nachdem er sich geräuspert, sagte er: »Sie haben die Schale mit der Seife vergessen«, sehr ernst und mit der Stimme eines erwachsenen Mannes. Ich ging zurück, die Schale zu holen, und um ihn ein wenig zu beruhigen, fuhr ich mit der Hand über seine Wange. »Mach dir keine Sorgen, Pablito«, sagte ich, »es wird alles gutgehen, die Operation ist eine Kleinigkeit.« Als ich ihn berührte, warf er den Kopf zurück wie beleidigt, und dann rutschte er unter die Decke bis zur Nasenspitze. Mit erstickter Stimme sagte er aus seinem Versteck: »Ich darf Sie doch Cora nennen, nicht wahr?« Eigentlich bin ich viel zu gutmütig, fast hatte ich Mitleid mit so viel Schamgefühl, das er auf eine andere Weise loswerden wollte, aber ich wußte, ich durfte nicht nachgeben, denn dann würde ich Mühe haben, ihn zu beherrschen, und einen Kranken muß man beherrschen, oder es ist immer dieselbe Geschichte, es geht drunter und drüber wie mit María Luisa in Zimmer vierzehn, und Dr. De Luisi, der eine Nase wie ein Hund hat für solche Dinge, hält einem eine Predigt. »Fräulein Cora«, sagte sie und nahm die Schale und ging. Ich hatte eine solche Wut, eine solche Lust, sie zu schlagen, aus dem Bett zu springen und sie aus dem Zimmer zu stoßen oder ... Ich kann nicht begreifen, daß ich zu ihr sagte: »Wenn ich gesund wäre, würden Sie mich wahrscheinlich anders behandeln.« Sie tat, als hörte sie mich nicht, sie drehte sich nicht einmal nach mir um, und ich blieb allein und hatte keine Lust zu lesen, ich hatte auf gar nichts Lust.

Im Grunde hätte ich gewünscht, daß sie mir eine beleidigte Antwort gegeben hätte, so hätte ich sie um Verzeihung bitten können, denn in Wahrheit hatte ich ja nicht das sagen wollen, meine Kehle war so zugeschnürt, daß ich nicht weiß, wie mir die Worte kamen, ich hatte es nur aus Wut gesagt, aber es war nicht deswegen oder vielleicht schon, aber anders. Na schön, sie sind immer gleich. Man streichelt sie, sagt ihnen ein paar nette Worte, und auf der Stelle spielen sie den starken Mann. Sie wollen nicht glauben, daß sie noch grün hinter den Ohren sind. Das muß ich Marcial erzählen, das wird ihm Spaß machen, und wenn er ihn morgen auf dem Operationstisch sieht, wird es ihn noch mehr amüsieren, so zart und jung, wie der Ärmste ist mit seinem schamroten Gesicht, verdammte Hitze, die mir die Haut hochkriecht, was könnte ich bloß machen, daß mir das nicht passiert. Vielleicht muß ich tief Luft holen, ehe ich was sage, ich weiß nicht. Sicher ist sie wütend fortgegangen, ich bin sicher, sie hat es genau gehört, ich weiß nicht, wie ich ihr das sagen konnte. Ich glaube, als ich sie fragte, ob ich sie Cora nennen darf, war sie nicht beleidigt, das mit dem Fräulein hat sie gesagt, weil es ihre Pflicht ist, aber sie war nicht beleidigt; der Beweis: sie kam zurück und streichelte mein Gesicht. Aber nein, das war vorher, zuerst hat sie mich gestreichelt und dann habe ich ihr das mit Cora gesagt und alles verdorben. Jetzt sind wir schlimmer dran als vorher, und ich werde nicht schlafen können, auch wenn sie mir ein ganzes Röhrchen von diesen Tabletten geben. Zuweilen tut mir der Bauch weh, komisch, wenn man mit der Hand drüberfährt und fühlt sich so glatt, das Schlimme ist, ich muß immer wieder an alles denken, an das Mandelparfüm, an Coras Stimme, für ein so junges und hübsches Mädchen hat sie eine sehr tiefe Stimme, wie eine Bolerosängerin, etwas, das streichelt, auch wenn sie beleidigt ist. Als ich Schritte auf dem Gang hörte, legte ich mich hin und schloß die Augen. Ich wollte sie nicht sehen, es lag mir nichts daran, besser sie läßt mich in Ruhe, ich merkte, wie sie eintrat und die Deckenbeleuchtung einschaltete, er tat, als schliefe er wie ein Engelchen, deckte sich mit einer Hand das Gesicht zu und öffnete die Augen erst, als ich an sein Bett trat. Als er sah, was ich in der Hand hatte, wurde er so rot, daß ich wieder Mitleid mit ihm hatte, und ein wenig mußte ich lachen, es war wirklich zu blöd. »Mal sehen, mein Sohn, zieh dir die Hose herunter und dreh dich auf die Seite«, und der Ärmste hätte beinahe angefangen zu strampeln, wie er es bei seiner Mama gemacht haben wird, mit fünf Jahren, stelle ich mir vor, nein sagen und weinen und unter die Bettdecke kriechen und schreien, aber jetzt konnte der Ärmste das nicht tun, er betrachtete bloß den Irrigator und dann mich, die ich wartete, und plötzlich warf er sich auf die Seite und bewegte die Hände unter der Decke, aber er griff wohl daneben, denn während ich den Irrigator ans Kopfende hing, mußte ich die Bettdecken runterziehn und ihm Anweisung geben, ein wenig das Hinterteil zu heben, damit ich ihm besser die Hose herunterziehen und ein Handtuch unterlegen konnte. »Also schön, nun heb die Beine ein wenig, so ist es gut, leg dich mehr auf den Bauch, ich sag, du sollst dich mehr auf den Bauch legen, ja, so.« Er war so still, daß es fast war, als schreie er; einerseits machte es mir Spaß, den hübschen Hintern meines jungen Verehrers zu betrachten, aber dann hatte ich wieder Mitleid mit ihm, es war wirklich so, als bestrafte ich ihn für das, was er mir gesagt hatte. »Sag Bescheid, wenn es sehr heiß ist«, warnte ich ihn, aber er gab keine Antwort. Ich glaube, er biß sich in die Faust, und ich wollte sein Gesicht nicht sehen, und ich setzte mich deshalb an den Rand des Bettes und wartete, daß er etwas sagte. Doch obschon es sehr viel Flüssigkeit war, hielt er bis zum Schluß aus, ohne ein Wort, und als ich fertig war, sagte ich zu ihm, um das von vorhin zurückzunehmen: »So gefällst du mir, ein ganzer kleiner Mann«, und ich deckte ihn zu, während ich ihm empfahl, es so lange wie möglich auszuhalten, ehe er das Badezimmer aufsuchte. »Soll ich das Licht ausmachen, oder willst du, daß ich es anlasse, bis du aufstehst?« fragte sie mich an der Tür. Ich weiß nicht, wie ich es schaffte, ihr zu sagen, es sei mir gleich oder so, und als ich das Geräusch der sich schließenden Tür hörte, zog ich mir die Bettdecke über den Kopf, und was sollte ich machen: trotz der Koliken biß ich mir in beide Hände und weinte soviel wie keiner, keiner kann sich vorstellen, was ich weinte, während ich sie verfluchte und beschimpfte und ihr ein Messer fünf-, zehn-, zwanzigmal in die Brust stieß und sie dabei jedesmal verfluchte und mich an ihren Qualen weidete, und wie sehr sie mich jetzt bat, ich solle ihr doch verzeihen, was sie mir getan.

Es ist immer die alte Geschichte, mein lieber Suárez, man schneidet und macht auf und plötzlich die große Überraschung. Klar daß das Alter des Jungen alle Chancen auf seiner Seite hat, aber ich werde trotzdem mit dem Vater ein offenes Wort reden müssen, nicht daß wir am Ende Ärger kriegen. Das Wahrscheinlichste ist, daß wir eine gute Reaktion haben, aber etwas stimmt nicht, denken Sie an das, was gleich zu Beginn der Anästhesie geschah: man möchte es nicht glauben bei einem Jungen in seinem Alter. Ich hab zwei Stunden später nach ihm gesehen, und er war ziemlich in Ordnung, wenn Sie bedenken, wie lange die Sache gedauert hat. Als Dr. De Luisi kam, wischte ich dem Ärmsten gerade den Mund ab, er könnte sich nicht genug übergeben, und die Wirkung der Narkose hielt noch vor, aber der Doktor horchte ihn trotzdem ab und bat mich, nicht von seiner Seite zu weichen, bis er richtig wach sei. Die Eltern warten noch immer im Nebenzimmer. Der guten Frau sieht man an, daß sie solche Dinge nicht gewöhnt ist, auf einmal sind ihr die großen Töne ausgegangen, und der Alte sieht aus wie aus dem Wasser gezogen. Na komm schon, Pablito, übergib dich, wenn du willst, und beklag dich soviel du Lust hast, ich bin hier, ja sicher bin ich hier. Der Ärmste schläft noch immer und hält mich fest, als wär er am Ertrinken. Er muß mich für seine Mama halten, alle denken das, es ist immer dasselbe. Also los, Pablito, beweg dich nicht so viel, bleib ruhig, sonst tut es dir noch mehr weh, nein, laß die Hände in Ruh, da darfst du nicht hinfassen. Der Ärmste hat Mühe, aus der Narkose herauszukommen. Marcial hat mir gesagt, die Operation sei sehr lang gewesen. Das ist ungewöhnlich, vielleicht haben sie eine Komplikation gefunden. Manchmal liegt der Blinddarm nicht so sichtbar, ich werde Marcial heute abend fragen. Aber ja, mein Kleiner, schimpfe so viel du willst, aber beweg dich nicht so viel, ich werde dir die Lippen mit diesen Eisstückchen in einer Mullbinde anfeuchten, das löscht den Durst. Ja, mein Lieber, übergib dich noch mehr, erleichtere dich soviel du willst. Was du für Kraft in den Händen hast, du machst mir ja lauter blaue Flecke. Ja, weine, wenn du Lust hast, weine, Pablito, das erleichtert, weine und schimpfe, du schläfst ja noch so fest und meinst, ich bin deine Mama. Du bist wirklich hübsch, weißt du, mit dieser Stupsnase und diesen Wimpern wie Gardinen, und jetzt, wo du so blaß bist, siehst du älter aus. Jetzt würdest du wegen nichts erröten, nicht wahr, mein Lieber. Es tut mir weh, Mama, es tut mir weh, ich will das Gewicht weghaben, das sie auf mich gelegt haben, ich hab etwas im Bauch, das ist so schwer und tut weh, Mama, sag der Krankenschwester, sie soll es wegmachen. Ja, mein Kleiner, es geht schon vorbei, sei ein wenig ruhig, warum hast du so viel Kraft, ich werde María Luisa rufen müssen, damit sie mir hilft. Also, Pablo, ich werde böse, wenn du nicht stillhältst, und wenn du dich weiter so viel bewegst, wird es dir noch viel mehr weh tun. Aha, es scheint, du merkst es selber, es tut mir hier weh, Fräulein Cora, es tut mir hier sehr weh, lassen Sie meine Hände los, ich kann nicht mehr, Fräulein Cora. Gottseidank, er ist eingeschlafen, der arme Kleine, die Krankenschwester kam um halb drei und holte mich und sagte, ich sollte eine Weile bei ihm bleiben, es gehe ihm schon besser, aber ich sehe, wie blaß er ist, er muß viel Blut verloren haben, nur gut, daß der Dr. De Luisi gesagt hat, daß alles gut verlaufen ist. Die Krankenschwester war müde, sie hat mit ihm kämpfen müssen. Ich versteh nicht, warum sie mich nicht eher zu ihm gelassen hat, in dieser Klinik sind sie zu streng. Nun ist es fast Nacht, und der Kleine hat die ganze Zeit geschlafen, man sieht, wie erschöpft er ist, aber ich glaube, er sieht schon besser aus, er hat schon ein wenig Farbe im Gesicht. Er klagt manchmal noch, aber er will den Verband nicht mehr anfassen und atmet ruhig, ich glaube, er wird eine ziemlich gute Nacht verbringen. Als ob ich nicht wüßte, was ich zu tun habe, aber es ließ sich nicht vermeiden; kaum hatte die gute Frau den ersten Schrecken hinter sich, kamen ihr die herrschaftlichen Töne wieder, daß es dem Kleinen an nichts fehlt in der Nacht, bitte, Fräulein. Wenn ich dich nicht bedauern würde, du alte dumme Schachtel, würdest du schon sehen, wie ich dich behandelte. Die Sorte kenn ich, mit einem guten Trinkgeld am letzten Tag, glauben sie, bringen sie alles in Ordnung. Und manchmal ist nicht mal das Trinkgeld gut, aber wozu weiter darüber nachdenken, man hat ihm saubere Sachen angezogen, und alles ist ruhig. Marcial, bleib noch ein wenig, siehst du nicht, daß der Junge schläft, erzähl mir doch, was heute früh los war, na schön, wenn du in Eile bist, lassen wir es für später. Nein, María Luisa könnte hereinkommen, nicht hier, Marcial. Natürlich, der Herr macht, was er will, ich hab dir doch gesagt, ich will nicht, daß du mich küßt, wenn ich bei der Arbeit bin, es ist nicht richtig. Man könnte glauben, wir hätten nicht die ganze Nacht, um uns zu küssen, du Dummer. Geh jetzt. Geh, sag ich, oder ich werde böse. Dummkopf, häßlicher Vogel. Ja, Lieber, bis nachher. Natürlich. Sehr.

Es ist sehr dunkel, aber es ist besser so, ich hab nicht mal Lust, die Augen zu öffnen. Fast tut es mir nicht mehr weh, wie gut das ist, so langsam atmen zu können ohne diese Schwindelanfälle. Alles ist so still, jetzt erinnere ich mich, daß ich Mama gesehen habe. Ich weiß nicht mehr, was sie mir gesagt hat, mir war so schlecht. Den Alten hab ich kaum gesehen, er stand am Fußende und kniff ein Auge zu, der Arme, er bleibt sich immer gleich. Mir ist ein bißchen kalt, Fräulein Cora, ich hätte gern noch eine Decke. Es stimmt, sie war hier, denn kaum hatte ich die Augen aufgemacht, sah ich sie am Fenster sitzen und in einer Zeitschrift lesen. Sie kam sofort zu mir und deckte mich zu, ich brauchte ihr fast nichts zu sagen, denn sie merkte es sofort. Jetzt erinnere ich mich noch, heute nachmittag habe ich sie, glaube ich, mit Mama verwechselt, und sie hat mich beruhigt oder vielleicht habe ich es nur geträumt. Habe ich geträumt, Fräulein Cora? Sie haben mir die Hände festgehalten, nicht wahr? Ich hab so viel blödes Zeug gesprochen, aber das kam, weil ich starke Schmerzen hatte, und diese Schwindelanfälle ... Entschuldigen Sie bitte, es ist bestimmt nicht schön, Krankenschwester zu sein. Ja, Sie lachen, aber ich weiß es, vielleicht hab ich Sie sogar schmutzig gemacht. Schön, ich sag nichts mehr. Mir geht es jetzt gut, mir ist auch nicht mehr kalt. Nein, es tut mir nicht sehr weh, nur etwas. Ist es spät, Fräulein Cora? Pst, du bist jetzt still, ich hab dir doch gesagt, du darfst nicht so viel reden, sei froh, daß es dir nicht weh tut, und lieg jetzt ganz still. Nein, es ist nicht spät, noch nicht sieben. Mach die Augen zu und schlaf, ja, so. Schlaf jetzt.

Doch, ich wollte schon, aber es ist nicht so einfach. Für

Augenblicke denke ich, ich schlaf ein, aber auf einmal gibt mir die Wunde einen Stich, und alles dreht sich mir im Kopf, und ich muß die Augen aufmachen und sie ansehen. Sie sitzt am Fenster, hat die Schirmlampe angeschaltet, um zu lesen, so daß mich das Licht nicht stört. Warum sie wohl die ganze Zeit hierbleibt? Sie hat wunderschönes Haar, es glänzt, wenn sie den Kopf bewegt. Und sie ist so jung. Daß ich sie heute mit Mama verwechselt habe, kann ich mir gar nicht vorstellen. Wer weiß, was ich zu ihr gesagt habe, sicher wird sie wieder über mich gelacht haben. Aber sie hat mir Eis auf die Lippen gelegt, das hat mir gutgetan. Jetzt weiß ich es, sie hat mir Kölnischwasser ins Haar und auf die Stirn gerieben und mir die Hände festgehalten, damit ich mir den Verband nicht abreiße. Sie ist nicht mehr böse mit mir, vielleicht hat Mama sich entschuldigt oder so, sie sah mich ganz anders an, als sie sagte: »Mach die Augen zu und schlaf.« Ich hab es gern, wenn sie mich so ansieht. Ich kann mir gar nicht mehr vorstellen, daß sie mir am ersten Tag die Bonbons weggenommen hat. Ich würde ihr gern sagen, wie schön sie ist und daß ich nichts gegen sie habe, im Gegenteil, es gefällt mir, daß sie es ist, die nachts auf mich aufpaßt, und nicht die kleine Krankenschwester. Ich hätte es gern, wenn sie mir wieder Kölnischwasser ins Haar machte. Ich hätte es gern, daß sie mich mit einem Lächeln um Verzeihung bäte und mir sagte, ich könnte sie Cora nennen.

Er schlief ziemlich lange, und um acht rechnete ich mir aus, daß Dr. De Luisi käme; und so weckte ich ihn, um Fieber zu messen. Er sah schon besser aus, das Schlafen hatte ihm gutgetan. Kaum sah er das Thermometer, steckte er eine Hand aus der Bettdecke, aber ich sagte ihm, er solle stilliegen. Ich wollte ihm nicht in die Augen sehen, damit er nicht leide, aber er wurde trotzdem rot und wollte mir klarmachen, er könne es nun gut alleine. Ich hörte nicht auf ihn, klar, aber der Ärmste war so hartnäckig, daß mir nichts anderes übrigblieb, als ihm zu sagen: »Also, Pablo, du bist doch ein ganzer Mann, nun mach nicht jedesmal dieselben Geschichten, ja?« Wie üblich, bei seiner Schwäche, konnte er die Tränen nicht zurückhalten; ich tat, als merkte ich es nicht, schrieb die Temperatur auf und ging die Injektion vorzubereiten. Als sie zurückkam, hatte ich mir mit dem Laken die Augen getrocknet, und ich hatte eine solche Wut auf mich, daß ich sonst was gegeben hätte, um reden zu können, ihr sagen, daß es mir nichts ausmachte, daß es mir wirklich nichts ausmachte, aber daß ich es nicht verhindern konnte. »Das tut überhaupt nicht weh«, sagte sie mir, die Injektion in der Hand, »es ist, damit du die ganze Nacht gut schläfst.« Sie deckte mich auf, und wieder spürte ich, wie mir das Blut ins Gesicht stieg, aber sie lächelte ein wenig und begann mir den Schenkel mit einer feuchten Watte einzureiben. »Es tut überhaupt nicht weh«, sagte ich zu ihr, denn etwas mußte ich sagen, ich konnte ja nicht einfach still sein, während sie mich anschaute. »Du siehst«, sagte sie, während sie die Nadel herauszog und mich mit Watte abrieb, »du siehst, es tut überhaupt nicht weh. Nichts soll dir weh tun, Pablito.« Sie deckte mich zu und strich mir mit der Hand übers Gesicht. Ich schloß die Augen und hätte tot sein wollen, tot sein und daß sie mir mit der Hand übers Gesicht strich und dabei weinte.

Ich hab Cora nie sehr gut verstanden, aber diesmal geht sie zu weit. Die Wahrheit ist, es macht mir nicht viel aus, ob ich die Frauen verstehe oder nicht. Hauptsache man wird von ihnen geliebt, das vor allem zählt. Wenn sie nervös sind, wenn sie sich wegen jeder Dummheit Gedanken machen, na schön, Kleine, in Ordnung, gib mir einen Kuß und fertig. Man merkt, daß sie noch sehr jung ist. Sie wird eine Weile brauchen, bevor sie gelernt hat, mit diesem verdammten Beruf zu leben. Die Ärmste zog ein Gesicht heute abend, daß ich eine halbe Stunde brauchte, um sie abzulenken. Sie hat noch immer nicht die richtige Art gelernt, wie man bestimmten Kranken die kalte Schulter zeigt, neulich ist es ihr mit der alten Frau aus Zimmer zweiundzwanzig so ergangen, und ich hatte geglaubt, sie habe seitdem dazugelernt, und jetzt macht ihr dieser Junge Kopfschmerzen. Wir waren auf meinem Zimmer und tranken Mate, so gegen zwei Uhr morgens, dann ging sie zu ihm, um ihm die Spritze zu geben, und als sie zurückkam, war sie schlecht gelaunt und wollte nichts von mir wissen. Es steht ihr gut, wenn sie das Gesicht böse verzieht und niedergeschlagen ist. Endlich machte sie ein anderes Gesicht, und später fing sie an zu lachen und zu erzählen, und ich hab es gern, wenn ich sie um diese Zeit ausziehe und fühle, wie sie ein wenig zittert, als wäre ihr kalt. Es muß sehr spät sein, Marcial. Ach, da kann ich noch ein Weilchen bleiben, die zweite Injektion kriegt er um halb sechs, und die kleine Spanierin kommt nicht vor sechs. Entschuldige, Marcial, ich bin dumm, daß ich mir wegen des grünen Jungen solche Sorgen mache, schließlich werde ich mit ihm fertig, aber manchmal hab ich Mitleid mit ihm, in diesem Alter sind sie dumm, und so stolz, wenn ich könnte, würde ich Dr. Suárez bitten, mich auszutauschen, im zweiten Stock liegen zwei frisch Operierte, Erwachsene, die kannst du ruhig fragen, ob sie Stuhlgang haben, und wenn es sein muß, macht man sie sauber und spricht dabei übers Wetter oder die Politik, ein Kommen und Gehen natürlicher Dinge, und jeder ist mit sich selbst beschäftigt, Marcial, und hier ist es nicht so, verstehst du. Sicher, man muß sich an alles gewöhnen, und ich werde noch oft mit Jungen in diesem Alter zu tun haben, alles eine Frage der Technik, wie es bei euch heißt. Ja, Lieber, gewiß. Aber es fing eben alles schlecht an, schuld hatte die Mutter, das läßt sich nicht leugnen, es gab von der ersten Minute an etwas wie ein Mißverständnis, und der Junge hat seinen Stolz, und es schmerzte ihn, vor allem weil er am Anfang nicht wissen konnte, was alles auf ihn zukam, und er den Erwachsenen spielen wollte, mich ansehen so wie du, wie ein Mann. Jetzt vermag ich ihn nicht einmal mehr zu fragen, ob er pinkeln muß, das Schlimme ist nur, er brächte es fertig, es die ganze Nacht auszuhalten, wenn ich im Zimmer bliebe. Ich muß lachen, wenn ich daran denke, er wollte Ja sagen und traute sich nicht, da hat mich so viel Dummheit geärgert, und ich hab ihn gezwungen, damit er austreten lernt, ohne sich zu bewegen, schön brav auf dem Rücken liegend. Er macht immer die Augen zu in solchen Augenblicken, aber das ist fast noch schlimmer, denn dann weint er fast oder fängt an, mich zu beleidigen, er möchte beides und kann nicht, er ist so jung, Marcial, und diese gute Frau, die ihn aufgezogen haben muß wie eine Mimose, der Kleine hier und der Kleine da, großer Hut und die Jacke auf Taille, aber im Grunde noch immer das Baby, das Schätzchen von Mama ... Ach und gerade ich muß ihn kriegen – Starkstrom, wie ihr das nennt, wo er doch bei María Luisa so gut aufgehoben gewesen wäre, die aussieht wie seine Tante und ihn hinten und vorn saubermachen würde, ohne daß ihm die Schamröte ins Gesicht stiege. Nein, die Wahrheit ist, ich habe kein Glück, Marcial.

Ich träumte gerade vom Französischunterricht, als sie die Nachttischlampe anmachte. Das erste, was ich sehe, ist immer ihr Haar, das kommt sicher davon, weil sie sich für die Injektionen oder was es ist bücken muß und ihr Haar dann nahe an meinem Gesicht ist. Einmal hat sie mich am Mund damit gekitzelt, und es riecht so gut, und immer lächelt sie ein wenig, wenn sie mich mit der Watte einreibt, sie hat eine ganze Weile gerieben, ehe sie einstach, und ich sah auf ihre ruhige Hand, wie sie langsam die Spritze eindrückte, die gelbe Flüssigkeit, die langsam eintrat und mir weh tat. »Nein, nein, es tut mir überhaupt nicht weh.« Nie werde ich zu ihr sagen können: »Es tut mir überhaupt nicht weh, Cora.« Und Fräulein Cora sage ich nicht zu ihr, und wenn sie mich auf den Knien drum bittet. Nie, ich werde so wenig wie möglich mit ihr sprechen. Nein, es tut mir gar nicht weh. Nein danke. Ich fühle mich wohl, ich werde weiterschlafen. Danke.

Zum Glück hat er wieder Farbe, aber er ist noch immer sehr schwach, kaum daß er mir einen Kuß geben konnte, und Tante Esther hat er fast nicht mal angesehen, und sie hat ihm doch die Zeitschriften gebracht und die kostbare Krawatte für den Tag, an dem er mit uns nach Hause darf. Die Krankenschwester vom Vormittag ist die Sanftmut in Person, so bescheiden, es macht wirklich Freude, mit ihr zu sprechen, sie sagt, der Kleine habe bis acht geschlafen und etwas Milch getrunken, es scheint, als ob sie jetzt damit anfangen, ihn wieder richtig zu ernähren, ich muß Dr. Suarez sagen, daß er keinen Kakao verträgt, oder vielleicht hat es sein Vater ihm schon gesagt, denn sie haben eine ganze Weile miteinander gesprochen. Wenn Sie bitte einen Augenblick hinausgehen möchten, Señora, wir wollen mal sehen, wie sich unser Mann fühlt. Sie können bleiben, Señor Morán, es ist nur, daß der Mama so viele Binden einen bösen Eindruck machen könnten. Laß doch mal sehen, Kollege. Da tut es weh? Klar, das ist natürlich. Und da, sag mir, ob es da weh tut oder ob es nur empfindlich ist. Schön, das geht ja prima, mein lieber Freund.

Und so fünf Minuten lang, ob es mir hier oder da weh tut, ob es weiter oben empfindlich ist, und der alte Herr, der meinen Bauch anstarrt, als ob er ihn zum ersten Mal sieht. Es ist komisch, aber ich fühle mich erst ruhig, wenn sie wieder gehen, die armen Alten, so bekümmert, wie sie sind. Aber was soll ich machen, sie stören mich, sie sagen immer, was sie nicht sagen sollen, vor allem Mama, und bloß gut, daß die kleine Krankenschwester taub zu sein scheint und alles über sich ergehen läßt mit ihrem Gesicht, als erwarte sie ein Trinkgeld. Also das ist ein Ding, den Leuten hier mit dem Kakao lästig zu fallen, als wäre ich ein Säugling. Ich habe solche Lust, fünf Tage hintereinander zu schlafen, ohne jemanden zu sehen, vor allem Cora nicht, und genau dann wach zu werden, wenn sie mich holen, um nach Hause zu gehen. Vielleicht muß man erst ein paar Tage abwarten, Señor Morán, sicher hat Ihnen De Luisi gesagt, daß die Operation komplizierter gewesen ist, als wir voraussahen, zuweilen gibt es eben kleine Überraschungen. Sicher, bei der Konstitution Ihres Jungen glaube ich, wird es keine Probleme geben, aber es ist besser, wenn Sie Ihrer Frau sagen, daß es mit einer Woche nicht getan ist, wie man zunächst annehmen konnte. Ach ja, sicher, darüber sprechen Sie mit der Verwaltung, das sind interne Dinge. Also jetzt sag mir doch, ob das nicht Pech ist, Marcial. Gestern abend habe ich es dir prophezeit, es dauert länger, als wir gedacht haben. Ja, ich weiß schon, daß es egal ist, aber du könntest ein wenig mehr Verständnis zeigen, du weißt sehr wohl, daß es mich nicht glücklich macht, diesen Jungen zu pflegen, und ihn noch weniger, der Ärmste. Schau mich nicht so an, warum sollte ich kein Mitleid mit ihm haben. Schau mich nicht so an.

Keiner hat mir zu lesen verboten, aber die Zeitschriften fallen mir aus der Hand und das, obschon ich mit zwei Geschichten noch immer nicht fertig bin und dann noch alles, was mir Tante Esther gebracht hat. Mein Gesicht brennt, ich habe bestimmt Fieber oder ist es, weil es so heiß ist in diesem Zimmer, ich werde Cora bitten, das Fenster ein wenig zu öffnen oder mir eine Decke wegzunehmen. Ich möchte schlafen, das tu ich am liebsten, und sie soll dort sitzen und eine Zeitschrift lesen, und ich schlafe, ohne sie zu sehen, ohne zu wissen, daß sie dort ist. Aber jetzt wird sie nachts sicher nicht mehr hier bleiben, das Schlimmste ist vorbei, und sie werden mich allein lassen.

Ich glaube, von drei bis vier habe ich eine Weile geschlafen, pünktlich um fünf kam sie mit einer neuen Medizin, sehr bittere Tropfen. Immer sieht sie aus, als hätte sie gerade gebadet und sich umgezogen, so frisch, und sie riecht nach parfümiertem Puder, nach Lavendel. »Diese Medizin ist gar nicht schön«, sagte sie und lächelte mir zu, um mir Mut zu machen. »Nein, sie ist nur ein wenig bitter, das ist alles«, sagte ich. »Wie hast du den Tag verbracht?« fragte sie mich und schüttelte das Thermometer. Ich sagte, gut, ich hatte geschlafen, und der Dr. Suárez hatte gesagt, es ginge schon besser. »Schön, dann kannst du jetzt ein wenig arbeiten«, sagte sie und gab mir das Thermometer. Ich fand keine Antwort, und sie schloß die Jalousien und ordnete die Fläschchen auf dem Tisch, während ich meine Temperatur maß. Ich hatte sogar Zeit, einen Blick auf das Thermometer zu werfen, ehe sie es holen kam. »Aber ich habe ja sehr hohes Fieber«, sagte er wie erschrocken. Das war dumm, immer bin ich so blöd und will ihm über den bösen Augenblick hinweghelfen und gebe ihm das Thermometer, und natürlich hat der Kleine nichts Eiligeres zu tun, als davon Kenntnis zu nehmen, daß er vor Fieber fliegt. »Die ersten vier Tage ist es immer so, und außerdem hat dir keiner gesagt, daß du nachsehen sollst«, sage ich zu ihm und bin wütender auf mich als auf ihn. Ich fragte ihn, ob er Stuhlgang gehabt hätte, und er sagte nein. Sein Gesicht schwitzte, ich trocknete es ihm ab und tat ein wenig Kölnischwasser darauf; er hatte die Augen geschlossen, bevor er mir Antwort gab, und er öffnete sie nicht, während ich ihn kämmte, damit ihm die Haare auf der Stirn nicht lästig waren. Neunundreißig neun war hohes Fieber, und ob. »Versuch eine Weile zu schlafen«, sagte ich und überlegte, wann ich Dr. Suárez Bescheid sagen konnte. Ohne die Augen zu öffnen, verzog er sein Gesicht wie aus Abscheu, und jedes Wort sorgfältig aussprechend, sagte er: »Sie sind böse zu mir,

Cora.« Ich brachte es nicht fertig, etwas zu antworten, ich blieb an seinem Bett, bis er die Augen aufmachte und mich mit seinem Fieber und seiner ganzen Traurigkeit anblickte. Beinah ungewollt streckte ich die Hand aus und wollte seine Stirn streicheln, aber er stieß mich heftig zurück, und dabei mußte es wohl ein Ziehen an seiner Wunde gegeben haben, denn er krümmte sich vor Schmerzen. Noch ehe ich reagieren konnte, sagte er mit sehr leiser Stimme zu mir: »Hätten Sie mich woanders kennengelernt, wären Sie nicht so zu mir.« Fast hätte ich losgelacht, aber es war so albern, daß er mir das sagte, während seine Augen sich mit Tränen füllten, und mir erging es wie immer, ich hatte Wut und beinahe Angst, plötzlich fühlte ich mich hilflos vor diesem kleinen anmaßenden Jungen, ich konnte mich zwar beherrschen (das verdanke ich Marcial, er hat mir beigebracht, mich zu kontrollieren, und ich kann es jedesmal besser). Ich richtete mich auf, als sei nichts gewesen, hing das Handtuch auf, verschloß die Flasche Kölnischwasser. Na schön, jetzt wußten wir, woran wir uns halten konnten. Im Grunde war es so viel besser. Krankenschwester, Patient und fertig. Soll seine Mutter ihm Kölnischwasser geben, ich hatte anderes zu tun bei ihm und würde es ohne großes Nachdenken tun. Ich weiß nicht, warum ich länger als nötig blieb. Als ich es Marcial erzählte, sagte er, ich hätte ihm Gelegenheit geben wollen, sich zu entschuldigen. Ich weiß nicht, vielleicht war es das oder etwas anderes, vielleicht blieb ich auch nur deshalb, damit er mich weiter beleidigen konnte und um zu sehen, wie weit er gehen würde. Aber er lag noch immer da, die Hände geschlossen, der Schweiß strömte ihm über Stirn und Wangen, es war, als hätten sie mich in kochendes Wasser gesteckt, ich sah violette und rote Flekken, wenn ich die Augen zudrückte, um sie nicht ansehen zu müssen, die noch immer hier war, und ich hätte sonstwas gegeben, nur damit sie sich noch einmal zu mir herunterbeugte und mir die Stirn abtrocknete, als wäre nichts gewesen, aber jetzt war es unmöglich, sie würde gehen, ohne etwas zu tun, ohne etwas zu sagen, und ich würde die Augen öffnen, die Nacht finden, die Nachttischlampe, das leere Zimmer, ein wenig Parfüm noch, und mir zum zehnten Male wiederholen, hundertmal, ich hatte gut daran getan, ihr zu sagen, was ich ihr gesagt hatte, damit sie lerne, mich nicht wie einen kleinen Jungen zu behandeln, damit sie mich in Ruhe lasse, damit sie nicht wegginge.

Sie fangen immer um die gleiche Stunde an, zwischen sechs und sieben Uhr früh, es muß ein Pärchen sein, das in den Nischen im Hof nistet, ein Täuberich, der gurrt, und die Taube gibt ihm Antwort. Nach einer Weile werden sie müde; ich hab es der kleinen Krankenschwester gesagt, die mich waschen kommt und mir das Frühstück bringt. Sie zuckte die Schultern und sagte, auch andere Kranke hätten sich über die Tauben beschwert, aber der Direktor will nicht, daß man sie vertreibt. Ich weiß schon nicht mehr, seit wann ich sie höre, die ersten Morgen war ich zu schläfrig oder hatte Schmerzen, um darauf zu achten, aber seit drei Tagen höre ich die Tauben, und sie machen mich traurig, ich möchte zu Hause sein und Milord bellen hören, Tante Esther hören, die um diese Zeit aufsteht und zur Messe geht. Verdammtes Fieber, das nicht herunter will, sie werden mich wer weiß wie lange hierbehalten, ich werde heute Vormittag Dr. Suárez fragen, schließlich könnte ich ebensogut zu Hause sein. Sehen Sie, Señor Morán, ich möchte offen zu Ihnen sein, das Bild, das sich ergibt, ist alles andere als einfach. Nein, Fräulein Cora, ich möchte, daß Sie sich weiter um den Kranken kümmern, und ich will Ihnen sagen, warum. Aber das heißt doch, Marcial ... Also komm, ich werde dir einen ganz starken Kaffee kochen, also du bist wirklich noch ein Kücken, es ist unglaublich. Hör zu, Kleine, ich hab vertraulich mit Dr. Suárez gesprochen, und es sieht so aus, als ob der Junge …

Bloß gut, daß sie dann still sind, vielleicht fliegen sie weg über die Stadt, sie haben Glück, die Tauben. Was für ein endloser Vormittag. Ich war froh, als die Alten weg waren, jetzt sind sie nicht davon abzuhalten, häufiger zu kommen, seit ich so hohes Fieber habe. Schön, wenn ich vier oder fünf Tage länger hierbleiben muß, was tut's. Zu Hause wäre es besser, klar, aber Fieber hätte ich dort auch und elend würde ich mich auch immer mal wieder fühlen. Wenn man bedenkt, daß ich mir nicht einmal mehr eine Zeitschrift angucken kann, ich bin so schwach, als hätte ich kein Blut mehr. Aber alles kommt vom Fieber, das hat mir gestern abend Dr. De Luisi gesagt, und Dr. Suárez hat es heute morgen wiederholt, sie kennen das. Ich schlafe viel, aber es ist trotzdem so, als verginge die Zeit nicht, immer ist es noch nicht drei, als hätte ich was davon, ob es drei oder fünf ist. Im Gegenteil. Um drei geht die kleine Krankenschwester, was eigentlich schade ist, denn mit ihr komme ich prima aus. Wenn ich doch in einem Ruck bis Mitternacht schlafen könnte, das wäre doch gut. Pablo, ich bin es, das Fräulein Cora. Deine Nachtschwester, die dir weh tut mit den Spritzen. Ich weiß schon, daß es dir nicht weh tut, du Dummer, es war nur ein Scherz, schlaf weiter, wenn du willst, ich bin schon fertig. Er sagte zu mir: »Danke«, ohne die Augen zu öffnen, aber er hätte sie öffnen können, ich weiß, daß er mittags mit der kleinen Spanierin gesprochen hat, auch wenn man ihm untersagt hat, viel zu sprechen. Bevor ich hinausging, drehte ich mich plötzlich um, und er sah mich an, ich spürte, wie er mich die ganze Zeit von hinten angesehen hatte. Ich kehrte um und setzte mich an sein Bett, fühlte seinen Puls, zog ihm die Bettdecke zurecht, die er mit seinen Fieberhänden zerdrückt hatte. Er sah mein Haar an, dann senkte er den Blick und wich meinen Augen aus. Ich ging, um alles zu holen, was ich brauchte, um ihn vorzubereiten, und er ließ mich tun, ohne ein Wort zu sagen, die Augen fest zum Fenster gerichtet, als wäre ich nicht vorhanden. Um halb sechs würden sie ihn holen kommen, es blieb ihm noch eine Weile, um zu schlafen. Die Eltern warteten im Erdgeschoß, denn es hätte ihn zu sehr beeindruckt, sie um diese Zeit zu sehen. Dr. Suárez würde ein wenig eher kommen, ihm zu erklären, daß man die Operation vervollständigen müsse – irgend etwas, das ihn nicht zu sehr beunruhigen würde. Aber statt dessen kam Marcial, ich war nicht gefaßt, ihn so plötzlich eintreten zu sehen, aber er machte mir ein Zeichen, mich nicht zu rühren, und blieb am Fußende stehen, um das Fieberblatt zu lesen, bis Pablo sich an seine Anwesenheit gewöhnt hatte. Dann fing er an, ein wenig im Scherz mit ihm zu reden, das Gespräch so zu führen, wie nur er es versteht, die Kälte auf der Straße, wieviel besser man in diesem Zimmer aufgehoben wäre, und er schaute ihn an, ohne etwas zu sagen, als warte er auf etwas, und lieber wäre es mir gewesen, wenn Marcial gegangen und mich allein mit ihm gelassen hätte, ich hätte es ihm besser als sonstwer sagen können, oder vielleicht nicht, wahrscheinlich nicht. Aber ich weiß es doch schon, Doktor, man wird mich noch einmal operieren, Sie haben mir doch neulich die Narkose gegeben, es ist gut, es ist besser als weiter in diesem Bett zu liegen und mit diesem Fieber. Ich hab ja gewußt, daß sie doch noch etwas machen würden, denn seit gestern hab ich Schmerzen, ein anderer Schmerz, mehr nach innen. Und Sie, die Sie dort sitzen, machen Sie nicht so ein Gesicht, lächeln Sie nicht so, als wollten Sie mich ins Kino einladen. Gehen Sie weg mit ihm und küssen Sie ihn auf dem Gang, so tief habe ich an dem Nachmittag neulich nicht geschlafen, als Sie auf ihn böse waren, weil er Sie hier geküßt hatte. Gehen Sie beide, lassen Sie mich schlafen; wenn ich schlafe, tut es mir nicht so weh.

Also schön, mein Junge, jetzt wollen wir mal diese Angelegenheit ein für allemal aus der Welt räumen, wie lange
willst du uns denn noch ein Bett wegnehmen, du. Zähle
langsam, eins, zwei, drei. So ist schön, zähle weiter, und
in einer Woche kannst du zu Hause ein saftiges Beefsteak
essen. Eine Viertelstunde haben wir geschwitzt, Kleine,
und dann genäht. Du hättest das Gesicht von De Luisi
sehen sollen, man gewöhnt sich nie ganz an diese Dinge.
Weißt du, ich hab die Gelegenheit genutzt, um Dr. Suárez
zu bitten, dich auszuwechseln, wie du wolltest, ich hab
ihm gesagt, dieser schlimme Fall habe dich sehr mitge-
nommen, vielleicht schicken sie dich in die zweite Etage,
wenn du mit ihm sprichst. Na schön, mach, was du willst,
neulich abend hast du dich so sehr beklagt und jetzt spielst
du die Samariterin. Streite nicht mit mir, ich hab es für
dich getan. Gewiß, er hatte es für mich getan, aber die Mühe war umsonst, ich werde heute nacht und alle Nächte
bei ihm bleiben. Um halb neun wurde er wach, die Eltern
gingen gleich, denn es war besser, daß er sie nicht sah, bei
diesem Gesicht, das die Ärmsten machten, und als Dr.
Suárez kam, fragte er mich leise, ob ich mich von María
Luisa vertreten lassen wolle, aber ich schüttelte den Kopf,
und er ging wieder. María Luisa half mir eine Weile, denn
wir mußten ihn festhalten und beruhigen. Dann wurde er
mit einmal ruhig und mußte sich kaum übergeben; er ist
so schwach, daß er wieder einschlief, ohne groß zu klagen,
bis zehn Uhr. Es sind die Tauben, du wirst sehen, Mama,
sie gurren schon wieder wie an jedem Morgen, ich weiß
nicht, warum man sie nicht vertreibt. Sie sollen auf einen
anderen Baum fliegen, gib mir die Hand, Mama, mir ist
so kalt. Ach, ich habe geträumt; mir war, als sei schon
Morgen und die Tauben wären da. Entschuldigen Sie, ich
habe Sie mit Mama verwechselt. Wieder wich sein Blick
aus, er zog sich zurück zu seinem Groll und gab mir noch
einmal die ganze Schuld. Ich kümmerte mich um ihn, so

als merkte ich nicht, daß er noch immer böse auf mich war, ich setzte mich neben ihn und feuchtete seine Lippen mit Eis an. Als er mich anschaute, nachdem ich Kölnischwasser auf seine Hände und Stirn getan hatte, rückte ich noch näher an ihn heran und lächelte ihm zu. »Nenn mich Cora«, sagte ich zu ihm. »Ich weiß, daß wir uns am Anfang nicht verstanden haben, aber wir werden gute Freunde werden, Pablo.« Er blickte mich schweigend an. »Sag: Ja, Cora.« Er schaute mich unentwegt an. »Fräulein Cora«, sagte er schließlich und machte die Augen zu. »Nein, Pablo, nein«, bat ich und küßte ihn auf die Wange, nahe am Mund. »Ich werde Cora für dich sein, nur für dich.« Ich mußte mich zurückwerfen, dennoch bekam ich ein paar Spritzer ab. Ich trocknete ihn ab, stützte seinen Kopf, damit er sich den Mund ausspülte, und küßte ihn wieder, während ich ihm etwas ins Ohr sagte. »Entschuldigen Sie«, sagte er mit einem Faden von Stimme, »ich konnte es nicht zurückhalten.« Ich sagte, er solle nicht dumm sein, dafür sei ich doch hier, um ihn zu pflegen, und er solle sich soviel übergeben wie er wollte, um sich zu erleichtern. »Ich möchte gern, daß Mama käme«, sagte er und schaute mit leeren Augen in die andere Richtung. Ich streichelte noch ein wenig sein Haar, ordnete seine Decken und wartete, daß er etwas sagte, aber er war weit weg, und ich fühlte, daß er leiden würde, bliebe ich noch länger. An der Tür drehte ich mich um und wartete. Seine Augen waren weit geöffnet, zur Zimmerdecke gerichtet. »Pablito«, sagte ich zu ihm. »Bitte, Pablito. Bitte, Lieber«, dann ging ich zum Bett zurück, bückte mich, um ihn zu küssen; er roch nach Kälte, hinter dem Kölnischwasser war das Erbrochene, die Narkose. Eine Minute länger, und ich hätte angefangen zu weinen, vor ihm, für ihn. Ich küßte ihn noch einmal und rannte hinaus; ich ging hinunter, seine Mutter zu suchen und María Luisa. Ich wollte nicht zurück, während seine Mutter bei ihm war, wenigstens in dieser Nacht wollte ich nicht zurück, und dann wußte ich nur zu gut, daß ich keinen Grund haben werde, in dieses Zimmer zurückzukehren, daß Marcial und María Luisa sich um alles kümmerten, bis das Zimmer wieder frei war.

## Die tiefste Liebkosung

Zu Hause sagten sie ihm nichts, doch es wunderte ihn immer mehr, daß sie nichts bemerkt haben sollten. Am Anfang fiel es vielleicht nicht auf und er selbst dachte, daß die Halluzination oder was immer es war, bald vorübergehen werde; doch jetzt, wo er schon bis zu den Ellbogen im Boden eingesunken ging, war es unmöglich, daß seine Eltern und seine Schwestern es nicht sahen und etwas unternahmen. Freilich hatte er bis dahin nicht die geringste Schwierigkeit gehabt, sich zu bewegen, und obgleich das das Seltsame an der Sache zu sein schien, war, was ihn im Grunde nachdenklich machte, daß seine Eltern und seine Schwestern anscheinend nicht bemerkten, daß er überall bis zu den Ellbogen eingesunken ging.

Monoton war es, wie fast immer, wie die Dinge sich ganz allmählich entwickelten, langsam sich verschlimmernd. Eines Tages, als er über den Patio ging, hatte er den Eindruck gehabt, als schöbe er etwas vor sich her, sehr sanft, wie einer, der gegen Watte stößt. Als er genau hinsah, entdeckte er, daß die Schnürsenkel seiner Schuhe aus den Fliesen kaum herausguckten. Er war so erschrokken, daß er weder sprechen noch es jemandem sagen konnte, fürchtete, plötzlich ganz einzusinken, und fragte sich, ob der Boden des Patios vom vielen Scheuern vielleicht aufgeweicht sei, weil seine Mutter ihn jeden Morgen schrubbte und manchmal auch noch nachmittags. Dann faßte er Mut, zog einen Fuß heraus und machte vorsichtig einen Schritt; alles ging gut, außer daß der Schuh bis zur Schleife der Schnürsenkel wieder in den Fliesen versank. Er machte noch mehrere Schritte, zuckte schließlich mit den Achseln und ging bis zur Straßenecke, um sich *La Razón* zu kaufen, weil er die Besprechung eines Films lesen wollte.

Für gewöhnlich mied er es, die Dinge zu übertreiben, und vielleicht hätte er sich am Ende daran gewöhnen können, so zu gehen, doch ein paar Tage später sah er die Schnürsenkel der Schuhe nicht mehr und eines Sonntags nicht einmal mehr den Hosenaufschlag. Von da an blieb ihm nichts anderes übrig, wollte er die Schuhe oder die Strümpfe wechseln, als sich auf einen Stuhl zu setzen, das Bein zu heben und den Fuß auf einen anderen Stuhl oder auf die Bettkante zu stützen. Auf diese Weise gelang es ihm, sich zu waschen und sich umzuziehen, doch kaum stand er auf den Beinen, sank er wieder bis zu den Knöcheln ein, und so ging er überall, selbst auf der Treppe des Büros und auf den Bahnsteigen des Retiro-Bahnhofs. Schon in dieser ersten Zeit traute er sich nicht, seine Familie und nicht einmal einen Unbekannten auf der Straße zu fragen, ob sie etwas Besonderes bemerkten; niemand hat es gern, daß man ihn verstohlen ansieht und denkt, der ist verrückt. Offenbar schien nur er zu bemerken, wie er immer tiefer einsank, doch unerträglich (und eben deswegen überaus schwierig, es einem anderen zu sagen) war der Gedanke, daß es weitere Zeugen dieses langsamen Versinkens geben könnte. Die ersten Stunden, in denen er über das, was ihm da widerfuhr, in Ruhe hatte nachdenken können, ungefährdet in seinem Bett, brachte er damit zu, sich über diese unbegreifliche Ignoranz seitens seiner Mutter, seiner Verlobten und seiner Schwestern zu verwundern. Seine Verlobte, zum Beispiel, wie war es möglich, daß sie am Druck seiner Hand nicht merkte, daß er mehrere Zentimeter kleiner war? Jetzt mußte er sich auf die Zehenspitzen stellen, um sie zu küssen, wenn sie sich an einer Straßenecke verabschiedeten, und in dem Augenblick, da er sich hoch aufrichtete, spürte er ganz deutlich, daß er etwas tiefer einsank, daß er noch leichter wegsackte, und deshalb küßte er sie so selten wie möglich und verabschiedete sich von ihr mit ein paar freundlichen und nichtssagenden Worten, die sie etwas stutzig machten; am Ende sagte er sich, daß seine Verlobte sehr dumm sein müsse, weil sie nicht wie versteinert dastand und gegen diese frivole Behandlung protestierte. Was seine Schwestern anging, die ihn nie geliebt hatten, bot sich ihnen jetzt, wo er ihnen kaum bis zur Schulter reichte, eine einzigartige Gelegenheit, ihn zu demütigen, nichtsdestoweniger behandelten sie ihn weiterhin mit dieser ironischen Liebenswürdigkeit, die sie immer für sehr geistreich gehalten hatten. Über die Blindheit seiner Eltern machte er sich nicht viel Gedanken, weil sie, was ihre Kinder betraf, immer schon blind gewesen waren, doch der Rest der Familie, die Kollegen, Buenos Aires waren auch noch da und sahen ihn. Er dachte logischerweise, daß alles alogisch sei, und die rigorose Konsequenz war ein Messingschild in der Calle Serrano und ein Arzt, der ihm die Beine und die Zunge untersuchte, mit einem Gummihämmerchen auf seinem Knie herumklopfte und einen Scherz machte über ein paar Haare, die er auf dem Rücken hatte. Auf dem Untersuchungsbett war alles normal, doch das Problem begann erneut, als er aufstand; er sagte es dem Arzt, er sagte es ihm noch einmal. So als gäbe er ihm nach, bückte der Arzt sich, um ihm die Knöchel im Boden zu betasten; der Parkettfußboden mußte für ihn durchsichtig und unfühlbar sein, da er nicht nur die Sehnen und die Gelenke untersuchte, sondern ihn sogar am Rist kitzelte. Er bat ihn, sich noch einmal auf das Untersuchungsbett zu legen und horchte ihm Herz und Lunge ab; es war ein teurer Arzt, und selbstverständlich verwandte er gewissenhaft eine gute halbe Stunde darauf, bevor er ihm ein Beruhigungsmittel verschrieb und ihm den üblichen Rat gab, es doch mal mit einer Luftveränderung zu versuchen. Auch wechselte er ihm einen Zehntausend-Pesoschein gegen sechs Tausender.

Nach alldem blieb ihm nichts anderes übrig, als sich zusammenzureißen, jeden Morgen zur Arbeit zu gehen und sich verzweifelt zu recken, um die Lippen seiner Verlobten und den Hut auf dem Kleiderständer im Büro zu erreichen. Zwei Wochen später steckte er schon bis zu den Knien in der Erde, und eines Morgens, als er aufstand, hatte er wieder das Gefühl, als stieße er sanft gegen Watte, doch jetzt stieß er mit den Händen dagegen und er stellte fest, daß ihm die Erde bis halb über die Schenkel reichte. Nicht einmal da war seinen Eltern und seinen Schwestern etwas anzumerken, obgleich er sie schon lange beobachtete, um sie bei der Heuchelei zu ertappen. Einmal war es ihm so vorgekommen, als ob eine seiner Schwestern sich etwas bückte, um den kalten Kuß auf die Wange zu erwidern, den sie beim Aufstehen tauschten, und er argwöhnte, daß sie die Wahrheit entdeckt hatten und sich verstellten. Dem war nicht so; er mußte sich immer noch mehr recken, bis zu dem Tag, als ihm die Erde bis zu den Knien ging, und da machte er eine Bemerkung über die Albernheit dieser oralen Begrüßungen, die ihn immer an Wilde erinnerten, und beschränkte sich auf ein Guten Morgen, von einem Lächeln begleitet. Mit seiner Verlobten machte er etwas Schlimmeres, er brachte es fertig, sie in ein Hotel zu schleppen, und dort, nachdem er in zwanzig Minuten eine Schlacht gegen zweitausend Jahre Tugend gewonnen hatte, küßte er sie pausenlos, bis sie sich wieder anzogen; das Rezept war prima und sie schien sich nicht daran zu stoßen, daß er in den Zwischenzeiten Distanz zu ihr wahrte. Er verzichtete auf den Hut, um ihn im Büro nicht auf den Kleiderständer hängen zu müssen; er fand für jedes Problem eine Lösung, die er in dem Maße, wie er tiefer in die Erde einsank, modifizierte, doch als sie ihm bis an die Ellbogen reichte, merkte er, daß er seine Mittel erschöpft hatte und daß er wohl jemanden um Hilfe bitten müsse.

Er lag schon eine Woche lang im Bett und gab vor, die

Grippe zu haben; er hatte erreicht, daß seine Mutter sich die ganze Zeit um ihn kümmerte und daß seine Schwestern ihm am Fußende des Bettes den Fernsehapparat installierten. Das Bad war gleich nebenan, doch er war skeptisch und stand nur auf, wenn niemand in der Nähe war; nach diesen Tagen, wo das Bett, dieses Rettungsfloß, ihn gänzlich über Wasser hielt, wäre es für ihn unbegreiflicher denn je gewesen, wenn sein Vater hereingekommen wäre und nicht bemerkt hätte, daß er gerade nur mit dem Rumpf aus dem Boden ragte und, um das Glas mit den Zahnbürsten zu erreichen, auf das Bidet oder auf das Klo klettern mußte. Deshalb blieb er im Bett, wenn er wußte, das jemand hereinkommen würde, und von da telefonierte er mit seiner Verlobten, um sie zu beruhigen. Bisweilen träumte er, eine kindliche Vorstellung, von einem System kommunizierender Betten, die es ihm ermöglichten, von dem seinen in das andere zu steigen, wo seine Verlobte ihn erwarten würde, und von dort in ein Bett im Büro und in ein anderes im Kino und im Café, eine Brücke von Betten, die sich über ganz Buenos Aires spannte. Nie würde er in diesem heimatlichen Boden ganz versinken, solange er ein Bett mit Hilfe der Hände erklimmen und eine Bronchitis simulieren konnte.

In dieser Nacht hatte er einen Alptraum und schreiend erwachte er, den Mund voller Erde; es war keine Erde, nur Speichel und schlechter Geschmack und Schrecken. In der Dunkelheit dachte er, wenn er im Bett bliebe, könnte er weiterhin glauben, daß es nichts weiter gewesen sei als ein Alptraum, wenn er aber nur eine einzige Sekunde den Verdacht hegte, daß er mitten in der Nacht aufgestanden war, um ins Bad zu gehen, und bis zum Hals in den Boden gesunken sei, ihn nicht einmal mehr das Bett vor weiterem bewahren könnte. Er überzeugte sich allmählich davon, daß er geträumt hatte, weil es tatsächlich so war, er hatte geträumt, daß er in der Dunkelheit aufstand, gleichwohl wartete er, als er ins Bad gehen mußte, bis er allein war, und stieg auf einen Stuhl, vom Stuhl auf einen Schemel, rückte vom Schemel aus den Stuhl ein Stück weiter, und das mehrmals wiederholend, kam er ins Bad und kehrte wieder ins Bett zurück; er war sicher, daß er, sobald er den Alptraum vergäße, noch einmal aufstehen könnte und daß nur bis zum Gürtel einzusinken geradezu angenehm sein müßte verglichen mit dem, was er gerade geträumt hatte.

Am nächsten Tag sah er sich gezwungen, die Probe aufs Exempel zu machen, weil er im Büro nicht länger fehlen konnte. Natürlich war der Traum eine Übertreibung gewesen, denn in keinem Augenblick kam ihm Erde in den Mund, die Berührung war nicht anders als das Gefühl von Watte, das er am Anfang gehabt hatte, und die einzige wesentliche Veränderung bemerkten seine Augen, die sich fast in gleicher Höhe mit dem Boden befanden: er entdeckte nicht weit vor sich einen Nachttopf, seine roten Pantoffeln und einen kleinen Kakerlak, der ihn so freundlich ansah, wie seine Schwestern oder seine Verlobte das nie getan hatten. Sich die Zähne putzen, sich rasieren waren schwierige Operationen, weil es ihn schon ermattete, den Rand des Bidets zu erreichen und zu erklimmen. Bei ihm zu Haus wurde das Frühstück gemeinsam eingenommen, doch zum Glück hatte sein Stuhl zwei Querstangen, die er als Sprossen benutzte, um ihn so schnell wie möglich zu erklettern. Seine Schwestern lasen den *Clarín* mit der Aufmerksamkeit jedes Lesers eines so patriotischen Morgenblatts, doch seine Mutter sah ihn einen Augenblick lang an und fand ihn etwas blaß wegen der Tage im Bett und dem Mangel an frischer Luft. Sein Vater sagte zu ihr, daß sie immer die gleiche wäre und ihn mit ihren Verhätschelungen nur verdürbe; alle waren guter Laune, weil die neue Regierung, die sie diesen Monat hatten, Lohnerhöhungen und Angleichung der Renten angekündigt hatte. »Kauf dir einen neuen Anzug«, riet ihm die Mutter, »schließlich kannst du jetzt, wo sie die Löhne erhöhen, einen neuen Kredit aufnehmen.« Seine Schwestern hatten schon beschlossen, einen neuen Eisschrank und Fernseher anzuschaffen; er bemerkte, daß zwei verschiedene Marmeladen auf dem Tisch standen. Diese Nachrichten und Beobachtungen lenkten ihn ab, und als alle vom Tisch aufstanden, um ihren Geschäften nachzugehen, war er noch in der Phase vor dem Alptraum, gewohnt, nur bis zum Gürtel einzusinken; auf einmal sah er ganz nahe die Schuhe seines Vaters, die leicht seinen Kopf streiften und in den Patio hinausgingen. Er flüchtete unter den Tisch, um den Sandalen einer seiner Schwestern, die den Tisch abdeckte, zu entgehen, und versuchte, die Fassung wiederzugewinnen. »Ist dir was runtergefallen?« fragte ihn seine Mutter. »Die Zigaretten«, sagte er und hielt sich so fern wie möglich von den Sandalen und Pantoffeln, die immer noch um den Tisch herumtrippelten. Im Patio gab es Ameisen, Geranienblätter und eine Glasscherbe, die ihm fast die Backe zerschnitten hätte; er kehrte schleunigst in sein Zimmer zurück und kletterte auf das Bett, als das Telefon klingelte. Es war seine Verlobte, die ihn fragte, ob es ihm besser gehe und ob sie sich am Abend treffen könnten. Er war so verwirrt, daß er seine Gedanken nicht gleich ordnen konnte, und ehe er sich besann, hatte er sich schon um sechs mit ihr verabredet, an der Ecke wie immer, um ins Kino zu gehen oder ins Hotel, wonach ihnen gerade wäre. Er legte sich das Kissen auf den Kopf und schlief ein; nicht einmal er hörte sich im Schlaf weinen.

Um dreiviertel sechs zog er sich auf der Bettkante sitzend an, und als niemand in Sicht war, nutzte er die Gelegenheit und ging über den Patio, wobei er um die dort schlafende Katze einen großen Bogen machte. Als er auf der Straße war, fiel es ihm schwer, sich an den Gedanken zu gewöhnen, daß die unzähligen Paar Schuhe, die in Augenhöhe an ihm vorbeigingen, ihn nicht stießen oder auf ihn traten, da er für die Besitzer dieser Schuhe nicht dort zu sein schien, wo er war; daher ging er zuerst ständig im Zickzack, wich zumal den Damenschuhen aus, die wegen ihrer Spitzen und Absätze am gefährlichsten waren; dann aber sah er, daß er ganz unbesorgt sein konnte, und war noch vor seiner Verlobten an der Ecke. Ihm tat der Hals weh, weil er zu oft den Kopf gehoben hatte, um von den Vorübergehenden etwas mehr zu sehen als die Schuhe, und am Ende wurde aus dem Weh ein derart schmerzhafter Krampf, daß er sich das Aufblicken versagen mußte. Zum Glück kannte er die verschiedenen Schuhe und Sandalen seiner Verlobten gut, weil er ihr oft geholfen hatte, sie und anderes auszuziehen, so daß er, als er die grünen Schuhe kommen sah, nur zu lächeln und aufmerksam zuzuhören brauchte, was sie ihm sagen würde, um ihr darauf so unbefangen wie möglich zu antworten. Aber seine Verlobte sagte an diesem Abend nichts, was bei ihr recht seltsam war; die grünen Schuhe waren einen halben Meter vor seinen Augen stehengeblieben, und obgleich er nicht wußte, warum, hatte er den Eindruck, daß seine Verlobte wie wartend dastand; jedenfalls hatte sich der rechte Schuh ein wenig einwärts gedreht, während der andere das Gewicht des Körpers trug; dann fand ein Wechsel statt, der rechte Schuh drehte sich nach außen, während sich der linke fest auf den Boden stützte. »Was für eine Hitze den ganzen Tag«, sagte er, um die Unterhaltung zu beginnen. Seine Verlobte antwortete ihm nicht, und vielleicht allein deshalb wurde er in diesem Augenblick, während er auf eine Antwort wartete, die so trivial wäre wie seine Phrase, der Stille ringsum gewahr. Alle Geräusche der Straße, der Absätze, die noch vor einer Sekunde die Fliesen hämmerten: nichts davon. Er wartete etwas, die grünen Schuhe kamen ein wenig näher und hielten erneut inne; die Sohlen waren ziemlich abgelaufen, seine arme Verlobte hatte eine schlecht bezahlte Stelle. Gerührt, wollte er etwas tun, das ihr seine Liebe bewiese, und kratzte mit zwei Fingern die Sohle mit dem größten Verschleiß, die des linken Schuhs; seine Verlobte rührte sich nicht, so als wartete sie absurderweise immer noch, daß er käme. Es mußte an der Stille liegen, daß er den Eindruck hatte, die Zeit dehne sich, werde endlos, und zugleich schien die Müdigkeit seiner Augen, so nahe den Dingen, die Bilder zu verscheuchen. Unter unerträglichen Schmerzen konnte er noch den Kopf heben, um das Gesicht seiner Verlobten zu suchen, aber er sah nur die Sohlen der Schuhe, und in solcher Entfernung, daß nicht einmal mehr die Schadstellen zu erkennen waren. Er streckte einen Arm aus, dann den anderen, versuchte, diese Sohlen zu streicheln, die soviel über das Leben seiner armen Verlobten aussagten; mit der linken Hand konnte er sie gerade noch berühren; aber die rechte erreichte sie schon nicht mehr, und dann keine von beiden mehr. Und seine Verlobte wartete natürlich weiter.

## Siestas

Eines Tages, in einer Zeit ohne Horizont, wird sie sich vielleicht daran erinnern, wie Tante Adela fast jeden Abend diese Platte mit den Stimmen und Chören hörte, an die Traurigkeit, wenn langsam die Stimmen einsetzten, eine Frau, ein Mann und dann viele zusammen, die etwas sangen, das man nicht verstand, an das grüne Etikett mit Erklärungen für die Erwachsenen, *Te lucis ante terminum, Nunc dimittis*, Tante Lorenza sagte, daß es Latein wäre und daß von Gott und so die Rede wäre, dann wurde Wanda es leid, nicht zu verstehen, und wurde so traurig, wie wenn Teresita bei sich zu Haus die Platte von Billie Holliday auflegte und sie rauchten, während sie sie hörten, weil Teresitas Mutter zu tun hatte und ihr Vater geschäftlich unterwegs war oder Siesta hielt, und dann konnten sie in Ruhe rauchen, doch Billie Holliday zu hören war eine schöne Traurigkeit, bei der man Lust bekam, sich hinzulegen und vor Glück zu weinen, so wohl fühlten sie sich in Teresitas Zimmer, wenn sie bei geschlossenem Fenster und bei dem Rauch Billie Holliday hörten. Zu Haus war es ihr verboten, diese Lieder zu singen, weil Billie Holliday eine Schwarze war und daran gestorben war, daß sie immerzu Drogen genommen hatte, Tante María ließ sie eine Stunde länger am Klavier Arpeggios üben, Tante Ernestina begann ihr mit ihrer Rede über die Jugend von heute, und *Te lucis ante terminum* ertönte in dem Raum, wo Tante Adela nähte beim Schein einer Kristallkugel voller Wasser, in der sich (wie schön) alles Licht der Nähtischlampe sammelte. Noch ein Glück, daß Wanda nachts im selben Bett mit Tante Lorenza schlief und es da kein Latein gab noch Vorträge über Tabak und über die Verderbtheit aller, die sich auf der Straße herumtreiben, nach dem Beten machte Tante Lorenza das Licht aus und einen Augenblick sprachen sie von irgend etwas, fast immer von Grock, dem Hund, und wenn Wanda dann einschlief, überkam sie ein Gefühl der Versöhnung, etwas besser beschützt zu sein vor der Traurigkeit des Hauses bei der Wärme von Tante Lorenza, die sanft schnaubte, fast so wie Grock, warm und etwas zusammengekauert und zufrieden schnaubte wie Grock auf dem Teppich im Eßzimmer.

»Tante Lorenza, laß mich nicht mehr von dem Mann mit der künstlichen Hand träumen«, hatte Wanda sie in der Nacht des Alptraums angefleht. »Bitte, nicht, Tante Lorenza, bitte nicht.«

Als sie Teresita davon erzählt hatte, hatte die gelacht, aber es war nicht zum Lachen, und auch Tante Lorenza hatte nicht gelacht, als sie ihr die Tränen trocknete, sie gab ihr ein Glas Wasser zu trinken und beruhigte sie allmählich, half ihr die Bilder zu verscheuchen, eine Mischung von Erinnerungen an den letzten Sommer und Bilder des Alptraums, der Mann, der so sehr denen im Album von Teresitas Vater ähnelte, oder die Sackgasse, wo der Mann in Schwarz sie bei Einbruch der Dunkelheit in die Enge getrieben hatte, indem er immer näher kam, dann stehenblieb und ihr im Schein des Vollmonds ins Gesicht schaute, die Brille mit dem Metallbügel, der Schatten der Melone, der die Stirn verbarg, und dann die Bewegung des rechten Arms, der sich ihr entgegenstreckte, der schmallippige Mund, das Schreien oder das Rennen, das sie vor Weiterem bewahrt hatte, das Glas Wasser und das Streicheln Tante Lorenzas, bis sie langsam und zagend wieder in den Schlaf fand und bis in den Tag hinein schlief, das Abführmittel von Tante Ernestina, die leichte Suppe und die guten Ratschläge, wieder zu Hause hocken und *Nunc dimittis*, doch schließlich die Erlaubnis, zu Teresita spielen zu gehen, obgleich diesem Mädchen nicht zu trauen war, bei der Erziehung, die ihre Mutter ihr gab, könnte sie womöglich noch verderben, aber am Ende war es schlimmer, immer dieses trübselige Gesicht zu sehen, und etwas Zerstreuung würde ihr nicht schaden, früher, da stickten die Mädchen während der Siesta oder übten Tonleitern, aber die Jugend von heute.

»Die sind nicht nur verrückt, sondern idiotisch«, hatte Teresita gesagt und ihr eine von den Zigaretten gereicht, die sie ihrem Vater stibitzte. »Was für Tanten du dir zugelegt hast, armes Kind. Da haben sie dir gleich ein Abführmittel gegeben? Warst du schon oder was? Sieh mal, was die Chola mir geliehen hat, die ganze Herbstmode ist dadrin, aber zuerst schau dir die Bilder von Ringo an und sag mir, ob der nicht eine Wonne ist, da ist er, der mit dem offenen Hemd. Stell dir vor, er hat Haare auf der Brust.«

Später hatte sie mehr wissen wollen, aber Wanda fiel es schwer, weiter davon zu sprechen, denn plötzlich hatte sie wieder die Flucht vor Augen, das verrückte Rennen durch die Gasse, und das war nicht der Alptraum, wenn es auch fast das Ende des Alptraums sein mußte, das sie vergessen hatte, als sie schreiend erwachte. Früher vielleicht, Ende vergangenen Sommers, hätte sie es Teresita erzählen können, aber sie hatte es für sich behalten, weil sie Angst hatte, Teresita würde es Tante Ernestina klatschen, zu jener Zeit kam Teresita noch zu ihnen, und die Tanten zogen ihr mit Toast und Dulce de leche* die Würmer aus der Nase, bis sie sich mit ihrer Mutter verfeindeten und Teresita nicht mehr bei sich sehen wollten, obgleich sie Wanda an manchen Nachmittagen, wenn sie Besuch hatten und nicht gestört werden wollten, zu ihr gehen ließen. Jetzt hätte sie Teresita alles erzählen können, aber es lohnte die Mühe nicht mehr, weil der Alptraum auch das andere war oder das andere vielleicht die Ursache des Alptraums gewesen war, alles ähnelte so sehr

* Süßspeise

dem Album von Teresitas Vater und nichts endete wirklich, es war wie diese Straßen in dem Album, die sich in der Ferne verloren, so wie in den Alpträumen.

»Teresita, mach die Tür etwas auf, es ist so warm, wenn alles zu ist.«

»Sei nicht dumm, dann kommt uns meine Alte auf die Schliche, merkt, daß wir geraucht haben. Hat eine Witterung wie ein Tiger, die Pecosa, in diesem Haus muß man aufpassen.«

»Man wird dich nicht gleich zu Tode prügeln.«

»Du hast gut reden, du gehst wieder nach Hause, was kümmert's dich. Immer dieselbe Göre, du.«

Aber Wanda war keine Göre mehr, obwohl Teresita es ihr immer noch unter die Nase rieb, wenn auch immer seltener seit dem Nachmittag, an dem es auch so warm gewesen war und sie von diesen Dingen gesprochen hatten und Teresita es ihr gezeigt hatte und alles anders geworden war, obgleich Teresita sie immer noch eine Göre nannte, wenn sie sich über sie ärgerte.

»Ich bin keine Göre«, sagte Wanda und blies den Rauch durch die Nase.

»Schon gut, schon gut, reg dich nicht auf. Du hast recht, es ist eine Bruthitze. Am besten, wir ziehen uns aus und machen uns einen Wein mit Eis. Ich will dir was sagen, du, das hast du wegen Papas Album geträumt, wenn es darin auch keine künstliche Hand gibt, aber bei Träumen, man weiß ja. Guck mal, wie sie sich bei mir entwickelt haben.«

Durch die Bluse war nicht viel zu sehen, doch entblößt waren sie recht ansehnlich, veränderten ihr Äußeres, machten sie zur Frau. Wanda schämte sich, sich auszuziehen und ihre Brust zu zeigen, wo noch kaum was zu erkennen war. Teresitas einer Schuh flog bis zum Bett, der andere landete unter dem Sofa. Wirklich, er war wie die Männer im Album von Teresitas Papa, die Männer in Schwarz, die auf fast allen Bildern zu sehen waren, Teresita hatte ihr das Album eines Nachmittags gezeigt, als ihr Papa gerade gegangen war und das Haus so verlassen und still war wie die Räume und Häuser im Album. Vor lauter Aufregung lachend und einander schubsend waren sie in den ersten Stock hinaufgerannt, wohin Teresitas Eltern sie manchmal baten, um in der Bibliothek wie junge Damen Tee zu trinken, und an solchen Tagen konnte keine Rede davon sein, in Teresitas Zimmer zu rauchen oder Wein zu trinken, weil die Pecosa es sofort merkte; deshalb nutzen sie es aus, wenn das Haus ihnen allein gehörte, und rannten kreischend und einander jagend nach oben wie jetzt, wo Teresita Wanda einen solchen Schubs gab, daß sie auf das blaue Kanapee fiel, und fast gleichzeitig sich bückte, ihren Slip auszog und nackt vor Wanda stand, und beide einander mit einem etwas scheuen und dünnen Lächeln betrachteten, bis Teresita laut auflachte und sie fragte, ob sie wirklich so dumm wäre und nicht wüßte, daß da Härchen wüchsen wie auf der Brust von Ringo. »Aber ich hab auch welche«, hatte Wanda gesagt, »ich hab sie letzten Sommer gekriegt.« Geradeso wie in dem Album, wo alle Frauen viele hatten, auf fast allen Bildern spazierten sie herum oder saßen oder lagen auf der Wiese und in den Wartesälen der Bahnhöfe (»die sind verrückt«, meinte Teresita), und auch wie sie beide jetzt betrachteten sie einander mit großen Augen, und immer war Vollmond, obgleich er auf dem Bild nicht zu sehen war, alles geschah an Orten, wo Vollmond war, und die Frauen gingen nackt auf den Straßen und Bahnhöfen umher, und obgleich ihre Wege sich kreuzten, war es, als sähen sie sich nicht, und sie waren allein, und manchmal sahen Herren in schwarzem Anzug oder grauem Staubmantel zu, oder untersuchten mit einem Mikroskop und ohne den Hut abzunehmen seltsame Steine.

»Du hast recht«, sagte Wanda, »er sah den Männern im

Album sehr ähnlich, auch er hatte eine Melone auf und trug eine Brille, er war genau wie sie, nur daß er eine künstliche Hand hatte, doch neulich, als . . .«

»Hör auf mit der künstlichen Hand«, sagte Teresita. »Willst du den ganzen Nachmittag so bleiben? Zuerst klagst du über die Hitze und dann bin ich es, die sich auszieht.«

»Ich sollte ins Bad gehen.«

»Das Abführmittel! Nein wirklich, deine Tanten haben einen Knall. Mach schnell, und wenn du wiederkommst, bring noch etwas Eis mit, sieh dir Ringo an, wie er mich beäugt, der liebe Engel. Gefällt dir dieses Bäuchlein, Schatz? Sieh es dir genau an, reib dich, so, ja so, die Chola wird mich umbringen, wenn ich ihr das zerknitterte Bild zurückgebe.«

Wanda war so lange wie möglich im Bad geblieben, um nicht noch mal gehen zu müssen, es war schmerzhaft und das Abführmittel machte sie wütend, und dann sah Teresita auf dem blauen Kanapee sie auch noch an, als wäre sie ein Kind, machte sich über sie lustig wie neulich, als sie ihr das gezeigt hatte, sie hatte nicht verhindern können, daß sie puterrot wurde, diese Nachmittage, an denen alles anders war, zuerst Tante Adela, die ihr erlaubte, etwas länger bei Teresita zu bleiben, schließlich wohnt sie gleich nebenan und ich muß die Direktorin und die Sekretärin von Marías Schule empfangen, und wo das Haus so klein ist, gehst du besser zu deiner Freundin spielen, aber daß du mir auf dem kürzesten Wege zurückkommst und dich nicht mit Teresita auf der Straße herumtreibst, die tut das gern, ich kenne sie, dann rauchten sie ein paar Zigaretten, die Teresitas Vater in einer Schreibtischschublade vergessen hatte, mit goldenem Filter und einem eigentümlichen Duft, und am Ende hatte Teresita es ihr gezeigt, sie konnte sich nicht mal genau erinnern, wie es gekommen war, sie hatten über das Album gesprochen, oder war das mit dem Album Anfang des Sommers gewesen, an jenem Nachmittag waren sie wärmer angezogen und Wanda hatte den gelben Pullover an, demnach war es noch nicht Sommer, am Ende wußten sie nicht, was sagen, sie sahen sich an und lachten, fast ohne miteinander zu reden, waren sie auf die Straße gegangen und hatten in der Bahnhofsgegend einen Spaziergang gemacht, wobei sie die Ecke von Wandas Haus mieden, weil Tante Ernestina bestimmt ihre Schritte hören würde, auch wenn sie mit der Direktorin und der Sekretärin zusammen war. Auf dem Perron des Bahnhofs hatten sie sich eine Weile aufgehalten, waren auf und ab gegangen, als warteten sie auf den Zug, und hatten zugesehen wie die Lokomotiven vorbeifuhren, die die Bahnsteige beben machten und den Himmel mit schwarzem Rauch erfüllten. Da, oder war es schon auf dem Rückweg, als es Zeit war, sich zu trennen, hatte Teresita ihr wie beiläufig gesagt, daß sie dabei vorsichtig sein sollte, es wäre nicht zum Lachen, und Wanda, die schon versucht hatte, es zu vergessen, wurde rot, und Teresita lachte und sagte ihr, daß das von diesem Nachmittag niemand erfahren könne, aber daß ihre Tanten wie die Pecosa wären und daß, wenn man nicht vorsichtig wäre, sie sie eines Tages dabei ertappen würden, und dann würde sie was erleben. Sie hatten wieder gelacht, aber es stimmte, ausgerechnet Tante Ernestina war es, die sie gegen Ende der Siesta dabei ertappte, obgleich Wanda sicher gewesen war, daß niemand zu dieser Zeit in ihr Zimmer kommen würde, alle waren schlafen gegangen, und im Patio hörte man Grocks Kette und das Summen der vor Sonne und Hitze wildgewordenen Wespen, gerade noch hatte sie Zeit gehabt, sich die Bettdecke bis zum Hals hochzuziehen und so zu tun, als schliefe sie, aber es war zu spät, weil Tante Ernestina am Fußende des Bettes stand, mit einem Ruck, ohne ein Wort zu sagen, hatte sie ihr die Bettdecke weggezogen, hatte nur

auf die bis zu den Waden heruntergestreifte Schlafanzughose geblickt. Bei Teresita verschlossen sie die Tür, obgleich die Pecosa es verboten hatte, aber Tante María
und Tante Ernestina erzählten von Bränden und davon,
daß Kinder, die sich eingeschlossen hatten, in den Flam-
men umgekommen waren, doch nicht das war es, wovon
Tante Ernestina und Tante Adela jetzt sprachen, zuerst
waren sie an ihr Bett getreten, ohne etwas zu sagen, und
Wanda hatte sich gestellt, als verstünde sie nicht, bis Tante
Adela ihre Hand packte und sie ihr verdrehte und Tante
Ernestina ihr eine Ohrfeige gab, dann noch eine und noch
eine, heulend verteidigte sich Wanda, mit dem Gesicht
auf dem Kissen schrie sie, daß sie nichts Schlimmes getan hätte, daß es sie nur juckte und daß sie da, aber Tante
Adela zog sich den Pantoffel aus und begann sie auf die
Hinterbacken zu schlagen, wobei sie ihr die Beine festhielt, und sie sprachen von verdorben und von sicher Teresita und von der Jugend und der Undankbarkeit und
von den Krankheiten und dem Klavier und von Haus-
arrest, aber vor allem von der Verkommenheit und den
Krankheiten, bis, durch das Geschrei und Gejammer auf-
geschreckt, Tante Lorenza aufstand und auf einmal Ruhe
war, blieb nur Tante Lorenza, die sie betrübt ansah, ohne
sie zu beruhigen oder zu streicheln, doch eben Tante Lorenza, wie jetzt, wo sie ihr ein Glas Wasser gab und sie
vor dem Mann in Schwarz beschützte, indem sie ihr wieder und wieder ins Ohr sagte, daß sie gut schlafen werde,
daß sie den Alptraum nicht noch einmal haben werde.

»Du hast zuviel Puchero* gegessen, ich hab's bemerkt.
Puchero am Abend liegt schwer im Magen, so wie Orangen. Aber nun komm! Es ist vorbei, schlaf, ich bin bei
dir, du wirst nicht mehr träumen.«

»Worauf wartest du noch? Zieh dir das Zeug aus. Mußt

* Eintopf aus Fleisch, Gemüse, Kichererbsen, Kartoffeln, Speck und Paprika-
wurst.

du noch mal ins Bad? Du wirst dich umstülpen wie ein Handschuh, deine Tanten sind verrückt.«

»Es ist nicht so warm, um sich gleich nackt auszuziehen«, hatte Wanda an dem Nachmittag gesagt, als sie sich auszog.

»Du warst es, die zuerst von der Hitze gesprochen hat. Gib mir das Eis und bring die Gläser, es ist noch Süßwein da, aber gestern hat die Pecosa sich die Flasche angesehen und ein Gesicht gezogen. Ich sehe es immer an ihrem Gesicht. Sie sagt nichts und zieht ein Gesicht und weiß, was ich weiß. Wie gut, daß der Alte nur noch ans Geschäft denkt und nie zu Hause ist. Es stimmt, du hast schon Haare, aber wenig, siehst immer noch aus wie ein Kind. Ich werde dir in der Bibliothek was zeigen, wenn du mir schwörst, daß.«

Teresita hatte das Album per Zufall entdeckt, der Bücherschrank ist verschlossen, darin hat dein Papa die wissenschaftlichen Bücher, die noch nichts für dich sind, was für Idioten, sie hatten ihn halb offen gelassen und es waren Wörterbücher darin und ein Buch mit einem neutralen Umschlag, damit es einem ja nicht auffällt, und noch ein anderes mit anatomischen Tafeln, die nicht wie die in der Schule waren, die hier waren ganz ausgeführt, doch kaum hatte sie das Album herausgezogen, da interessierten sie die anatomischen Tafeln nicht mehr, weil das Album wie ein Roman in Bildern war, nur ganz merkwürdig, die Textstellen leider französisch und man konnte gerade nur ein paar Worte verstehen, *la sérénité est sur le point de basculer,* sérénité bedeutete Gelassenheit, aber basculer, das war die Frage, ein seltsames Wort, bas hieß Strumpf, die bas Dior der Pecosa, aber culer, die Strümpfe des Rückwärtsgehens ergab keinen Sinn, und die Frauen auf den Bildern waren entweder nackt oder trugen Röcke und lange Gewänder, aber nie hatten sie Strümpfe an, vielleicht hieß es was anderes, und auch Wanda war dieser

Meinung gewesen, als Teresita ihr das Album zeigte, und sie hatten wie verrückt gelacht, das war das Schöne an Wanda in den Stunden der Siesta, wenn man sie beide allein im Haus ließ.

»Es ist nicht so warm, um sich gleich nackt auszuziehen«, sagte Wanda. »Warum übertreibst du so? Ich hab's zwar gesagt, aber das wollte ich damit nicht sagen.«

»Du möchtest also nicht so sein wie die Frauen auf den Bildern?« neckte Teresita sie und streckte sich auf dem Kanapee aus. »Sieh mich an und sag, ob ich nicht genauso bin wie die auf dem Bild, wo alles wie aus Glas ist und man in der Ferne einen ganz kleinen Mann sieht, der auf der Straße daherkommt. Zieh dir den Slip aus, dumme Gans, siehst du nicht, daß du alles verdirbst.«

»Ich kann mich an das Bild nicht erinnern«, sagte Wanda und fingerte unschlüssig am Gummiband des Slips herum. »Ah ja, ich glaube mich zu entsinnen, da hing eine Lampe von der Decke, und im Hintergrund, da war ein blaues Bild mit dem Vollmond. Alles war blau, nicht wahr?«

Weiß der Teufel, warum sie sich an dem Nachmittag mit dem Album so lange bei diesem Bild aufgehalten hatten, wo es doch andere gab, die aufregender und absonderlicher waren, zum Beispiel das von Orphée, der dem Wörterbuch zufolge Orpheus war, der Vater der Musik, der in die Unterwelt hinabstieg, wo es auf dem Bild gar keine Unterwelt gab, gerade nur eine Straße mit Häusern aus rotem Backstein, ein wenig wie am Anfang des Alptraums, obgleich sich dann alles verändert hatte und da wieder die Gasse war mit dem Mann mit der künstlichen Hand, und durch diese Straße mit Häusern aus rotem Backstein kam Orpheus ganz nackt, Teresita hatte ihn ihr gleich gezeigt, doch beim ersten Hinsehen hatte Wanda gedacht, daß er auch eine von den nackten Frauen wäre, bis Teresita zu lachen anfing und genau da den Finger drauflegte und Wanda sah, daß es ein ganz junger Mann war, aber ein Mann, und sie sich Orpheus lange und genau ansahen und sich fragten, wer wohl diese Frau sei, die ihm den Rücken zukehrt, und warum sie ihm den Rücken zukehre, wo der Reißverschluß ihres Rocks halb offen ist, als wenn das eine Art wäre, im Garten spazierenzugehen.

»Das ist eine Verzierung, kein Reißverschluß«, entdeckte Wanda. »Sieht so aus, aber wenn du genau hinsiehst, ist es so was wie eine falsche Naht, die aussieht wie ein Verschluß. Unbegreiflich, daß Orpheus auf der Straße geht und nackt ist und die Frau im Garten hinter der Mauer ihm den Rücken zukehrt, höchst merkwürdig. Orpheus sieht mit dieser ganz weißen Haut und diesen Hüften wie eine Frau aus. Wenn nicht das da wäre, natürlich.«

»Wir wollen ein anderes suchen, wo man's von nahem sehen kann«, sagte Teresita. »Hast du schon Männer gesehen?«

»Nein, wie sollte ich«, sagte Wanda. »Ich weiß, wie es ist, aber wie sollte ich es sehen. Wie bei den Babys, nur größer, nicht? Wie bei Grock, aber Grock ist ein Hund und das ist was anderes.«

»Die Chola sagt, daß es ihnen, wenn sie verliebt sind, dreimal so groß wird, und dann kommt es zur Befruchtung.«

»Um Kinder zu kriegen? Ist das die Befruchtung oder was?«

»Wie dumm du bist, Kind. Schau dir das hier an, sieht fast aus, als wär's dieselbe Straße, aber da sind zwei nackte Frauen. Warum malt er so viele Frauen, dieser arme Mensch? Sieh genau hin, es sieht so aus, als ob sie aufeinander zugingen, ohne sich zu sehen, und jede geht ihren Weg weiter, die sind völlig verrückt, nackt auf offener Straße und kein Polizist, der dagegen einschreitet, das gibt's auf der ganzen Welt nicht. Sieh das da, da ist ein Mann, aber er ist bekleidet und versteckt sich in einem

Haus, man sieht von ihm nur das Gesicht und eine Hand. Und diese Frau, die mit Zweigen und Blättern bekleidet ist, ich sage dir, die sind verrückt.«

»Du wirst nicht mehr träumen«, versprach Tante Lorenza und streichelte sie. »Schlaf jetzt, du wirst sehen, daß du nicht mehr träumst.«

»Es stimmt, du hast schon Haare, aber wenig«, hatte Teresita gesagt. »Seltsam, du siehst immer noch aus wie ein Kind. Zünde mir die Zigarette an. Komm.«

»Nein, nein«, hatte Wanda gesagt und wollte sich losmachen. »Was machst du? Ich will nicht, laß mich.«

»Wie dumm du bist. Warte, du wirst sehen, ich zeig's dir. Aber ich tu dir doch nichts, bleib ruhig und du wirst sehen.«

Am Abend hatten sie sie ins Bett geschickt und ihr nicht erlaubt, ihnen einen Kuß zu geben, das Abendessen war wie auf den Bildern gewesen, wo alles Schweigen war, nur Tante Lorenza blickte sie dann und wann an und reichte ihr die Schüssel, am Nachmittag hatte sie von ferne Tante Adelas Platte gehört und es war ihr so vorgekommen, als klagten die Stimmen sie an, *Te lucis ante terminum*, sie hatte bereits beschlossen, sich umzubringen, und sie mußte lange weinen bei dem Gedanken an Tante Lorenza, wenn die sie tot auffinden würde und alle tiefe Reue empfänden, sie würde sich umbringen, indem sie vom Dach in den Garten sprang oder sich mit der Gillette von Tante Ernestina die Adern öffnete, aber nicht gleich, weil sie Teresita noch einen Abschiedsbrief schreiben und ihr sagen mußte, daß sie ihr verzeihe, und einen weiteren an die Geographie-Lehrerin, die ihr den wunderschön gebundenen Atlas geschenkt hatte, zum Glück wußten Tante Ernestina und Tante Adela nichts davon, daß Teresita und sie zum Bahnhof gegangen waren, um die Züge zu sehen, und daß sie nachmittags rauchten und Wein tranken, und vor allem nichts davon, daß sie an jenem Abend, als sie von Teresita nach Hause gegangen war, anstatt über die Straße zu gehen, wie sie ihr eingeschärft hatten, einmal um's Karree gegangen war und der Mann in Schwarz auf sie zugekommen war, um sie nach der Zeit zu fragen, wie im Alptraum, aber vielleicht war das nur im Alptraum, laß es so sein, lieber Gott, genau da, wo die Gasse begann, die an der Lehmmauer mit den Schlingpflanzen endete, und damals hatte sie auch nicht bemerkt (aber vielleicht war das nur im Alptraum), daß der Mann eine Hand in der Tasche des schwarzen Anzugs verbarg, bis er begann, sie ganz langsam herauszuziehen, während er sie nach der Uhrzeit fragte, und es war eine Hand wie aus rosa Wachs mit steifen, halb gekrümmten Fingern, die in der Sakkotasche steckte und die nach und nach zum Vorschein kam, und da war sie gerannt, immer weiter weg von der Einmündung der Gasse, aber sie konnte sich kaum noch erinnern, daß sie gerannt war und dem Mann entwischt war, der sie in der Gasse in die Enge treiben wollte, da war sowas wie eine Lücke, weil sich durch das Entsetzen vor der künstlichen Hand und dem schmallippigen Mund nur dieser Augenblick dem Gedächtnis eingeprägt hatte, und es gab weder ein Vorher noch ein Nachher, wie in der Nacht des Alptraums, als Tante Lorenza ihr ein Glas Wasser zu trinken gegeben hatte, im Alptraum gab es kein Vorher noch Nachher und, was noch schlimmer war, sie konnte Tante Lorenza nicht erzählen, daß es nicht nur ein Traum war, weil sie sich dessen nicht mehr sicher war und sie Angst hatte, daß sie es erführen, und alles vermischte sich und Teresita und das einzige Gewisse war, daß Tante Lorenza da neben ihr im Bett lag, sie in ihre Arme nahm und ihr einen ruhigen Schlaf versprach, ihr das Haar streichelte und es ihr versprach.

»Nicht wahr, du magst das?« sagte Teresita. »Man kann es auch so machen, schau.«

»Nein, nein, bitte nicht«, sagte Wanda.

»Doch, das ist noch schöner, man fühlt doppelt, die Chola macht es so und ich auch, siehst du, wie du es magst, lüg nicht, wenn du willst, leg dich hier hin und mach es dir selbst, du weißt ja jetzt, wie.«

»Schlaf, meine Liebe«, hatte Tante Lorenza gesagt, »du wirst sehen, daß du nun nicht mehr träumst.«

Aber es war Teresita, die sich mit halb geschlossenen Augen zurücklehnte, so als wäre sie auf einmal ganz müde, nachdem sie es Wanda gezeigt hatte, und sie ähnelte der blondhaarigen Frau auf dem blauen Kanapee, nur daß sie jünger war und brünett, und Wanda mußte an die andere Frau auf dem Bild denken, die eine brennende Kerze betrachtete, obgleich es in dem Zimmer mit den Glaswänden eine Lampe gab, die von der Decke hing, und es sah so aus, als ob die Straße mit den Laternen und der Mann in der Ferne sich auch im Zimmer befänden, zum Zimmer gehörten wie auf fast allen diesen Bildern, aber keines war ihr so sonderbar vorgekommen wie das, das die Fräulein von Tongres hieß, weil demoiselles Fräulein bedeutete, und anstatt Teresita anzusehen, die schwer atmete, so als wäre sie sehr müde, konnte sie sich ebensogut noch einmal das Bild ansehen mit den Fräulein von Tongres, was ein Ort sein mußte, weil es groß geschrieben war, sie umarmten sich da, in lange, blaue und rote Gewänder gehüllt, aber unter den Gewändern waren sie nackt und eine hatte die Brüste entblößt und liebkoste die andere, und beide hatten schwarze Baskenmützen auf und langes blondes Haar, liebkoste sie, indem sie ihr mit den Fingern den Rücken hinunterstrich, so wie es Teresita gemacht hatte, und der kahlköpfige Mann im Staubmantel war wie der Doktor Fontana, als Tante Ernestina sie zu ihm gebracht hatte und der Doktor, nachdem er unter vier Augen mit Tante Ernestina gesprochen hatte, zu ihr gesagt hatte, sie solle sich entkleiden, und sie war dreizehn und sie hatte schon ihre Periode bekommen und deshalb hatte Tante Ernestina sie hingebracht, wenn es vielleicht auch nicht nur deswegen war, weil der Doktor Fontana zu lachen anfing und Wanda hörte, daß er zu Tante Ernestina sagte, dem sei keine große Bedeutung beizumessen und man solle nicht übertreiben, und dann hörte er sie ab und sah ihr in die Augen und er hatte einen Mantel an, der dem des Mannes auf dem Bild ähnelte, nur daß er weiß war, und er sagte zu ihr, sie solle sich auf die Liege legen, und befühlte sie da unten und Tante Ernestina war dabei, aber sie war ans Fenster getreten und sah hinaus, obgleich man die Straße nicht sehen konnte, weil das Fenster weiße Scheibengardinen hatte, bis der Doktor rief und zu ihr sagte, daß sie sich keine Sorgen machen solle, und Wanda sich anzog, während der Doktor ein Stärkungsmittel und einen Sirup für die Bronchien verschrieb, und in der Nacht des Alptraums war es ähnlich gewesen, weil der Mann in Schwarz am Anfang freundlich war und lächelte wie der Doktor Fontana und lediglich wissen wollte, wie spät es ist, aber dann war die Gasse gekommen, wie an dem Abend, als sie einmal ums Karree gegangen war, und am Ende blieb ihr nichts anderes übrig, als mit der Gillette Selbstmord zu begehen oder sich vom Dach zu stürzen, nachdem sie der Lehrerin und Teresita geschrieben hatte. »Du bist idiotisch«, hatte Teresita gesagt. »Zuerst bist du so blöd und läßt die Tür offen und dann bist du nicht mal fähig, dich zu verstellen. Ich warne dich, wenn deine Tanten mit der Geschichte zur Pecosa laufen, weil sie bestimmt mir die Schuld geben werden, steckt man mich kurzerhand in ein Internat, Papa hat's mir schon angedroht.«

»Trink noch ein bißchen«, sagte Tante Lorenza. »Nun wirst du schlafen bis morgen früh, ohne zu träumen.«

Das war das Schlimmste, es nicht Tante Lorenza erzählen zu können, ihr erklären, warum sie an dem Abend der Szene mit Tante Ernestina und Tante Adela heimlich das Haus verlassen hatte und durch Straßen und Straßen gelaufen war, ohne zu wissen, was tun, nur daran denkend, daß sie sich sofort umbringen müsse, sich vor einen Zug werfen, und sie sah sich nach allen Seiten um, weil vielleicht der Mann wieder da war, und wenn sie an einen einsamen Ort käme, wollte sie auf ihn zugehen, um ihn nach der Zeit zu fragen, vielleicht gingen die Frauen auf den Bildern nackt durch diese Straßen, weil auch sie heimlich von zu Hause weggegangen waren, und hatten Angst vor diesen Männern im grauen Staubmantel oder im schwarzen Anzug wie der Mann in der Gasse, doch auf den Bildern gab es viele Frauen, sie aber ging jetzt allein durch die Straßen, obgleich sie zum Glück nicht nackt war wie die anderen und keine in einem langen roten Gewand sie umarmte oder ihr sagte, daß sie sich hinlegen solle, wie es Teresita und der Doktor Fontana gesagt hatten.

»Billie Holliday war eine Schwarze und sie ist daran gestorben, daß sie immerzu Drogen genommen hat«, sagte Teresita. »Hatte Halluzinationen und so.«

»Was ist das, Halluzinationen?«

»Ich weiß nicht, was Fürchterliches, die schreien und winden sich. Aber du hast recht. Es ist eine Bruthitze. Am besten, wir ziehen uns aus.«

»Es ist nicht so warm, um sich gleich nackt auszuziehen«, hatte Wanda gesagt.

»Du hast zuviel Puchero gegessen«, sagte Tante Lorenza. »Puchero am Abend liegt schwer im Magen, so wie Orangen.«

»Man kann es auch so machen, schau«, hatte Teresita gesagt.

Wer weiß, warum das Bild, an das sie sich am deutlichsten erinnerte, das mit dieser engen Straße war, mit Bäumen auf der einen Seite und einer Tür im Vordergrund auf dem anderen Trottoir, und noch dazu mitten auf der

Straße ein Tischchen mit einer brennenden Lampe, wo doch heller Tag war. »Hör endlich auf mit der künstlichen Hand«, hatte Teresita gesagt. »Willst du den ganzen Nachmittag so bleiben? Zuerst klagst du über die Hitze und dann bin ich es, die sich auszieht.« Auf dem Bild ging sie die Straße hinunter, ein langes, dunkles Gewand nachschleppend, und in der Tür im Vordergrund war Teresita, die den Tisch mit der Lampe betrachtete, ohne zu bemerken, daß dort hinten auf der einen Straßenseite, ohne sich von der Stelle zu rühren, der Mann in Schwarz auf Wanda wartete. »Aber das sind nicht wir«, hatte Wanda gedacht, »es sind vollentwickelte Frauen, die nackt durch die Straßen gehen, nicht wir sind das, es ist wie im Alptraum, man glaubt, man ist da, aber man ist nicht da, und Tante Lorenza wird mich nicht weiterträumen lassen.« Wenn sie Tante Lorenza doch hätte bitten können, daß sie sie vor den Gefahren der Straße bewahre, und davor, sich vor einen Zug zu werfen, daß der Mann in Schwarz nicht wieder auftauche, der auf dem Bild hinten auf der Straße wartete, jetzt, wo sie einmal ums Karree ging (»komm auf dem kürzesten Weg nach Hause und treib dich nicht noch auf der Straße herum«, hatte Tante Adela gesagt) und der Mann in Schwarz auf sie zukam, um sie nach der Uhrzeit zu fragen, und sie langsam in die fensterlose Gasse drängte, immer näher an die Lehmmauer mit den Schlingpflanzen, und sie unfähig war zu schreien oder zu fliehen oder sich zu wehren, wie im Alptraum, aber im Alptraum gab es einen Lichtblick, weil Tante Lorenza da war, die sie beruhigte, und mit dem Geschmack des frischen Wassers und dem Streicheln alles verschwand, und auch der Abend mit der Gasse endete mit einem Lichtblick, als Wanda aus der Gasse herausgerannt war, ohne sich umzublicken, gerannt, bis sie zu Hause war und die Tür verriegelte und Grock rief, damit er den Eingang bewachte, da sie Tante Adela ja nicht die Wahrheit sagen konnte. Jetzt war wieder alles wie vorher, doch in der Gasse gab es diesen Lichtblick nicht mehr, sie konnte nicht mehr fliehen noch erwachen, der Mann in Schwarz drängte sie gegen die Lehmmauer und Tante Lorenza beruhigte sie nicht, an diesem Abend war sie allein mit dem Mann in Schwarz, der sie nach der Uhrzeit gefragt hatte, der ihr immer näher kam und langsam die Hand aus der Tasche zog, Wanda immer näher, die sich gegen die Schlingpflanzen preßte, und der Mann in Schwarz fragte nicht mehr nach der Zeit, die wächserne Hand suchte etwas an ihr, unter ihrem Rock, und die Stimme des Mannes sagte ihr ins Ohr, sei still und weine nicht, wir wollen machen, was Teresita dir gezeigt hat.

## Sommer

Gegen Abend ging Florencio mit dem Mädchen hinunter zum Landhaus, sie folgten dem schmalen, holprigen Weg voller loser Steine, den nur Mariano und Zulma sich mit dem Jeep zu fahren trauten. Zulma öffnete ihnen die Tür, und Florencio fand, daß ihre Augen aussahen, als wäre sie gerade beim Zwiebelschälen. Mariano kam aus dem anderen Zimmer, sagte, sie möchten doch hereinkommen, aber Florencio wollte sie nur bitten, das Mädchen bis zum nächsten Morgen zu sich zu nehmen, denn er müsse in einer dringenden Angelegenheit zur Küste, und im Dorf gebe es niemanden, den er um diesen Gefallen hätte bitten können. Aber natürlich, sagte Zulma, lassen Sie es nur da, wir werden ihm hier unten ein Bett aufschlagen. Kommen Sie doch auf ein Glas herein, insistierte Mariano, nur fünf Minuten, aber Florencio hatte das Auto auf dem Dorfplatz gelassen und mußte sofort weiter; er dankte ihnen und gab seinem Töchterchen, das bereits den Stoß Zeitschriften auf der Bank entdeckt hatte, einen Kuß; als die Tür ins Schloß fiel, sahen sich Zulma und Mariano wie fragend an, als wäre alles viel zu schnell gegangen. Mariano zuckte die Achseln und ging zurück in seine Werkstatt, wo er gerade dabei war, einen alten Sessel zu leimen; Zulma fragte das Mädchen, ob es Hunger habe, sie schlug ihm vor, sich mit den Zeitschriften zu vergnügen, in der Besenkammer sei ein Ball und ein Schmetterlingsnetz; das Mädchen bedankte sich und begann sich die Zeitschriften anzusehen; Zulma beobachtete es einen Augenblick, während sie die Artischocken für das Abendessen zubereitete, und sagte sich, daß sie es allein spielen lassen könne.

Jetzt wurde es schon früh Abend hier im Süden, es blieb ihnen gerade noch ein Monat bis zur Rückkehr in die Hauptstadt, Beginn des anderen, des winterlichen Lebens,

das letztlich auch nur ein Überleben war, ein freundschaftliches, distanziertes Zusammenleben, die vielen leeren,
förmlichen Zeremonien der Rücksichtnahme zwischen
einem Paar einhalten, wie eben jetzt, wo Mariano eine
der Herdflammen brauchte, um seinen Leimtopf warm
zu machen, und Zulma den Topf Kartoffeln vom Feuer
nahm und sagte, sie werde sie nachher gar kochen, und
Mariano dankte, denn der Sessel war ja schon fast fertig,
und es wäre besser, alles auf einmal zu leimen, aber natürlich, mach ihn nur warm. Im Hintergrund des großen Raums, der als Küche und Eßzimmer diente, blätterte
das Mädchen in den Zeitschriften, Mariano holte ihm aus
der Vorratskammer ein paar Bonbons; es war die Stunde,
da man in den Garten ging, um ein Glas zu trinken und
zuzusehen, wie es in den Hügeln dunkel wurde; nie sah
man jemanden auf dem schmalen Weg, das erste Haus
des Dorfes oben auf der Höhe war kaum zu erkennen;
das Gelände vor ihnen fiel ab bis zur Talsohle, die schon
im Dunkel lag. Schenk schon ein, ich komme gleich, sagte
Zulma. Alles vollzog sich zyklisch, alles zu seiner Zeit
und jedes Ding hat seine Zeit, die Ausnahme war das
Mädchen, das das Schema plötzlich etwas durcheinan-
derbrachte; ein Hocker und ein Glas Milch für das Mädchen, ein Streicheln übers Haar und ein Lob, weil es so
brav war. Die Zigaretten, die Schwalben, die um das Haus
segelten; alles wiederholte sich, griff ineinander, der Sessel mußte schon fast trocken sein, zusammengeleimt wie
dieser neue Tag, der in keiner Hinsicht neu war. Die einzige kleine Abwechslung war an diesem Nachmittag das
Mädchen, wie manchmal mittags der Postbote, der sie
für einen Augenblick aus ihrer Einsamkeit riß, ein Brief
für Mariano oder Zulma, den der Empfänger entgegennahm und wortlos einsteckte. Noch ein Monat dieser vorhersehbaren, wie einstudierten Wiederholungen, und der
bis oben hin beladene Jeep würde sie in ihre Stadtwoh-

nung zurückbringen, in ein Leben, das nur seiner äußeren Form nach ein anderes war, Zulmas Kreis oder Marianos Malerfreunde, für sie die Einkaufsbummel am Nachmittag und für Mariano die Abende in den Cafés, ein Aneinandervorbeigehen, auch wenn man sich immer wieder traf, um ein Zeremoniell einzuhalten, das als Scharnier diente, der morgendliche Kuß und die Stunden neutralen Beisammenseins, wie jetzt, wo Mariano Zulma noch ein Glas anbot und sie es dankend entgegennahm, versunken im Anblick der fernen Hügel, die sich schon tief violett färbten.

Was möchtest du zum Abendessen, Kind. Was es gibt, Señora. Vielleicht mag es keine Artischocken, gab Mariano zu bedenken. Doch, die mag ich, sagte das Mädchen, mit Essig und Öl, aber wenig Salz weil es beißt. Sie lachten, würden ihm eine extra Essigtunke machen. Und weichgekochte Eier, wie wär's damit. Mit einem Löffelchen, sagte das Mädchen. Und mit wenig Salz, weil es beißt, scherzte Mariano. Salz beißt fürchterlich, sagte das Mädchen, meiner Puppe gebe ich den Brei ohne Salz, heute habe ich sie nicht mitgebracht, weil Papa es eilig hatte und mich nicht ließ. Es wird eine schöne Nacht, dachte Zulma laut, sieh nur, wie klar die Luft gegen Norden ist. Ja, es wird nicht allzu heiß werden, sagte Mariano, während er die Sessel hinunter in den Salon trug und am großen Fenster, das auf das Tal hinausging, die Lampen anknipste. Automatisch schaltete er auch das Radio ein, Nixon wird nach Peking reisen, nicht zu fassen, sagte Mariano. Es gibt keine Gottesfurcht mehr, sagte Zulma, und beide mußten lachen. Das Mädchen beschäftigte sich wieder mit den Zeitschriften und machte Eselsohren in die Seiten mit den Comics, als gedächte es, diese noch einmal zu lesen.

Die Nacht brach an bei Insektenspray, das Mariano oben im Schlafzimmer versprühte, und dem Geruch einer Zwiebel, die Zulma kleinschnitt, wobei sie zur Popmusik aus dem Radio summte. Während des Abendessens schlief das Mädchen über seinem Kochei fast ein; sie neckten es deswegen, redeten ihm zu, zu Ende zu essen; Mariano hatte ihm schon das Feldbett mit einer Luftmatratze in der hintersten Ecke der Küche hergerichtet, so daß sie es nicht stören würden, wenn sie noch eine Weile unten im Salon blieben, um Schallplatten zu hören oder zu lesen. Das Mädchen aß seinen Pfirsich und gab zu, daß es müde sei. Geh schlafen, mein Liebes, sagte Zulma, wenn du Pipi machen mußt, brauchst du nur hinaufzugehen, wir lassen das Licht auf der Treppe brennen. Schon halb schlafend, gab ihnen das Mädchen einen Kuß auf die Wange, doch bevor es sich hinlegte, suchte es sich eine Zeitschrift aus und legte sie unter sein Kopfkissen. Sie sind unglaublich, sagte Mariano, eine unerreichbare Welt, und wenn man bedenkt, daß sie einmal die unsere, die aller war. Vielleicht ist sie gar nicht so verschieden von der unseren, sagte Zulma, die den Tisch abräumte, auch du hast deine Manien, das Fläschchen Kölnischwasser links und die Gilette rechts, von mir ganz zu schweigen. Aber das sind keine Manien, dachte Mariano, ist eher eine Antwort auf den Tod und das Nichts, Dinge und Zeiten festhalten, Riten und Übergänge einführen angesichts der Unordnung, die voller Löcher und Flecke ist. Nur sagte er das nicht mehr laut, von Mal zu Mal schien es weniger nötig, mit Zulma zu sprechen, und auch Zulma sagte nichts, das zu einem Gedankenaustausch führen konnte. Bring die Kaffeekanne, ich habe schon die Tassen auf die Bank am Kamin gestellt. Sieh nach, ob noch Zucker in der Dose ist, ein neues Paket ist in der Vorratskammer. Ich kann den Korkenzieher nicht finden, diese Flasche Schnaps sieht gut aus, was? Ja, eine schöne Farbe. Da du gerade hinaufgehst, bring doch die Zigaretten mit, die ich auf der Kommode liegengelassen habe. Wirklich, dieser Schnaps ist gut. Es ist heiß, findest du nicht auch. Ja, es ist schwül, besser, wir machen die Fenster nicht auf, sonst ist gleich alles voller Falter und Mücken.

Als Zulma das erste Geräusch hörte, war Mariano gerade dabei, in den Schallplattenstapeln nach einer Beethoven-Sonate zu suchen, die er diesen Sommer noch nicht gehört hatte. Er hielt inne, die Hand in der Luft, sah Zulma an. Ein Geräusch wie auf der Steintreppe im Garten, aber um diese Zeit kam niemand zum Haus, nachts kam nie jemand. Von der Küche aus schaltete er die Lampe an, die den vorderen Teil des Gartens erhellte, doch er sah nichts und machte sie wieder aus. Ein streunender Hund, der was zum Fressen sucht, sagte Zulma. Klang merkwürdig, fast wie ein Schnauben, sagte Mariano. Am großen Fenster jagte ein riesiger weißer Fleck vorbei, Zulma stieß einen kurzen Schrei aus, Mariano, der mit dem Rücken zum Fenster gestanden hatte, drehte sich um, zu spät, die Fensterscheibe spiegelte nur die Bilder und die Möbel des Salons wider. Er hatte keine Zeit zu fragen, das Schnauben kam von der Nordseite, ein Wiehern, erstickt wie der Schrei Zulmas, die beide Hände vor den Mund hielt, sich an die hintere Wand preßte und starr zum großen Fenster blickte. Es ist ein Pferd, sagte Mariano, ohne es selbst zu glauben, hört sich an wie ein Pferd, ich habe die Hufe gehört, es galoppiert durch den Garten. Die Mähne, die Lefzen, die zu bluten schienen, ein mächtiger weißer Kopf streifte das große Fenster, das Pferd sah kaum zu ihnen hinein, der weiße Fleck verschwand nach rechts, wieder hörten sie die Hufe, plötzlich Stille auf der Steintreppe, Wiehern, Getrappel. Aber es gibt keine Pferde hier herum, sagte Mariano, der die Schnapsflasche am Hals gepackt hielt, wie er nun merkte, und sie wieder auf die Bank stellte. Es will herein, sagte Zulma, immer noch an die hintere Wand gepreßt. Nicht doch, was für ein Unsinn, es ist sicher von einem Bauernhof im Tal ausgerissen und auf das Licht zugelaufen. Ich sage dir, es will herein, es ist wütend und will herein. Pferde werden nicht wütend, soviel ich weiß, sagte Mariano, ich glaube, es ist weg, ich will mal oben aus dem Fenster sehen. Nein, nein, bleib hier, ich höre es noch, es ist auf der Treppe zur Terrasse, es zertrampelt die Pflanzen, es wird zurückkommen, und wenn es die Fensterscheibe zertrümmert und hereinkommt? Sei nicht albern, was kann es schon anrichten, sagte Mariano mit schwacher Stimme, wenn wir die Lampen ausmachen, wird es vielleicht abhauen. Ich weiß nicht, ich weiß nicht, sagte Zulma, drückte sich an der Wand entlang und sank auf die Bank, ich habe es wiehern hören, es ist dort oben. Sie hörten die Hufe die Treppe herunterkommen, das wütende Schnauben vor der Tür, Mariano meinte einen Druck gegen die Tür zu bemerken, ein wiederholtes Reiben und Scheuern, und Zulma lief hysterisch schreiend zu ihm. Er stieß sie sanft von sich, tastete nach dem Schalter; im Halbdunkel (nur in der Küche, wo das Mädchen schlief, brannte noch Licht) wurden das Schnauben und die Hufschläge lauter, aber das Pferd war nicht mehr vor der Tür, man hörte es im Garten hin und her traben. Mariano lief rasch in die Küche, um auch dort das Licht auszumachen, ohne auch nur einmal in die Ecke zu blicken, wo sie das Mädchen gebettet hatten; er kam zurück, nahm Zulma, die schluchzte, in die Arme, streichelte ihr Haar und Gesicht und bat sie, still zu sein, um besser lauschen zu können. Der Kopf des Pferdes scheuerte sich an der großen Fensterscheibe, doch nicht sehr heftig, der weiße Fleck schien durchsichtig in der Dunkelheit; sie spürten, daß das Pferd hereinschaute, als suche es etwas, aber es konnte sie jetzt nicht mehr sehen, trotzdem blieb es dort stehen, wiehernd und schnaubend und wild die Mähne schüttelnd. Zulmas Körper entglitt den Armen Marianos, der sie an die Wand lehnte und ihr so half, sich wieder auf die Bank zu setzen.

Rühr dich nicht, sprich nicht, gleich geht es weg, wirst sehen. Es will herein, sagte Zulma mit matter Stimme, ich weiß, daß es hereinwill, und wenn es die Fensterscheibe zertrümmert, was dann, wenn es sie mit den Hufen eintritt? Pst, machte Mariano, sei still, bitte. Es wird hereinkommen, murmelte Zulma. Und ich habe nicht mal eine Flinte, sagte Mariano, ich würde ihm fünf Kugeln in den Kopf jagen, dem verdammten Vieh. Jetzt ist es nicht mehr dort, sagte Zulma und stand abrupt auf, ich höre es oben, wenn es die Terrassentür sieht, ist es imstande und kommt rein. Die ist gut verschlossen, hab keine Angst, bedenke, daß es in der Dunkelheit nicht in ein Haus eindringen wird, wo es sich nicht einmal umdrehen könnte, so blöd ist es nicht. O doch, sagte Zulma, es will herein, es wird uns an die Wand quetschen, ich weiß, daß es hereinwill. Pst, machte Mariano wieder, der dasselbe dachte und daß er nichts anderes tun konnte, als zu warten, den Rücken in kaltem Schweiß gebadet. Noch einmal hallten die Hufe auf den glatten Steinen der Treppe, und plötzlich Stille, die Grillen in der Ferne, ein Vogel im Nußbaum auf der Anhöhe.

Ohne Licht anzumachen, da nun das große Fenster die fahle Klarheit der Nacht hereinließ, füllte Mariano ein Glas mit Schnaps und hielt es Zulma an die Lippen, zwang sie zu trinken, obgleich ihre Zähne gegen das Glas schlugen und die Flüssigkeit auf ihre Bluse lief; dann setzte er die Flasche an, trank einen kräftigen Schluck und ging in die Küche, um nach dem Mädchen zu sehen. Die Hände unter dem Kopfkissen, als hielte es die schöne Zeitschrift fest, schlief es unglaublich fest und hatte nichts gehört, es war fast so, als wäre es gar nicht da, während im Salon Zulmas Weinen immer wieder unterbrochen wurde von einem erstickten Schluchzen, fast wie ein Aufschrei. Es ist ja vorbei, es ist vorbei, sagte Mariano, setzte sich neben sie und schüttelte sie sanft, es war ja nur der Schreck.

Es kommt wieder, sagte Zulma, den Blick starr auf das große Fenster geheftet. Nein, es wird schon weit weg sein, sicher ist es aus einer Koppel dort unten ausgerissen. Kein Pferd tut so etwas, sagte Zulma, kein Pferd will so in ein Haus eindringen. Ich gebe zu, es ist seltsam, sagte Mariano, besser, wir werfen einen Blick nach draußen, hier habe ich die Taschenlampe. Aber Zulma hatte sich wieder an die Wand gepreßt, unerträglich der Gedanke, die Tür zu öffnen, hinauszugehen zu dem weißen Schatten, der in der Nähe sein, unter den Bäumen warten konnte, bereit zum Angriff. Sieh mal, wenn wir uns nicht vergewissern, daß es weg ist, wird keiner von uns diese Nacht schlafen, sagte Mariano. Geben wir ihm noch etwas Zeit, inzwischen legst du dich hin und ich gebe dir dein Beruhigungsmittel; eine Extradosis, du Ärmste, die hast du dir wahrlich verdient.

Zulma willigte schließlich ein, apathisch; ohne Licht anzumachen, gingen sie bis zur Treppe, und Mariano zeigte auf das schlafende Mädchen, aber Zulma sah es kaum an, wankte die Treppe hinauf, Mariano mußte sie beim Betreten des Schlafzimmers festhalten, denn fast wäre sie gegen den Türpfosten geknallt. Vom Fenster über dem Vordach blickten sie auf die Steintreppe und die Terrasse, die höher lag als der Garten. Es ist fort, siehst du, sagte Mariano und schüttelte Zulmas Kopfkissen auf, sah, wie sie sich mit mechanischen Bewegungen auszog, wobei sie den Blick starr auf das Fenster richtete. Er gab ihr die Tropfen zu trinken, sprühte ihr etwas Kölnischwasser auf Hals und Hände und zog ihr, die die Augen geschlossen hatte und zitterte, die Bettdecke behutsam bis zu den Schultern hoch. Er trocknete ihr die Wangen, wartete einen Augenblick und ging dann hinunter, um die Taschenlampe zu holen; ohne sie anzuknipsen, hielt er sie in der einen Hand, ergriff mit der anderen eine Axt, öffnete vorsichtig die Tür zum Salon und ging hinaus auf die untere Terrasse, von wo aus er die ganze Gegend östlich des Hauses überblicken konnte; die Nacht war wie so viele andere Sommernächte, in der Ferne zirpten die Grillen, ein Frosch gab hin und wieder zwei tropfnasse Laute von sich. Ohne die Taschenlampe anknipsen zu müssen, sah Mariano den zertrampelten Fliederstrauch, die riesigen Hufspuren im Beet mit den Stiefmütterchen, den umgeworfenen Blumentopf am Fuß der Treppe; es war also keine Halluzination gewesen, immerhin noch besser, als wenn es eine gewesen wäre; morgen früh würde er mit Florencio in den Gehöften unten im Tal nachfragen, man würde das Pferd nicht so leicht von hier oben herunterkriegen. Bevor er hineinging, stellte er den Blumentopf wieder richtig hin, ging bis zu den ersten Bäumen und lauschte lange den Grillen und dem Frosch; als er zum Haus blickte, sah er Zulma am Schlafzimmerfenster stehen, nackt und reglos.

Das Mädchen hatte sich nicht bewegt, Mariano ging leise hinauf, trat neben Zulma und fing an zu rauchen. Na, siehst du, es ist weg, wir können ruhig schlafen, morgen sehen wir weiter. Sachte führte er sie zum Bett, zog sich aus, und, immer noch rauchend, legte er sich hin. Schlaf, alles ist in Ordnung, es war nichts, nur ein blöder Schreck. Er strich ihr mit der Hand übers Haar, seine Finger glitten hinab zu ihrer Schulter, streiften ihre Brüste. Zulma drehte sich zur Seite, kehrte ihm den Rücken zu, ohne zu sprechen; auch das war wie in so vielen anderen Sommernächten.

Es mußte schwerfallen zu schlafen, Mariano jedoch schlief augenblicklich ein, kaum daß er die Zigarette ausgedrückt hatte; das Fenster blieb offen, und sicher würden Mücken hereinkommen, doch der Schlaf kam eher, ohne Träume, das absolute Nichts, aus dem er irgendwann auftauchte, herausgerissen von einer unsäglichen Panik, dem Druck von Zulmas Fingern auf seiner Schulter, ihrem Keuchen. Noch bevor er begriff, horchte er schon in die Nacht hinaus. Vollkommene Stille, unterbrochen von den Grillen. Schlaf, Zulma, es ist nichts, du hast geträumt. Er bestand darauf, daß sie nachgab, und sie streckte sich wieder aus und wandte ihm den Rücken zu, aber plötzlich zog sie ihre Hand zurück und saß steif da, blickte zur geschlossenen Tür. Er sprang im gleichen Augenblick aus dem Bett wie Zulma, konnte aber nicht verhindern, daß sie die Tür öffnete und bis zum Treppenabsatz lief, dicht neben ihr fragte er sich, ob es nicht besser wäre, sie zu ohrfeigen, sie mit Gewalt zurück ins Bett zu bringen, einer solchen Besessenheit endlich Herr zu werden. Mitten auf der Treppe blieb Zulma stehen, hielt sich am Geländer fest. Weißt du, warum das Mädchen da ist? Eine Stimme, die noch aus dem Alptraum zu kommen schien. Das Mädchen? Noch zwei Stufen, fast schon an der Ecke zur Küche. Zulma, bitte! Und ihre gebrochene Stimme, fast ein Fisteln, es ist da, um das Pferd hereinzulassen, ich sage dir, es wird es hereinlassen. Zulma, treibe mich nicht so weit, eine Dummheit zu machen. Und ihre geradezu triumphierende Stimme, noch schriller, sieh, aber sieh doch, wenn du mir nicht glaubst, das leere Bett, die Zeitschrift auf dem Boden. Mit einem Satz war Mariano bei Zulma, stürzte zum Schalter. Das Mädchen sah sie an, in seinem rosa Pyjama stand es an der Tür zum Salon, das Gesicht verschlafen. Du bist aufgestanden, was tust du hier, zu dieser Stunde, sagte Mariano und wickelte sich ein Geschirrtuch um die Hüften. Das Mädchen blickte die nackte Zulma an, halb schlaftrunken, halb verschämt blickte es sie an, den Tränen nahe, als wollte es zurück ins Bett. Ich bin aufgestanden, um Pipi zu machen, sagte es. Und bist in den Garten gegangen, wo wir dir doch gesagt haben, ins Bad hinaufzugehen. Das Mädchen machte eine Schippe, die Hände drollig in den Taschen des Pyjamas vergraben. Macht nichts, geh wieder ins Bett, sagte Mariano und strich ihm übers Haar. Er deckte es zu, schob ihm die Zeitschrift unters Kopfkissen; das Mädchen drehte sich zur Wand, einen Finger im Mund, wie um sich zu trösten. Geh hinauf, sagte Mariano, du siehst ja, es ist nichts passiert, steh nicht da wie eine Schlafwandlerin. Er sah, wie sie zwei Schritte zur Salontür machte und trat ihr in den Weg, es ist doch alles in Ordnung, zum Teufel noch mal. Aber ist dir denn nicht klar, daß es ihm die Tür aufgemacht hat, sagte Zulma mit dieser Stimme, die nicht die ihre war. Hör auf mit diesem Unsinn, Zulma. Geh und sieh nach, ob es stimmt, oder laß mich gehen. Mariano packte sie am Unterarm, der zitterte. Geh sofort hinauf, er schob sie bis zum Fuß der Treppe, blickte im Vorbeigehen hinüber zu dem Mädchen, das sich nicht bewegt hatte, das schon schlafen mußte. Auf der ersten Stufe schrie Zulma auf und wollte entwischen, doch die Treppe war eng, und Mariano schob sie mit seinem ganzen Körper vor sich her, das Geschirrtuch löste sich und fiel unten auf die Treppe; sie an den Schultern packend, bugsierte er sie nach oben bis auf den Treppenabsatz, schubste sie ins Schlafzimmer und schloß die Tür hinter sich zu. Es läßt es herein, wiederholte Zulma, die Tür ist offen, und es wird hereinkommen. Leg dich hin, sagte Mariano. Ich sage dir, die Tür ist offen. Macht nichts, sagte Mariano, soll es hereinkommen, wenn es will, es ist mir jetzt scheißegal, ob es hereinkommt oder nicht. Er packte Zulmas Hände, die ihn zurückzustoßen suchte, schob sie rücklings zum Bett, wo sie aufeinanderfielen, Zulma schluchzte und flehte, unfähig, sich unter dem Gewicht eines Körpers zu bewegen, der sie immer mehr bedrängte, der sie einem Willen unterwarf, hitzig keuchend, Mund an Mund, unter Tränen und Obszönitäten. Ich will nicht, ich will nicht, ich will nie mehr, ich will nicht, aber zu spät, ihre Kräfte und ihr Stolz ließen nach unter diesem erdrückenden Gewicht, das sie in eine unwiderrufliche Vergangen-

97

heit zurückversetzte, in die Sommer ohne Briefe und ohne Pferde. Irgendwann – es fing an hell zu werden – zog sich Mariano leise an und ging hinunter in die Küche; das Mädchen schlief mit dem Finger im Mund, die Salontür stand offen. Zulma hatte recht gehabt, das Mädchen hatte die Tür aufgemacht, aber das Pferd war nicht ins Haus gekommen. Wo nicht doch, dachte er, indem er sich die erste Zigarette anzündete und die blaue Linie der Hügel betrachtete, vielleicht hat Zulma auch darin recht gehabt, und das Pferd ist doch ins Haus gekommen, aber wie das wissen, wenn sie es nicht gehört hatten, wenn alles in Ordnung war, wenn die Uhr weiterhin den Morgen einteilte, und nachdem Florencio das Mädchen abgeholt hätte, würde vielleicht gegen zwölf, von ferne pfeifend, der Postbote kommen und ihnen die Briefe auf den Gartentisch legen, die er oder Zulma, ohne etwas zu sagen, an sich nehmen würden, einen Augenblick bevor sie gemeinsam beschließen würden, was es zu Mittag geben soll.

## Kindberg

Kindberg, also wohl ein Berg für Kinder oder, als niedlicher Berg gesehen, ein hübscher, kleiner Berg, jedenfalls eine Ortschaft, wo sie in der Dunkelheit ankommen, aus einem Regen, der sich wütend das Gesicht wäscht, ein altes Hotel mit langen Gängen, dessen Ambiente ganz dazu angetan ist, zu vergessen, was dort draußen weiterprasselt und strömt, kurz, der gastliche Ort: sich umziehen können, sich geborgen fühlen; und die Suppe in der großen silbernen Terrine, der Weißwein, das Brot brechen und das erste Stück Lina geben, die es auf der Handfläche entgegennimmt, als wäre es eine Ehrengabe, und das ist es auch, und dann bläst sie darüber, weiß der Teufel warum, aber es ist so hübsch zu sehen, wie Linas Stirnlocke sich etwas hebt und zittert, so als würde der Hauch, von der Hand und dem Stück Brot abgelenkt, den Vorhang einer winzigen Bühne heben, fast so, als könnte Marcelo nun sehen, wie Linas Gedanken auftreten, die Bilder und Erinnerungen von Lina, die ihre köstliche Suppe schlürft, blasend und immerzu lächelnd.

Aber nein, die glatte kindliche Stirn verändert sich nicht, am Anfang ist es allein ihre Stimme, die bruchstückhaft etwas über ihre Person aussagt, wodurch sich eine erste Annäherung an Lina ergibt: Chilenin, zum Beispiel, und ein gesummtes Thema von Archie Shepp, dann die etwas abgekauten, aber sehr sauberen Fingernägel, im Gegensatz zu ihrer Kleidung, die schmutzig ist vom Autostop und vom Übernachten in Bauernhöfen oder Jugendherbergen. Jugend! macht Lina sich lustig und schlürft die Suppe wie ein Bärchen, das stellst du dir bestimmt nicht darunter vor: Fossilien, es ist nicht zu fassen, vagabundierende Leichname wie in diesem Horrorfilm von Romero.

Marcelo hätte sie beinahe gefragt, welcher Romero, das

erste Mal, daß er von diesem Romero hört, aber besser, sie reden lassen, es macht ihm Vergnügen zu sehen, wie sehr sie sich über eine warme Mahlzeit freut, wie vorher ihr Behagen in dem Zimmer mit Kamin, der knisternd sie erwartete, die bürgerliche Luftblase, die einen Reisenden mit gut gefüllter Brieftasche schützt, der Regen, der dort draußen auf die Blase prasselt wie vorhin auf das so weiße Gesicht von Lina am Rand der Landstraße hinter dem Wald in der Abenddämmerung, was für eine Gegend, um Autostop zu machen, andererseits, aber ja, noch etwas Suppe, Bärchen, iß, damit du keine Angina kriegst, das Haar ist noch feucht, aber schon wartet ein knisterndes Kaminfeuer in dem Zimmer mit dem großen Habsburger Bett, mit Spiegeln bis zum Boden und Tischchen und Troddeln und Vorhängen, und warum standst du dort mitten im Regen, sag mal, deine Mama hätte dir eine Tracht Prügel gegeben.

Leichname, wiederholt Lina, besser allein unterwegs sein, natürlich regnet es, aber du wirst es nicht für möglich halten, der Mantel ist wirklich wasserdicht, nur ein bißchen das Haar und die Beine, mehr nicht, für alle Fälle ein Aspirin. Und zwischen dem leeren Brotkorb und dem neuen vollen, den das Bärenkind jetzt plündert, und was für eine herrliche Butter, und du, was machst du, warum fährst du in diesem riesigen Schlitten herum, und du, warum, ah und du Argentinier? Doppelte Anerkennung, daß der Zufall seine Sache so gut macht, die vorauszusehende Erinnerung daran, daß, wenn Marcelo nicht acht Kilometer davor haltgemacht hätte, um etwas zu trinken, das Bärchen jetzt in einem anderen Wagen säße oder noch im Wald steckte, ich bin Vertreter für Fertigbauteile, da muß man viel reisen, doch diesmal habe ich zwischen zwei Terminen etwas Zeit. Bärchen aufmerksam und fast ernst, was sind das für Fertigbauteile, natürlich ein langweiliges Gesprächsthema, aber was soll er machen, er kann ihr nicht sagen, daß er Tierbändiger ist oder Filmregisseur oder Paul McCartney: das Salz. Diese jähe Art eines Insekts oder eines Vogels, obgleich ein Bärchen mit wippender Stirnlocke, der immer wiederkehrende Refrain von Archie Shepp, und du hast seine Platten, wie das, ah gut. Sie sagt sich, denkt Marcelo ironisch, daß es nur normal wäre, wenn er die Platten von Archie Shepp nicht hätte, und das ist idiotisch, denn er hat sie tatsächlich, natürlich hat er sie, und manchmal hört er sie in Brüssel mit Marlene, er weiß sie nur nicht so zu leben wie Lina, die plötzlich zwischen zwei Bissen ein paar Takte trällert, ihr Lächeln die Summe von Free-Jazz, einem Mundvoll Gulasch und einem vom Autostop nassen Bärchen, nie habe ich soviel Glück gehabt, du warst lieb. Lieb und folgerichtig revanchiert sich Marcelo mit einem Bandonion-Stück, doch der Ball geht ins Aus, ist eine andere Generation, ist ein Shepp-Bärchen, nicht mehr Tango, he!

Natürlich ist das Kribbeln noch da, fast ein süßsaurer Magenkrampf wie bei der Ankunft in Kindberg, Parken in der riesigen, baufälligen Remise des Hotels, das Mütterchen, das ihnen mit einer altertümlichen Laterne leuchtet, Marcelo Reisetasche und Aktentasche, Lina Rucksack und pitschnaß, die vor Kindberg angenommene Einladung zum Abendessen, dann können wir uns etwas unterhalten, die Dunkelheit und das Trommeln des Regens, schlecht weiterfahren, besser, wir machen in Kindberg Station und ich lade dich zum Abendessen ein, oh ja, danke, großartig, dabei werden deine Kleider wieder trocken, das beste wäre, bis morgen hier zu bleiben, Regen, Regen, Tropfen, die Buben muß man klopfen, die Mädchen in ein seidnes Bett, oh ja, sagte Lina, und dann die alte Remise, die widerhallenden gotischen Gänge bis zur Rezeption, wie schön warm dieses Hotel, was für ein Glück, ein Wassertropfen, der letzte, an der Spitze der Stirnlocke, den Rucksack über einer Schulter, Jungbärin, girl-scout mit liebem Onkel, ich will die Zimmer bestellen, da wirst du vor dem Abendessen etwas trocken. Und das Kribbeln da unten, fast ein Krampf, Lina, ganz Stirnlocke, sieht ihn an, zwei Zimmer, was für ein Unsinn, verlang nur eins. Und er sieht sie nicht an, aber das Kribbeln unangeangenehm, ein Flittchen also, wie schön, also Bärchen, Suppe, Kamin, also eine mehr, was für ein Glück, Alter, denn sie ist ziemlich hübsch. Aber dann sieht er, wie sie aus dem Rucksack das andere Paar Blue Jeans und den schwarzen Pullover herauszieht, dreht ihr den Rücken zu, schwatzt schöner Kamin, wie gut das riecht, ein duftendes Feuer, sucht auf dem Grund der Reisetasche unter Vitamintabletten und Desodorants und After-shave nach Aspirin für sie, und wie weit willst du kommen, ich weiß nicht, ich hab einen Brief für ein paar Hippies in Kopenhagen und ein paar Zeichnungen, die mir Cecilia in Santiago mitgegeben hat, sollen dufte Typen sein, die spanische Wand aus Satin, und Lina hängt ihre feuchten Klamotten darüber, kippt, es ist nicht zu sagen, den Inhalt des Rucksacks auf den mit vergoldeten Arabesken verzierten Franz-Joseph-Tisch, James Baldwin, Kleenex, Knöpfe, Sonnenbrille, Pappschachteln, Pablo Neruda, Tamponpäckchen, Deutschland-Karte, ich hab Hunger, Marcelo, dein Name gefällt mir, klingt schön, ich hab Hunger, dann gehn wir doch essen, schließlich hast du deine Dusche schon gehabt, deine Sachen kannst du auch später noch aufräumen, Lina blickt jäh auf, sieht ihn an: Ich räume nie etwas auf, wozu, der Rucksack ist wie ich und diese Reise und die Politik, alles durcheinander, und ist doch egal. Dummes Ding, dachte Marcelo, Kribbeln, fast ein Magenkrampf (ihr das Aspirin zum Kaffee geben, schnellere Wirkung), aber sie störte diese verbale Distanz, dieses du so jung und wie ist es möglich, daß du so allein reist, während der Suppe hatte sie sich lustig gemacht: Jugend? Fossilien, es ist nicht zu fassen, vagabundierende Leichname wie in diesem Film von Romero. Und der Gulasch und langsam die Wärme und das Bärchen wieder zufrieden, und der Wein, das Kribbeln im Magen weicht einer Art Fröhlichkeit, einem Frieden, soll sie dummes Zeug reden, soll sie ihm ruhig ihre Sicht der Welt darlegen, die einmal vielleicht auch seine gewesen ist, auch wenn er sich jetzt nicht daran erinnern wollte, soll sie ihn von der Bühne ihrer Stirnlocke aus ansehen, auf einmal ernst und wie in Gedanken versunken, und dann plötzlich Shepp, und sie sagt, wie schön so, sich trokken fühlen und in der Luftblase, einmal in Avignon fünf Stunden gewartet, daß einer anhält, bei einem Sturm, der Dachziegel losriß, ich hab gesehen, wie ein Vogel gegen einen Baum prallte, fiel auf die Erde wie ein Taschentuch, stell dir vor: den Pfeffer bitte.

Dann willst du also (man nahm die leere Schüssel weg) willst du also bis nach Dänemark weiter, immer so, aber hast du denn auch etwas Pinke? Klar fahre ich weiter, ißt du den Salat nicht? dann gib ihn mir, ich hab immer noch Hunger, und wie sie mit der Gabel die Blätter aufrollt, sie langsam kaut und dabei Shepp summt, ab und zu auf den feuchten Lippen ein silbernes Bläschen, das plop macht, ein hübsch geschnittener Mund, der genau dort aufhört, wo er sollte, diese Zeichnungen aus der Renaissance. Florenz im Herbst mit Marlene, diese Münder, die homosexuelle Genies so geliebt hatten, sinnlich geschwungen, fein und zart und so weiter, er steigt dir in den Kopf, dieser 64er Riesling, während du ihr zuhörst, zwischen Bissen und Trällern, ich weiß nicht, wie ich es in Philosophie in Santiago zu einem Abschluß gebracht habe, ich möchte so vieles lesen, jetzt muß ich anfangen zu lesen. War vorauszusehen, armes Bärchen, so zufrieden mit ihrem Salat und ihrem Plan, sich in sechs Monaten Spinoza einzuverleiben, vermischt mit Allen Ginsberg und noch einmal Shepp: wie viele Gemeinplätze würden bis zum Kaffee noch defilieren (nicht vergessen, ihr das Aspirin zu geben, wenn sie mir anfängt zu niesen, was soll dann werden, dummes Ding, mit dem nassen Haar, klitschige Strähnen über dem ganzen Gesicht, so stand sie vom Regen gepeitscht am Straßenrand), aber zwischen Shepp und dem letzten Rest Gulasch nahm alles eine leichte Wendung, wurde anders, es waren die gleichen Redereien, Spinoza oder Kopenhagen, und es war doch anders, Lina, ihm dort gegenüber, zerbröckelte das Brot, trank den Wein, sah ihn zufrieden an, fern und nah zugleich, änderte sich, je später es wurde, obgleich fern und nah keine Erklärung ist, es war etwas anderes, wie eine Vorführung, Lina zeigte ihm etwas, das nicht sie selbst war, aber was eigentlich? Und zwei hauchdünne Scheiben Gruyère, warum ißt du nicht, Marcelo, der schmeckt köstlich, du hast überhaupt nichts gegessen, wie dumm, ein Herr wie du, denn du bist doch ein Herr, nicht wahr? dasitzen und rauchen, rauchen, rauchen, ohne etwas zu essen, nein sowas! und möchtest du nicht noch etwas Wein? aber du möchtest vielleicht, denn diesen Käse muß man mit etwas hinunterspülen, komm, iß was: mehr Brot, es ist unglaublich, was ich an Brot esse, alle haben mir prophezeit, daß ich dick werde, was ich dir sage, und das stimmt, ich hab schon ein Bäuchlein, sieht nicht so aus, aber doch, ich schwöre dir, Shepp.

Unnötig, darauf zu warten, daß sie von etwas Vernünftigem redet, und warum das erwarten (weil du ein Herr bist, nicht?), zwischen den Floskeln des Nachtischs betrachtet Bärchen erstaunt und zugleich mit berechnendem Blick den Servierwagen voller Torten, Kompott, Baisers, Bäuchlein, ja, man hat ihr prophezeit, daß sie dick werde, sic! das da mit mehr Sahne, und warum gefällt dir Kopenhagen nicht, Marcelo. Aber Marcelo hatte nicht gesagt, daß ihm Kopenhagen nicht gefalle, nur etwas absurd dies Trampen mitten im Regen und wochenlang mit dem Rucksack, um dann höchstwahrscheinlich zu erfahren, daß sich die Hippies inzwischen in Kalifornien herumtreiben, aber ist dir nicht klar, daß das nichts macht, ich hab dir doch gesagt, daß ich sie nicht kenne, ich bringe ihnen nur ein paar Zeichnungen, die mir Cecilia und Marcos in Santiago mitgegeben haben, und eine kleine Platte mit *Mothers of Invention*, gibt es hier keinen Plattenspieler, damit ich sie dir vorspielen kann? zu dieser Stunde und in Kindberg? sieh das ein, wenn es noch Geigen wären, von Zigeunern gespielt, aber diese Mütter da, der bloße Gedanke, und Lina lacht mit viel Sahne und Bäuchlein unter dem schwarzen Pullover, beide lachen beim Gedanken an die jaulenden Mütter in Kindberg und an das Gesicht des Hoteliers, und diese Wärme inzwischen anstelle des Kribbelns im Magen, er fragt sich, ob sie nicht die Schwierige spielen wird, ob am Ende das legendäre Schwert im Bett, zumindest die Kopfkissenrolle und jeder auf seiner Seite, Moralschranke, modernes Schwert, Shepp, da haben wir's, du fängst an zu niesen, nimm das Aspirin, da kommt schon der Kaffee, ich werde Cognac bestellen, der aktiviert die Salizylsäure, das weiß ich aus guter Quelle. Er hatte wirklich nicht gesagt, daß ihm Kopenhagen nicht gefalle, aber das Bärchen schien mehr den Ton seiner Stimme zu hören als die Worte, so wie er, als er sich mit zwölf Jahren in jene Lehrerin verliebt hatte, was lag schon an den Worten bei diesem schmeichelnden Ton, das entströmte der Stimme wie ein Verlangen nach Wärme, hüllte ihn ein, war ein Streicheln übers Haar, Jahre später dann die Psychoanalyse: Lebensangst, pah! Heimweh nach dem Mutterleib, schließlich schwebte von Anbeginn an alles über den Wassern, lesen Sie die Bibel, fünfzigtausend Pesos, um von Schwindelgefühlen geheilt zu werden, und jetzt diese Göre, die gleichsam Stück für Stück aus ihm herausholte, Shepp, aber klar, wenn du sie trocken schluckst, wie soll sie dir da nicht im Hals kleben bleiben, Dummerchen. Sie rührt im Kaffee, blickt jäh auf und sieht ihn beflissen an, ganz Respekt, aber natürlich, wenn sie anfinge, sich über ihn lustig zu machen, würde sie doppelt dafür büßen müssen, aber nicht doch, wirklich, Marcelo, ich mag dich, wenn du so den Onkel Doktor und den Papa markierst, werde nicht böse, ich sage immer, was ich nicht sagen sollte, werd nicht böse, aber ich werde ja gar nicht böse, dummes Stück, doch, du bist etwas böse geworden, weil ich Onkel Doktor und Papa gesagt habe, das war nicht so gemeint, aber man merkt es dir eben an, wenn du mir von dem Aspirin redest, und du hast ja auch daran gedacht, und hast es mitgebracht, ich hatte es längst vergessen, Shepp, aber du siehst ja, wie dringend ich es brauchte, und du bist etwas komisch, weil du mich so doktorhaft ansiehst, werd nicht böse, Marcelo, wie gut dieser Cognac ist zum Kaffee, gut zum Schlafen, du weißt das eben. Ja doch, seit sieben Uhr morgens auf der Landstraße, drei Wagen und ein Laster, gar nicht so schlecht, bis auf das Unwetter zum Schluß, aber dann Marcelo und Kindberg und der Cognac, Shepp. Und ihre Hand blieb ganz ruhig, die Handfläche nach oben auf dem vollgekrümelten Tischtuch, als er sie leise streichelte, um ihr zu sagen, daß er nicht böse sei, wirklich nicht, denn er wußte jetzt, daß es stimmte, daß diese übertriebene Fürsorge sie gerührt hatte, die Tablette, die er aus der Tasche gezogen hatte samt der genauen Gebrauchsanweisung, viel Wasser, damit sie nicht im Hals kleben bleibt, Kaffee und Cognac; auf einmal Freunde, ja wirklich, und das Kaminfeuer dürfte das Zimmer noch mehr erwärmt haben, das Zimmermädchen würde schon die Bettdecke zurückgeschlagen haben, wie das in Kindberg sicher so Brauch ist, eine alte Zeremonie, ein Willkomm dem müden Reisenden, allen dummen Bärchen, die sich bis Kopenhagen naß regnen lassen wollen, um dann, aber was kümmert's mich, was dann ist, Marcelo, ich hab dir schon gesagt, daß ich mich nicht binden will, ich will nicht, ich will nicht, Kopenhagen ist wie ein Mann, den du kennenlernst und verläßt (ah!), ein Tag, der vorübergeht, ich glaube nicht an die Zukunft, in meiner Familie reden sie von nichts anderem als von der Zukunft, ich hab die Schnauze voll von ihrer Zukunft, und er hatte sie auch voll, sein Onkel Roberto, ein liebevoller Tyrann geworden, um für Marcelito zu sorgen, vaterlose Waise und noch so klein, das arme Kind, man muß an morgen denken, mein Sohn, der lächerliche Ruhestand des Onkel Roberto, was wir brauchen, ist eine starke Regierung, die Jugend von heute denkt nur ans Vergnügen, mein Gott! zu meiner Zeit, und das Bärchen überläßt ihm die Hand auf dem Tischtuch, und warum dieser idiotische Schnuller, dieses Zurück nach einem Buenos Aires der dreißiger oder vierziger Jahre, lieber Kopenhagen, was! lieber Kopenhagen und die Hippies und im Regen am Straßenrand, aber er selbst hatte nie Autostop gemacht, praktisch nie, ein- oder zweimal, bevor er auf die Uni ging, und dann hatte er genug damit zu tun, sich durchzuschlagen, es langte knapp für den Schneider, und trotzdem hätte er damals können, als die Jungens planten, zusammen ein Segelschiff zu nehmen, das bis Rotterdam drei Monate brauchte, Laden und Löschen und Zwischenhäfen und ganze sechshundert Pesos, geschenkt, ein bißchen der Besatzung helfen, sich amüsieren, aber ja, das machen wir, im Café *Rubi* an der Plaza Once, aber natürlich machen wir das, Monito, man mußte nur die sechshundert Piepen zusammenkriegen, das war nicht leicht, alles Geld geht für Zigaretten und Mädchen drauf, und es kam der Tag, da waren die Jungens nicht mehr zu sehen, von dem Segelschiff war keine Rede mehr, man muß an morgen denken, mein Sohn, Shepp. Ah, schon wieder; komm, du mußt schlafen, Lina. Ja, Herr Doktor, nur noch einen ganz kleinen Augenblick, sieh doch, ich hab noch einen Rest Cognac, ganz lau, probier mal, doch, du wirst sehen, wie lau. Aber halt, er mußte da etwas gesagt haben, als er sich an das *Rubi* erinnerte, weil wieder Lina mit ihrer Gabe, an seinem Tonfall zu erraten, was der tatsächlich sagte, eher der Tonfall als seine Worte, die immer idiotisch waren, Aspirin und du mußt jetzt schlafen und warum nach Kopenhagen trampen, zum Beispiel, wo jetzt bei dieser weißen und warmen kleinen Hand unter der seinen alles Kopenhagen heißen konnte, alles hätte Segelschiff heißen können, wenn sechshundert Pesos, wenn die Schnauze voll, wenn Poesie. Und Lina sieht ihn an und senkt dann schnell den Blick, als wäre all das dort zwischen den Krümeln schon Kehricht der Zeit, als hätte er ihr tatsächlich von all dem gesprochen, anstatt zu wiederholen, komm, du mußt schlafen, ohne sich für den Plural entschließen zu können, der logischer wäre, komm, wir wollen schlafen gehen, und Lina, die sich die Lippen leckte und sich an Pferde erinnerte (oder waren es Kühe, er hörte gerade nur das Ende des Satzes), Pferde, die querfeldein jagen, als hätten sie plötzlich vor etwas gescheut: zwei Schimmel und ein Fuchs auf dem Gut meiner Onkel, du weißt nicht, was es heißt, abends gegen den Wind zu galoppieren, spät und müde nach Hause zu kommen, und natürlich Vorwürfe, Mannweib, ja gleich, warte, nur noch dieses Schlückchen, ja, ja gleich, sieht ihn an, und die Stirnlocke weht, als wäre Lina zu Pferd auf dem Gut, bläht die Nasenflügel, weil der Cognac so stark, er mußte ein Idiot sein, um Probleme zu sehen, wo doch sie es gewesen war in dem großen, dunklen Flur, sie, triefnaß und zufrieden und zwei Zimmer was für ein Unsinn, verlang eins, womit sie natürlich alle Implikationen dieser Ökonomie auf sich nahm, bewußt und das womöglich gewohnt und nach jeder Etappe das erwartend, aber wenn dem am Ende nicht so war, da dem nicht so zu sein schien, wenn am Ende Überraschungen, das Schwert in der Mitte des Bettes, wenn am Ende plötzlich auf dem Sofa in der Ecke, klar, daß dann er, ein Kavalier, vergiß das Halstuch nicht, nie habe ich eine so breite Treppe gesehen, sicher war das mal ein Palast, haben Grafen hier gewohnt, die Feste gaben mit Kandelabern und allem, und die Türen, sieh dir diese Tür an, aber das ist ja unsere, bemalt mit Hirschen und Jagdhunden, nicht zu fassen. Und das Feuer, fliehende rote Salamander, und das aufgeschlagene Bett, blütenweiß, riesig, und die Vorhänge, die die Fenster ersticken, ah, wie prächtig, wie schön, Marcelo, wie gut wir schlafen werden, warte, ich will dir wenigstens noch die Platte zeigen, hat ein hübsches Cover, wird ihnen gefallen, ich hab sie hier ganz unten bei den Briefen und Landkarten, werd sie doch nicht verloren haben, Shepp. Du kannst sie mir morgen zeigen, wirst dich noch erkälten, wirklich, zieh dich schnell aus, ich mache das Licht aus, dann sehen wir das Feuer besser, oh ja, Marcelo, was für eine Glut, tausend Katzen, sieh die Funken, wie schön es ist im Dunkeln, schade, daß man schlafen muß, er hängt seine Jacke über die Lehne eines Sessels und nähert sich dem am Kamin hockenden Bärchen, zieht sich neben ihr die Schuhe aus, kauert sich vor dem Feuer hin, sieht Licht und Schatten über ihr gelöstes Haar fließen, hilft ihr, die Bluse aufzuknöpfen, sucht den Verschluß des Büstenhalters, sein Mund schon an ihrer nackten Schulter, die Hände gehen beim Geflacker auf die Pirsch, dummes Bärchen, dann stehen sie schon nackt vor dem Feuer und küssen sich, weiß und kalt das Bett und plötzlich nichts mehr, ein einziges Feuer läuft über die Haut, Linas Mund in seinem Haar, auf seiner Brust, ihre Hände auf seinem Rücken, die Körper lassen sich hinreißen und lernen einander kennen, und kaum ein Laut der Klage, ein Keuchen und ihr sagen müssen, weil er ihr das einfach sagen mußte, vor dem Höhepunkt und vor dem Schlafen mußte er es ihr sagen, Lina, du tust das nicht nur aus Dankbarkeit, nicht wahr? und ihre auf seinem Rücken umherirrenden Hände fahren jäh hoch an sein

Gesicht, pressen wütend seinen Hals, sehr sanft und wütend, kleine zornige Krallen, fast ein Schluchzen, ein protestierendes, verneinendes Klagen, Wut auch in der Stimme, wie kannst du nur, wie kannst du nur, Marcelo, und jetzt so, ja so, ah, gut so, verzeih mir, Liebling, verzeih, ich mußte es dir sagen, verzeih, Schatz, verzeih, die Münder, das andere Feuer, die Liebkosungen rosiger Ränder, das Bläschen, das zwischen den Lippen zittert, Phasen des Bewußtseins, des Schweigens, wo alles Haut ist und langsames Gleiten von Haar, flatternde Lider, Verweigerung und Verlangen, das Mineralwasser, das man gleich aus der Flasche trinkt, die von einem durstigen Mund zum anderen geht, schließlich das Tasten nach der Lampe auf dem Nachttisch, sie anknipsen, diese Reaktion, über den Lampenschirm einen Slip zu hängen, irgend etwas, um das Ambiente zu verschönen, um Lina zu betrachten, die auf dem Rücken liegt, das Bärchen auf der Seite, das Bärchen auf dem Bauch, Linas wollüstige Haut, Lina, die ihn um eine Zigarette bittet, sich aufsetzt, sich gegen die Kissen lehnt, wie knochig du bist und ganz behaart, Shepp, warte, ich deck dich etwas zu, wenn ich die Bettdecke finde, da ist sie, am Fußende, ich glaube, sie ist am Rand angesengt, Shepp.

Dann das gelinde Feuer im Kamin, in ihnen, abnehmend und golden leuchtend, nach dem Mineralwasser die Zigaretten, die Uni war scheußlich, wie hab ich mich gelangweilt, das Beste hab ich in den Cafés gelernt, dort hab ich vor dem Kino gelesen, mich mit Cecilia und Pirucho unterhalten, und er hört ihr zu, das *Rubi*, ganz so wie im *Rubi* zwanzig Jahre vorher, Arlt und Rilke und Eliot und Borges, nur daß Lina, sie ja, mit ihrem Segelschiff von Autostop, mit ihren Tagereisen im Renault oder Volkswagen, das Bärchen zwischen nassem Laub und Regen auf der Stirnlocke, aber warum noch einmal soviel Segelschiff und soviel *Rubi*, wo sie all das nicht kannte, wo sie noch nicht einmal geboren war, kleine dumme Chilenin, trampen bis nach Kopenhagen, warum hat sie ihm von Anfang an, seit der Suppe und dem Weißwein, all das ins Gesicht gesagt, ohne sich dessen bewußt zu sein, soviel Vergangenes und Vergessenes, soviel längst Begrabenes, soviel Segelschiff für sechshundert Pesos, Lina blickt ihn aus dem Halbschlaf an, räkelt sich auf den Kissen mit dem Seufzer eines zufriedenen Tiers, ihre Hände suchen sein Gesicht, du gefällst mir, Knochiger, du hast schon alle Bücher gelesen, Shepp, ich will damit sagen, daß man sich bei dir wohl fühlt, du hast alles schon durchexerziert, hast große und starke Hände, da ist Leben drin, du bist nicht alt. So, so, das Bärchen fand ihn also nicht alt, obgleich er, lebendiger als die in seinem Alter, die Leichname im Film von Romero, und wer ist das eigentlich, dieser Romero unter der Stirnlocke, wo das kleine Theater jetzt feucht in den Schlaf gleitet, während sie ihn mit halb geschlossenen Augen anblickt, sie nochmal nehmen, ganz sanft, nur sie fühlen, das leichte Brummeln ihres halbherzigen Protestes hören, ich bin müde, Marcelo, so nicht, doch, mein Liebes, doch, ihr wollüstiger, fester Körper, die gespannten Schenkel, die Attacke, doppelt erwidert, ohne Pause, nicht mehr Marlene in Brüssel, die Frauen in seinem Alter, besonnen und gemessen, die alle Bücher gelesen haben, nein sie, das Bärchen, ihre Art, seine Kraft zu empfangen und zu erwidern, aber danach, noch am Rande dieses Sturms voller Regen und Schreie wieder in den Halbschlaf gleitend, sich sagen, daß das auch Segelschiff und Kopenhagen war, sein Gesicht zwischen Linas Brüsten war das Gesicht des Jungen im *Rubí*, seine ersten Nächte mit Mabel oder Nélida in dem von Monito überlassenen Appartement, die wilden, federnden Stöße und gleich darauf warum machen wir nicht einen Bummel durch die Altstadt, gib mir die Pralinen, wenn Mama das erfährt. Nicht einmal in der Liebe verschwand dieser nach rückwärts gerichtete Spiegel, das alte Bild seiner selbst als Junge, das Lina ihm vorhielt, während sie ihn liebkoste und Shepp und schlafen wir jetzt und noch ein bißchen Wasser, bitte; als wäre er, seit sie da war, sie gewesen, in allem sie, unerträglich absurd, irreversibel, und schließlich der Schlaf während der letzten geflüsterten Zärtlichkeiten, und Bärchens Haar fegt ihm übers Gesicht, als wenn etwas in ihr wüßte, als wenn sie es auslöschen wollte, damit er wieder als Marcelo erwache, wie er um neun erwachte, und Lina sich auf dem Sofa kämmte und vor sich hin summte, schon angezogen für die nächste Etappe und den nächsten Regen. Sie redeten nicht viel, es war ein kurzes Frühstück, die Sonne schien, viele Kilometer hinter Kindberg machten sie halt, um noch einen Kaffee zu trinken, Lina vier Stück Zucker und das Gesicht wie versonnen, abwesend, eine Art entrücktes Glück, und dann, weißt du, werd nicht böse, sag mir, daß du nicht böse sein wirst, aber natürlich nicht, sag's ruhig, was immer es ist, wenn du etwas brauchst, hart am Rande des Gemeinplatzes hielt er inne, das Wort stand zur Verfügung wie die Geldscheine in seiner Brieftasche, die darauf warteten, daß man sie brauche, und er will es ihr gerade sagen, als Linas Hand schüchtern auf der seinen, die Stirnlocke über den Augen, und schließlich fragt sie, ob sie noch ein Stück mit ihm fahren könne, auch wenn es nicht mehr dieselbe Route war, was machte das schon, noch ein Stück mit ihm fahren, weil sie sich so wohl fühlte, damit es noch ein bißchen länger dauere bei dieser Sonne, wir können in einem Wäldchen schlafen, ich werde dir die Platte und die Zeichnungen zeigen, nur bis zum Abend, wenn du willst, und spüren, daß ja, daß er wollte, daß es keinen Grund gab, nicht zu wollen, und langsam seine Hand der ihren entziehen und ihr sagen nein, besser nicht, versteh, hier wirst du leicht weiterkommen, es ist eine große Kreuzung, und das Bärchen fügt sich, wie plötzlich geschlagen und weit weg, zerkaut mit gesenktem Kopf die Zuckerstücke, sieht, wie er zahlt, aufsteht und ihr den Rucksack holt, sie sanft aufs Haar küßt und ihr den Rükken kehrt und wild die Gangschaltung betätigt, fünfzig, achtzig, hundertzehn, die Straße frei für die Vertreter von Fertigbauteilen, die Straße ohne Kopenhagen, nur voller verrotteter Segelschiffe in den Straßengräben, immer besser bezahlte Stellungen, das Stimmengewirr im *Rubi* in Buenos Aires, der Schatten der einsamen Platane in der Kurve, der Baumstamm, wo er bei hundertsechzig hängenblieb, das Gesicht auf dem Lenkrad, so wie Lina den Kopf gesenkt hatte, weil Bärchen das so tun, wenn sie Zukker knabbern.

## Der Hals eines schwarzen Kätzchens

Übrigens war es nicht das erste Mal, daß Lucho das passierte, doch immer war er es gewesen, der den Anfang gemacht hatte, indem er sich mit der Hand so festhielt, daß er wie aus Versehen die einer Blondine oder einer Rothaarigen streifte, die ihm gut gefiel, wobei er sich das Geschaukel zunutze machte, wenn die Metro in eine Kurve ging, und dann gab es dort eine Reaktion, ein kleiner Finger verhakte sich einen Augenblick, vor einem ärgerlichen oder entrüsteten Gesicht, alles hing von so vielen Dingen ab, manchmal ließ es sich gut an, klappte es, alles Weitere ging dann so geschwind, wie die Stationen in den Fenstern des Wagens auftauchten, doch an diesem Abend war es anders, Lucho war ganz durchfroren, und er hatte das Haar voller Schnee gehabt, der auf dem Bahnsteig geschmolzen war und ihm nun kalt unter das Halstuch tropfte, er war an der Station Rue du Bac in die Metro gestiegen, ohne an etwas zu denken, ein Körper eingezwängt zwischen vielen anderen, sich sehnend nach dem Ofen, dem Glas Cognac und der Zeitung, bevor er anfinge, von halb acht bis neun, seine Deutschstunde zu nehmen, das übliche, außer diesem kleinen schwarzen Handschuh an der Haltestange, unter so vielen Händen und Ellbogen und Mänteln ein kleiner schwarzer Handschuh, der die Metallstange umfaßte, und er mit seinem feuchten braunen Handschuh, sich ebenfalls an der Stange festhaltend, um nicht über die Frau mit den Paketen und das weinende Kind zu fliegen, und plötzlich merkt er, wie ein ganz kleiner Finger seinen Handschuh gleichsam hinaufreitet, und das kam aus einem Ärmel aus ziemlich abgewetztem Kaninchenfell, die Mulattin sah sehr jung aus und blickte wie abwesend auf den Boden, ein Wanken mehr bei dem Wanken so vieler gedrängt stehender Körper; Lucho empfand das als eine eher vergnügliche Abweichung von der Regel, er lockerte seine Hand, ohne auf das Spiel einzugehen, vermutete, das Mädchen sei zerstreut, sei sich dieses leichten Herumreitens auf dem nassen, ruhigen Pferd nicht bewußt. Er hätte gern genügend Platz gehabt, um die Zeitung aus der Tasche zu ziehen und die Schlagzeilen zu lesen, wo von Biafra, Israel und den Studenten in La Plata die Rede war, aber die Zeitung steckte in der rechten Tasche, und um sie herauszuziehen, hätte er die Stange loslassen müssen, und dann hätte er in den Kurven den nötigen Halt verloren, weshalb es besser war, sich weiter festzuhalten und zwischen Überziehern und Paketen eine Lücke zu schaffen, damit das Kind nicht mehr so traurig wäre und seine Mutter nicht länger im Ton eines Steuereinnehmers mit ihm redete.

Er hatte die Mulattin noch kaum angeblickt. Jetzt vermutete er, daß sie krauses Haar hatte unter der Kapuze des Mantels, und fand, daß sie bei der Wärme im Wagen die Kapuze eigentlich hätte zurückschlagen können, als der Finger von neuem den Handschuh liebkoste, erst war es einer, dann zwei, die auf das feuchte Pferd kletterten. In der Kurve vor Montparnasse-Bienvenue wurde das Mädchen gegen Lucho geworfen, ihre Hand glitt vom Pferd und umklammerte die Stange, ganz klein und dumm neben dem großen feuchten Pferd, das sie jetzt allerdings mit einem Maul aus zwei Fingern zu schnappen versuchte, ohne zu übertreiben, launig und aus einiger Distanz. Das Mädchen schien es plötzlich zu bemerken (aber hatte ihre Zerstreutheit vorher nicht auch etwas Plötzliches und Abruptes gehabt?) und zog ihre Hand ein wenig weg, blickte Lucho aus der dunklen Höhle ihrer Kapuze an und starrte dann auf ihre eigene Hand, so als wäre sie mit ihr nicht einverstanden oder taxierte, ob die Distanz der guten Erziehung gewahrt bliebe. Viele Leute waren in Montparnasse-Bienvenue ausgestiegen, und Lucho konnte jetzt die

Zeitung aus der Tasche ziehen, aber anstatt sie herauszuziehen, beobachtete er aufmerksam und etwas spöttisch
das Verhalten der kleinen behandschuhten Hand, ohne
das Mädchen anzusehen, das wieder auf ihre Schuhe
blickte, die auf dem schmutzigen Boden jetzt gut zu sehen
waren, da das weinerliche Kind und viele Leute an der
Station Falguière ausgestiegen waren und auf einmal Platz
war. Der Ruck beim Anfahren zwang die beiden Hand-
schuhe, sich um die Stange zu klammern, getrennt von-
einander, jeder für sich, aber als der Zug an der Station
Pasteur hielt, suchten Luchos Finger den schwarzen Handschuh, der sich nicht wie das erste Mal zurückzog, sondern sich an der Stange zu lockern schien, noch kleiner
und weicher wurde unter dem Druck der zwei Finger,
der drei Finger, der ganzen Hand, die sich in delikater,
langsamer Besitzergreifung auf ihn legte, ohne zu fest zu
drücken, ihn nehmend und lassend zugleich, und als an
der Station Volontaires in dem nun fast leeren Wagen
die Türen aufgingen, drehte sich das Mädchen langsam
auf einem Fuß und stellte sich Lucho gegenüber, ohne
den Kopf zu heben, ihn gleichsam von dem kleinen Handschuh aus ansehend, den Luchos Hand ganz bedeckte,
und als sie ihn schließlich anblickte, während beide wegen
des Gerüttels zwischen Volontaires und Vaugirard etwas
schwankten, waren ihre großen Augen im Dunkel der Kapuze wie abwesend, starr und ernst, ohne das kleinste Lächeln, den geringsten Vorwurf, waren nichts als endlose
Erwartung, die Lucho irgendwie weh tat.

»Das ist immer so«, sagte das Mädchen. »Man kommt
gegen sie nicht an.«

»Ah«, sagte Lucho, auf das Spiel eingehend, fragte sich
aber, warum es nicht vergnüglich war, warum er es nicht
als Spiel empfand, wo es doch gar nichts anderes sein
konnte, es gab keinen Grund zur Annahme, daß es etwas
anderes war.

»Man kann nichts dagegen machen«, wiederholte das Mädchen. »Sie gehorchen nicht oder wollen nicht gehorchen, was weiß ich, doch man kann nichts dagegen machen.«

Sie redete mit dem Handschuh, während sie Lucho ansah, ohne ihn zu sehen, redete mit dem kleinen schwarzen Handschuh, der von dem großen braunen Handschuh fast ganz verdeckt war.

»Mir geht es genauso«, sagte Lucho. »Sie sind unverbesserlich, das ist wahr.«

»Aber doch nicht so«, sagte das Mädchen.

»O doch, Sie haben ja gesehen.«

»Es hat keinen Zweck, darüber zu reden«, sagte sie, den Kopf senkend. »Entschuldigen Sie, es war meine Schuld.«

Es war ein Spiel, aber warum war es nicht vergnüglich, warum empfand er es nicht als Spiel, wo es doch nichts anderes sein konnte, es gab keinen Grund zur Annahme, daß es etwas anderes war.

»Sagen wir, daß es deren Schuld war«, sagte Lucho, und um den Plural zu betonen, um die Schuldigen an der Haltestange zu denunzieren, die behandschuhten, schweigsamen, fernen, ruhigen Hände an der Stange, nahm er seine Hand von der ihren.

»Das ist was anderes«, sagte das Mädchen. »Für Sie scheint es das gleiche zu sein, aber es ist was ganz anderes.«

»Nun, eine fängt immer an.«

»Ja, immer gibt es eine, die anfängt.«

Es war ein Spiel, man mußte sich nur an die Regeln halten, sich nicht einbilden, daß es da etwas anderes gäbe, so etwas wie Wahrheit oder Verzweiflung. Warum so dumm sein, anstatt den Dingen ihren Lauf zu lassen und die Gelegenheit wahrzunehmen.

»Sie haben recht«, sagte Lucho. »Man müßte etwas dagegen tun, es ihnen verbieten.«

»Das nützt nichts«, sagte das Mädchen.

»Stimmt, da paßt man mal nicht auf, und schon ... Sie sehen ja.«

»Ja«, sagte sie. »Auch wenn Sie das vielleicht im Scherz sagen.«

»O nein, ich meine das so ernst wie Sie. Da, sehen Sie nur.«

Der braune Handschuh rieb sich leicht an dem unbeweglichen kleinen schwarzen Handschuh, fuhr mit einem Finger in dessen Stulpe, zog ihn wieder heraus, glitt bis ans Ende der Stange und sah den schwarzen Handschuh erwartungsvoll an. Das Mädchen senkte den Kopf noch mehr, und Lucho fragte sich erneut, warum all das nicht vergnüglich war, wo er nur weiterzuspielen brauchte.

»Wenn das im Ernst geschähe«, sagte das Mädchen, doch sie redete nicht mit ihm, sie redete mit niemandem in dem fast leeren Wagen. »Wenn das im Ernst geschähe, dann vielleicht.«

»Es geschieht im Ernst«, sagte Lucho, »und man kann wirklich nichts dagegen machen.«

Jetzt sah sie ihm ins Gesicht, wie erwachend; die Metro fuhr in die Station Convention ein.

»Die Leute können das nicht verstehen«, sagte das Mädchen. »Wenn es ein Mann ist, denkt man natürlich sofort, daß ...«

Unschicklich, gewiß, aber er mußte sich jetzt beeilen, denn es blieben nur noch drei Stationen.

»Und noch schlimmer, wenn es eine Frau ist«, sagte das Mädchen. »Das ist mir schon passiert, obgleich ich, sobald ich in die Metro steige, dauernd auf sie aufpasse, aber Sie sehen ja.«

»Sicher«, stimmte Lucho ihr zu. »Irgendwann kommt der Augenblick, wo man nicht aufpaßt, das ist ganz natürlich, und dann machen sie sich das zunutze.«

»Reden Sie nicht von sich«, sagte das Mädchen. »Das

ist nicht das gleiche. Verzeihen Sie, es war meine Schuld, ich steige in Corentin Celton aus.«

»Natürlich war es Ihre Schuld«, scherzte Lucho. »Ich hätte in Vaugirard aussteigen müssen, da haben Sie's, Ihretwegen bin ich zwei Stationen zu weit gefahren.«

In der Kurve wurden sie gegen die Tür geworfen, die Hände rutschten die Haltestange entlang und trafen an deren Ende zusammen. Das Mädchen sagte irgend etwas, albern sich entschuldigend; Lucho spürte wieder die Finger des schwarzen Handschuhs, die auf seine Hand kletterten, sie umschmiegten. Als sie plötzlich von ihr abließ und zum Abschied etwas murmelte, das er nicht verstand, blieb ihm nur eins übrig, ihr auf den Bahnsteig folgen, an ihrer Seite gehen und ihre Hand suchen, die wie verloren aus dem Ärmel hing und nutzlos hin- und herbaumelte.

»Nicht!« sagte das Mädchen. »Bitte nicht. Lassen Sie mich allein.«

»Gewiß doch«, sagte Lucho, ohne ihre Hand loszulassen.

»Aber ich mag nicht, daß Sie einfach so weggehen. Wenn wir in der Metro mehr Zeit gehabt hätten ...«

»Wozu mehr Zeit haben, zu was?«

»Vielleicht hätten wir zusammen noch etwas gefunden. Etwas dagegen, meine ich.«

»Aber Sie verstehen nicht«, sagte sie. »Sie denken, daß ...«

»Weiß der Himmel, was ich denke«, sagte Lucho aufrichtig.

»Weiß der Himmel, ob es im Café an der Ecke guten Kaffee gibt, und ob es überhaupt ein Café an der Ecke gibt, dies Viertel hier kenne ich kaum.«

»Da ist ein Café«, sagte sie, »aber es ist mies.«

»Geben Sie zu, daß Sie eben gelächelt haben.«

»Ich geb's zu, aber das Café ist mies.«

»Jedenfalls gibt es ein Café an der Ecke.«

»Ja«, sagte sie, und diesmal lächelte sie ihn an. »Da ist ein Café, aber es ist ein mieses Café, und glauben Sie vielleicht, daß ich ...«

»Ich glaube gar nichts«, sagte er, und das war verdammt wahr.

»Danke«, sagte das Mädchen seltsamerweise. Sie atmete hörbar, als strengte das Treppensteigen sie an, und Lucho kam es so vor, als ob sie zitterte, aber wieder der schwarze Handschuh, ganz klein, herunterhängend, lässig, unschuldig, abwesend, wieder spürte er ihn unter seinen Fingern leben, sich krümmen, sich zusammenpressen, sich winden, kribbelig, wohlig, zufrieden, schmeichlerisch, kleiner schwarzer Handschuh, Finger, zwei, drei, vier, fünf, einer, Finger auf der Suche nach Fingern und Handschuh in Handschuh, schwarz in braun, Finger zwischen Fingern, einer zwischen einem und dreien, zwei zwischen zweien und vieren. Es passierte einfach, spielte sich da in der Nähe ihrer Knie ab, man konnte nichts dagegen machen, es war angenehm, und da war nichts zu machen, oder es war unangenehm, aber da war auch nichts zu machen, es passierte einfach, und nicht Lucho war es, der mit der Hand spielte, die ihre Finger zwischen die seinen steckte, sich wand und krümmte, und schon gar nicht das Mädchen, das keuchte, als es oben auf der Treppe ankam und das Gesicht in den Nieselregen hielt, als wollte es sich die stickige warme Luft der Metroschächte abwaschen.

»Da wohne ich«, sagte das Mädchen und wies auf ein hohes Fenster zwischen vielen Fenstern vieler gleich hoher Häuser auf der gegenüberliegenden Seite. »Wir könnten uns einen Nescafé machen, das ist besser, als in ein Café zu gehen, finde ich.«

»O ja«, sagte Lucho, und jetzt waren seine Finger es, die sich langsam um den Handschuh schlossen, so wie jemand den Hals eines schwarzen Kätzchens umfaßt. Das

Zimmer war ziemlich groß und sehr warm, es gab eine Azalee und eine Stehlampe und Platten von Nina Simone und ein ungemachtes Bett, das das Mädchen verschämt und sich entschuldigend mit ein paar Handgriffen in Ordnung brachte. Lucho half ihr, den Tisch neben dem Fenster zu decken, Tassen und Löffelchen, sie machten sich einen starken, süßen Nescafé, sie hieß Dina und er Lucho. Zufrieden, wie erleichtert, sprach Dina von Martinique, von Nina Simone, bisweilen machte sie in dieser einfachen, knallroten Kleidung den Eindruck, als wäre sie noch ein Kind, der Minirock stand ihr gut, sie arbeitete bei einem Notar, die Knöchelbrüche waren schmerzhaft, aber Skifahren im Februar in den Savoyer Alpen, ah! Zweimal hatte sie ihn angeblickt, hatte angefangen zu reden wie an der Metallstange in der Metro, doch Lucho hatte gescherzt, wollte davon entschieden nichts mehr hören, etwas anderes, bitte, unnütz, noch länger darüber zu reden, obwohl er vermutete, daß Dina litt, daß er ihr vielleicht weh tat, wenn er mit der Komödie so schnell aufhörte, als käme dem jetzt keinerlei Bedeutung mehr zu. Und beim dritten Mal, als Dina sich vorgeneigt hatte, um heißes Wasser in seine Tasse zu gießen, und wieder murmelte, daß es nicht ihre Schuld wäre, daß es ihr nur hin und wieder passiere, daß er ja sehe, wie alles jetzt ganz anders war, das Wasser und das Löffelchen, wie die Hände ihr gehorchten, da hatte Lucho verstanden, doch schwer zu sagen, was, plötzlich hatte er verstanden, ja, es war anders, das Blatt hatte sich gewendet, das mit der Stange war echt, das Spiel war kein Spiel gewesen, Knöchelbrüche und Skifahren, völlig egal, die Hauptsache, daß Dina wieder redete, er unterbrach sie nicht, lenkte sie nicht ab, ließ sie reden, empfand mit ihr, hörte ihr geradezu gierig zu, alles glaubend, weil es absurd war, vielleicht auch nur, weil Dina mit ihrem traurigen Gesichtchen, ihren Brüstchen, die die Tropen leugneten, einfach weil Dina. Vielleicht sollte man mich einsperren, hatte Dina schlicht gesagt, jeden Augenblick kann es passieren, Sie sind Sie, aber andere Male. Andere Male was? Andere Male Beschimpfungen, Klapse auf den Po, sofort ins Bett, Kleine, warum Zeit verlieren. Aber dann? Dann was? Aber dann, Dina?

»Ich dachte, Sie hätten verstanden«, sagte Dina finster. »Ich sagte, daß man mich einsperren sollte.«

»Unsinn. Aber ich, am Anfang ...«

»Ich weiß. Wie sollte Ihnen das am Anfang nicht passieren. Das ist es ja eben, am Anfang irrt sich jeder, das ist ganz logisch. Ganz logisch, ganz logisch. Und mich einzusperren wäre auch logisch.«

»Nein, Dina.«

»Doch, verdammt noch mal. Verzeihen Sie. Doch. Es wäre besser als das andere, so viele Male. Nymphomanin, ich weiß nicht, was alles. Hürchen, Lesbe. Es wäre letzten Endes viel besser. Oder sie mir selbst abhacken mit dem Hackbeil. Aber ich hab kein Beil«, sagte Dina und lächelte ihn an, als sollte er ihr noch einmal verzeihen. Ganz unmöglich räkelte sie sich im Sessel, rutschte müde, verloren, selbstvergessen hin und her, der Minirock immer höher, nur auf die Hände achtend, wenn sie nach der Tasse greifen, Nescafé hineintun, folgsam, heuchlerisch, geschäftig, Lesben, Hürchen, Nymphomaninnen, ich weiß nicht, was alles.

»Reden Sie keinen Unsinn«, wiederholte Lucho, in etwas verstrickt, das mit allem möglichen zu tun hatte, mit Verlangen, mit Mißtrauen, mit Beschützen. »Ich weiß, daß es nicht normal ist, man müßte herausfinden, woran es liegt, man müßte. Warum so weit gehen. Das mit dem Einsperren oder dem Beil, meine ich.«

»Wer weiß«, sagte sie. »Vielleicht sollte man sehr weit gehen, bis ans Ende. Vielleicht wäre es die einzige Möglichkeit, da herauszukommen.«

»Was heißt weit?« fragte Lucho müde. »Und bis an welches Ende?«

»Ich weiß nicht, ich weiß nichts. Ich habe nur Angst. Ich würde auch ungeduldig, wenn jemand so zu mir redete, aber es gibt Tage, da. Ja, ganze Tage. Und Nächte.«

»Ah«, sagte Lucho und führte das Streichholz an die Zigarette. »Weil auch nachts, natürlich.«

»Ja.«

»Aber nicht, wenn Sie allein sind.«

»Auch wenn ich allein bin.«

»Auch wenn Sie allein sind. Ah.«

»Verstehen Sie mich recht, ich meine, daß.«

»Schon gut«, sagte Lucho und trank seinen Kaffee.

»Wie gut der ist, schön heiß. Genau das, was wir an so einem Tag brauchen.«

»Danke«, sagte sie einfach, und Lucho blickte sie an, denn er hatte ihr für nichts danken wollen, er empfand lediglich diesen Augenblick der Ruhe als eine Wohltat, das mit der Stange hätte endlich aufgehört.

»Und dabei war es weder schlimm noch unangenehm«, sagte Dina, als erriete sie seine Gedanken. »Wenn Sie mir das auch nicht glauben, aber für mich war es weder schlimm noch unangenehm, das erste Mal.«

»Das erste Mal was?«

»Das, daß es weder schlimm noch unangenehm war.«

»Daß sie anfingen zu . . .?«

»Ja, daß sie wieder anfingen, und daß es weder schlimm noch unangenehm war.«

»Hat man Sie deswegen schon einmal festgenommen?« fragte Lucho und senkte die Tasse ganz langsam und mit Bedacht, führte seine Hand so, daß die Tasse genau in der Mitte der Untertasse zu stehen kam. Ansteckend, das.

»Nein, nie, aber dafür . . . Es gibt anderes. Ich habe Ihnen schon gesagt, die, die glauben, daß es absichtlich geschieht, fangen dann auch an, so wie Sie. Oder sie werden wütend, wie die Frauen, und man muß an der nächsten Station aussteigen oder aus dem Laden oder dem Café laufen.«

»Weine nicht«, sagte Lucho. »Es bringt uns nicht weiter, wenn du anfängst zu weinen.«

»Ich will nicht weinen«, sagte Dina. »Aber noch nie habe ich mit jemandem so reden können, nachdem ... Niemand glaubt mir, niemand kann mir glauben, selbst Sie glauben mir nicht, Sie sind nur gut und wollen mir nicht weh tun.«

»Jetzt glaube ich dir«, sagte Lucho. »Noch vor zwei Minuten war ich wie die anderen. Du solltest lachen, statt zu weinen.«

»Sie sehen ja«, sagte Dina und schloß die Augen. »Sie sehen ja, daß es unnütz ist. Nicht einmal Sie, auch wenn Sie das sagen, auch wenn Sie das glauben. Es ist wirklich idiotisch.«

»Hast du dich mal untersuchen lassen?«

»Ja. Du weißt schon, Beruhigungspillen und Luftveränderung. Ein paar Tage machst du dir was vor, denkst, daß ...«

»Ja«, sagte Lucho und reichte ihr eine Zigarette. »Warte. So. Mal sehen, was sie macht.«

Dinas Hand nahm die Zigarette mit Daumen und Zeigefinger, und zugleich suchten der Ringfinger und der kleine Finger sich um die Finger Luchos zu winden, der den Arm ausgestreckt hielt und aufmerksam zusah. Der Zigarette ledig, umhüllten seine fünf Finger die kleine braune Hand, die sie knapp umfaßten, und begannen sie langsam zu liebkosen, bis sie abglitten und die Hand freigaben, die in der Luft zitterte; die Zigarette fiel in die Tasse. Jäh fuhren die Hände hoch zu Dinas Gesicht, ihr Kopf sank auf den Tisch, und sie brach in heftiges Schluchzen aus.

»Bitte«, sagte Lucho, ihren Kopf hebend. »Bitte nicht. Weine nicht so, das ist doch unsinnig.«

»Ich will nicht weinen«, sagte Dina. »Ich sollte auch nicht weinen, im Gegenteil, aber du siehst ja.«

»Trink, er wird dir guttun, ist ganz heiß; ich werde noch einen für mich machen, warte, ich spüle eben die Tasse aus.«

»Nein, laß mich das machen.«

Sie sprangen beide gleichzeitig auf, am Rande des Tisches standen sie sich gegenüber. Lucho stellte die schmutzige Tasse zurück aufs Tischtuch, die Arme hingen ihnen schlaff am Körper herunter, nur die Lippen berührten einander, Lucho sah Dina, die die Augen geschlossen hatte und weinte, voll ins Gesicht.

»Vielleicht«, murmelte Lucho, »vielleicht ist es das, was wir tun müssen, ist es das einzige, was wir tun können, und dann.«

»Nein, nicht, bitte nicht«, sagte Dina, ohne sich zu rühren oder die Augen zu öffnen. »Du weißt nicht, daß ... Nein, besser nicht, besser nicht.«

Lucho hatte sie um die Schultern gefaßt, drückte sie langsam an sich, spürte ihren Atem an seinem Mund, ein warmer Atem mit einem Duft nach Kaffee und brauner Haut. Er küßte sie mitten auf den Mund, drang ein, suchte ihre Zähne, ihre Zunge; Dinas Körper gab in seinen Armen nach, vierzig Minuten vorher hatte ihre Hand die seine an der Haltestange eines Sitzes in der Metro liebkost, vierzig Minuten vorher ein ganz kleiner schwarzer Handschuh auf einem braunen Handschuh. Sie sträubte sich kaum, er hörte sie gerade nur ihr Nein, nicht, wiederholen, das wie eine erste Warnung gewesen war, doch alles gab nach in ihr, in beiden, und Dinas Hände fuhren langsam Luchos Rücken hoch, ihr Haar fiel ihm in die Augen, ihr Geruch war ein Geruch ohne Worte und Warnungen, hinter ihnen die blaue Bettdecke, die Finger suchen gehorsam die Verschlüsse, streuen Kleidungsstücke umher, gehorchen Befehlen, den seinen und denen Dinas, auf der Haut, zwischen den Schenkeln, die Hände wie die Münder und die Knie, und jetzt die Bäuche, die Hüften, eine gemurmelte Bitte, ein Druck und Gegendruck, ein Sich-nach-hinten-Werfen, eine schnelle Bewegung, um vom Mund auf die Finger und von den Fingern auf das Geschlecht diesen warmen Schaum zu übertragen, der alles ebnete, ihre Körper in ein und derselben Bewegung vereinte und sie in Fahrt brachte. Als sie im Dunkeln Zigaretten anzündeten (Lucho hatte die Lampe ausknipsen wollen und die Lampe war mit dem Geräusch zerklirrenden Glases auf den Boden gefallen, Dina hatte sich erschrokken aufgerichtet, sie wollte nicht im Dunkeln bleiben, hatte davon gesprochen, wenigstens eine Kerze anzuzünden und hinunterzugehen, um eine neue Glühbirne zu kaufen, aber er hatte sie in der Dunkelheit wieder umarmt, und jetzt rauchten sie, und immer wenn eine der Zigaretten aufglomm, sahen sie sich flüchtig und küßten sich erneut), regnete es draußen in Strömen, im überheizten Zimmer waren sie nackt und gelöst, berührten sich mit Händen, Hüften und Haaren, fühlten sich wohlig, liebkosten sich ohne Ende, sahen einander in wiederholtem feuchten Befühlen, rochen einander in der Dunkelheit, murmelten ein Glück aus einsilbigen Worten. Irgendwann würden die Fragen wiederkehren, die verscheuchten, die die Dunkelheit in den Winkeln oder unter dem Bett verbarg, doch als Lucho wissen wollte, ob, warf sie sich mit ihrer schweißigen Haut auf ihn und verschloß ihm den Mund mit Küssen und zartem Beißen, erst viel später, wieder eine Zigarette zwischen den Fingern, sagte sie ihm, daß sie allein lebe, daß niemand es lange bei ihr aushalte, daß es unnütz sei, daß sie eine Kerze anzünden müsse, daß sie von der Arbeit direkt nach Hause, daß keiner sie je geliebt habe, daß es da diese Krankheit gebe, all das, als wäre es im Grunde unwichtig oder viel zu wichtig, als daß Worte etwas nutzen könnten, oder als wäre all das über die Nacht hinaus nicht von Dauer, weshalb man auf Erklärungen verzichten konnte, etwas, das gerade erst an einer Haltestange in der Metro begonnen hatte, etwas, wozu man vor allem eine Kerze anzünden mußte.

»Irgendwo ist eine Kerze«, hatte sie insistiert, seine Liebkosungen zurückweisend. »Jetzt ist es zu spät, um hinunterzugehen und eine Glühbirne zu kaufen. Laß mich suchen, sie muß in irgendeiner Schublade sein. Gib mir die Streichhölzer.«

»Zünde sie noch nicht an«, sagte Lucho. »Es ist so schön, wenn wir uns nicht sehen.«

»Ich möchte auch nicht. Es ist schön so, aber du weißt ja, du weißt ja. Manchmal.«

»Bitte«, sagte Lucho und tastete auf dem Boden nach den Zigaretten, »für eine Weile war alles vergessen. Warum fängst du wieder an? Es ist doch schön so.«

»Laß mich die Kerze suchen«, wiederholte Dina.

»Dann such sie eben«, sagte Lucho und reichte ihr die Streichhölzer. Das Streichholz flammte in der stickigen Luft des Zimmers auf, und es zeichnete sich ihr Körper ab, der kaum weniger dunkel war als die Dunkelheit, ein Glanz von Augen und Nägeln, und wieder finster, das Anstreichen eines neuen Zündholzes, und Dunkel, das Anstreichen eines weiteren Zündholzes, und jähes Aufleuchten der Flamme, die in der Tiefe des Raums erlischt, ein kurzes, wie atemloses Laufen, das Gewicht des nackten Körpers, der quer auf den seinen fällt und ihm die Rippen quetscht, ihr Keuchen. Er nahm sie fest in die Arme, küßte sie, murmelte tröstende Worte, ohne zu wissen, weswegen oder warum er sie beruhigen mußte, bettete sie neben sich und nahm sie sanft, fast ohne Verlangen, aus einer tiefen Müdigkeit heraus, drang in sie ein, glitt in ihr hoch und spürte, wie sie sich zusammenkrampfte, dann nachgab und sich öffnete, jetzt, jetzt, ja, jetzt, ja so, ja, und die auslaufende Brandung gab ihm die Ruhe wieder, auf dem Rücken liegend, starrte er ins Nichts, hörte da draußen die Nacht, hörte ihr Blut aus Regen pulsieren, unendlich großer Leib der Nacht, der sie vor Ängsten bewahrte, vor Haltestangen in der Metro und zerbrochenen Lampen und Streichhölzern, die Dinas Hand nicht hatte halten wollen, sie hatte sie nach unten gehalten, so daß sie abbrannten und sie sich verbrannte, beinahe ein Unfall, weil in der Dunkelheit der Raum und die Perspektiven sich verändern und man tölpisch ist wie ein Kind, aber nach dem zweiten zwischen zwei Fingern zerknickten Streichholz, Finger wie ein wütender Krebs, der sich verbrennt und dabei die Flamme auslöscht, hatte Dina ein letztes Streichholz anzuzünden versucht, mit der anderen Hand, und es war noch schlimmer gewesen, sie konnte es nicht einmal Lucho sagen, der all dem in dunkler Angst, eine nasse Zigarette zwischen den Lippen, gelauscht hatte. Merkst du nicht, daß sie nicht wollen, schon wieder. Wieder was? Das. Wieder? Nein, nichts, wir müssen die Kerze finden. Ich werde sie suchen, gib mir die Streichhölzer. Die sind auf den Boden gefallen, dort in der Ecke. Bleib ruhig, warte. Nein, geh nicht weg, bitte geh nicht. Laß mich, ich werde sie schon finden. Suchen wir gemeinsam, das ist besser. Nein, laß mich, ich finde sie schon, sag mir nur, wo diese verdammte Kerze sein kann. Irgendwo dort, auf der Konsole, wenn du ein Streichholz anzündest, vielleicht. Man wird nichts sehen, laß mich los. Er stieß sie sacht von sich, löste ihre Hände, die seine Hüften umklammert hielten, und stand auf. Das Ziehen an seinem Geschlecht ließ ihn aufschreien, mehr vor Schreck als vor Schmerz, blitzschnell griff er nach der Faust, mit der Dina, die auf dem Rücken lag und wimmerte, ihn festhielt, bog ihre Finger auf und stieß die Hand heftig von sich. Er hörte, wie sie ihn rief, ihn bat zurückzukommen, sie werde es nicht wieder tun, es war seine Schuld, weil er so dickköpfig ist. In die Richtung tappend, wo er die Zimmerecke vermutete, bückte er sich neben einem Möbel, das der Tisch sein konnte, und tastete den Boden nach den Streichhölzern ab, er meinte, eins gefunden zu haben, aber es war zu lang, vielleicht ein Zahnstocher, und die Schachtel war da nicht, er strich mit den Handflächen über den alten Teppich, kroch auf den Knien unter den Tisch; er fand ein Streichholz, dann noch eins, aber nicht die Schachtel; am Boden erschien es ihm noch dunkler, es roch nach Muff und fader Zeit. Er spürte, wie Krallen seinen Rücken hochfuhren, bis in den Nacken und ins Haar, mit einem Satz sprang er auf und stieß dabei Dina von sich, die hinter ihm aufschrie und etwas von Licht auf dem Treppenflur sagte, die Wohnungstür öffnen und das Licht auf der Treppe, aber natürlich, warum hatten sie nicht früher daran gedacht, wo war die Tür, da gegenüber, das konnte nicht sein, denn da war ja der Tisch, und der stand vor dem Fenster, ich sage dir, dort, dann geh du, wenn du's weißt, gehen wir beide, ich möchte jetzt nicht allein bleiben, laß mich los oder ich schlag dich, nein, nein, ich sag dir, du sollst mich loslassen. Ein Stoß, und er war allein, einem Keuchen gegenüber, etwas, das da neben ihm zitterte, ganz in der Nähe; die Arme ausstreckend, ging er auf die Suche nach der Wand, wo er die Tür vermutete; er berührte etwas Warmes, das mit einem Aufschrei entwischte, seine andere Hand schloß sich um Dinas Hals, als umklammerte sie einen Handschuh oder den Hals eines schwarzen Kätzchens, die Wut zerkratzte ihm Wange und Lippen, streifte ein Auge, er warf sich nach hinten, um freizukommen, ohne Dinas Hals loszulassen, fiel rücklings auf den Teppich, rollte zur Seite, ahnend, was kommen würde, ein warmer Wind über ihm, das Gestrüpp von Nägeln auf seinem Bauch und seinen Rippen, ich hab's dir doch gesagt, ich hab dir gesagt, daß es so nicht geht, daß du die Kerze anzünden sollst, such sofort die Tür, die Tür. Weiter wegkriechend von der Stimme, die irgendwo aus der Schwärze kam mit einem erstickten Schluchzen, das nicht aufhören wollte, stieß er gegen die Wand, und sie abtastend richtete er sich auf, bis er einen Rahmen fühlte, einen Vorhang, den anderen Rahmen, den Türriegel; eisige Luft streifte seine blutigen Lippen, er suchte nach dem Lichtschalter, hörte, wie Dina heulend hinter ihm herlief und gegen die angelehnte Tür prallte, sie mußte mit der Stirn, mit der Nase gegen sie geknallt sein, die Tür schlug in dem Moment hinter ihm zu, als er auf den Lichtknopf drückte. Der Nachbar gegenüber, der von seiner Tür aus gelauscht hatte, sah ihn entgeistert an, zog sich mit einem unterdrückten Schrei in seine Wohnung zurück und verriegelte die Tür. Lucho, nackt und auf dem Treppenflur, verfluchte ihn und fuhr sich mit den Fingern übers Gesicht, das ihm brannte, während alles übrige kalt war wie der Flur, und plötzlich Schritte, die vom ersten Stock eilig heraufkamen, mach mir auf, mach sofort auf, ich flehe dich an, mach auf, jetzt haben wir Licht, mach auf, wir haben Licht. Drinnen Stille und wie ein Abwarten, die Alte im violetten Morgenrock sieht ihn von unten, ein Aufschrei, empörend, zu dieser Stunde, schamlos, Polizei, die sind doch alle gleich, Madame Roger! ›Sie wird mir nicht öffnen‹, dachte Lucho, setzte sich auf die oberste Stufe und wischte sich das Blut von Mund und Augen, ›sie ist beim Stoß gegen die Tür ohnmächtig geworden und liegt nun dort auf dem Boden, sie wird mir nicht aufmachen, immer das gleiche, wie kalt es ist, wie kalt.‹ Er begann gegen die Tür zu hämmern, als er in der Wohnung gegenüber Stimmen hörte und die Alte die Treppe wieder hinunterlief und nach Madame Roger rief, wodurch die unteren Etagen wach wurden, Fragen und Gemunkel, ein Augenblick Stille, nackt und blutüberströmt, ein rasender Irrer, Madame Roger, mach mir auf Dina, mach auf, auch wenn es immer so war, mach auf, bei uns war es anders, Dina, wir hätten gemeinsam einen Weg finden können, warum liegst du da auf dem Boden, was hab ich dir getan, warum bist du gegen die Tür geknallt, Madame Roger, wenn du mir aufmachst, könnten wir eine Lösung finden, du hast vorhin ja gesehen, du hast gesehen, wie gut alles ging, nur Licht machen und zu zweit weitersuchen, aber du willst mir nicht aufmachen, weinst, wimmerst wie eine verletzte Katze, ich hör dich, ich hör dich, ich höre Madame Roger, ich höre die Polizei, und Sie, Sie Scheißkerl, warum bespitzeln Sie mich von Ihrer Tür aus, mach auf, Dina, noch können wir die Kerze finden, können uns waschen, mir ist kalt, Dina, da kommen sie mit einer Wolldecke, typisch, einen nackten Mann hüllt man in eine Wolldecke, ich werde ihnen sagen müssen, daß du dort auf dem Boden liegst, daß sie noch eine Wolldecke bringen sollen, daß sie die Tür aufbrechen sollen, dir das Gesicht waschen, sich um dich kümmern und dich beschützen sollen, weil ich nicht mehr da sein werde, sie werden uns gleich trennen, du wirst sehen, sie werden uns einzeln hinunterbringen, uns mitnehmen, uns auseinander bringen, welche Hand wirst du suchen, Dina, welches Gesicht wirst du zerkratzen, nun wo sie dich mitnehmen und alle und Madame Roger dich anstarren.

## Beleuchtungswechsel

Diese Donnerstage bei Anbruch der Nacht, wenn Lemos mich nach der Probe im Radio Belgrano zu sich rief, zwischen zwei Cinzanos seine Pläne für neue Stücke, sie mir anhören müssen, wo ich doch solche Lust hatte, wegzugehen und die Hörspielerei für zwei oder drei Jahrhunderte zu vergessen, aber Lemos war der Autor des Tages, und er bezahlte mich gut für das bißchen, das ich in seinen Programmen zu tun hatte, eigentlich nur Nebenrollen und durchweg unsympathische. Du hast genau die richtige Stimme, sagte Lemos liebenswürdig, wenn der Hörer dich hört, haßt er dich sofort, du mußt nicht erst jemanden verraten oder deine Mama mit Strychnin umbringen, brauchst nur den Mund aufzumachen und halb Argentinien möchte dir mit Hingabe den Schädel einschlagen.

Nicht so Luciana. An ebendem Tag, da unser jugendlicher Liebhaber Jorge Fuentes nach der Sendung von *Rosen der Schmach* zwei Waschkörbe voller Liebesbriefe erhielt und obendrein ein weißes Lämmchen, das ihm eine romantisch veranlagte Gutsbesitzerin aus der Gegend von Tandil geschickt hatte, überreichte mir der kleine Mazza den ersten fliederfarbenen Brief von Luciana. Ans Nichts in jeglicher Erscheinungsform gewöhnt, steckte ich mir den Brief in die Tasche und ging ins Café (nach dem triumphalen Erfolg von *Rosen* hatten wir bis zum Beginn von *Vogel im Sturm* eine Woche frei), und erst beim zweiten Martini mit Juárez Celman und Olive kam mir die Farbe des Briefumschlags in Erinnerung und wurde mir bewußt, daß ich den Brief noch nicht gelesen hatte; ich wollte das nicht vor den anderen tun, denn Leute, die sich langweilen, suchen immer nach einem Gesprächsstoff, und ein fliederfarbener Briefumschlag ist eine Goldgrube; ich wartete also, bis ich wieder zu Hause war, wo die Katze sich jedenfalls für solche Dinge nicht interessierte, ich gab ihr ihre Milch und ihre Portion Zärtlichkeit und machte dann Bekanntschaft mit Luciana.

Ich brauche kein Foto von Ihnen zu sehen, schrieb Luciana, es ist mir egal, daß *Sintonía* und *Antena* Fotos von Míguez und von Jorge Fuentes bringen, doch nie von Ihnen, es ist mir egal, weil ich Ihre Stimme habe, und es ist mir auch egal, daß man sagt, Sie seien unsympathisch und gemein, es stört mich nicht, daß Ihre Rollen alle Leute in bezug auf Sie täuschen, im Gegenteil, denn ich bilde mir ein, daß ich die einzige bin, die die Wahrheit weiß: Sie leiden, wenn Sie diese Rollen spielen, Sie setzen Ihr Talent ein, aber ich spüre, daß Sie sich nicht wirklich mit ihnen identifizieren, so wie Míguez oder Raquelita Bailey, Sie sind ganz anders als der grausame Fürst in *Rosen der Schmach*. Die Leute glauben, sie hassen den Fürsten, aber in Wirklichkeit hassen sie Sie, sie verwechseln die beiden, das ist mir schon bei meiner Tante Poli und anderen aufgefallen, als Sie im vorigen Jahr der Vassilis waren, der Schmuggler und Mörder. Heute nachmittag habe ich mich etwas einsam gefühlt und den Wunsch gehabt, Ihnen dies zu sagen, vielleicht bin ich nicht die einzige, die Ihnen das sagt, und irgendwie wünsche ich's Ihnen, damit Sie sich trotz allem verstanden wissen, andererseits aber wäre ich gern die einzige, die Sie hinter Ihrer Rolle und Ihrer Stimme zu sehen weiß, die sicher ist, Sie wirklich zu kennen, und die Sie mehr bewundert als die mit den leichten Rollen. Es ist wie bei Shakespeare, ich hab das nie jemandem gesagt, aber von Ihnen dargestellt, hat mir Jago besser gefallen als Othello. Fühlen Sie sich nicht verpflichtet, mir zu antworten, ich gebe meine Adresse an für den Fall, daß Sie das wirklich möchten, doch auch wenn Sie's nicht tun, werde ich glücklich sein, Ihnen all dies geschrieben zu haben.

Es wurde Nacht, die Handschrift wirkte leicht und fließend, die Katze war eingeschlafen, nachdem sie mit dem fliederfarbenen Umschlag auf dem Sofakissen gespielt hatte. Seit Brunas Fortgang wurde bei uns nicht mehr richtig zu Abend gegessen, die Katze und ich begnügten uns mit Konserven, und ich mich vornehmlich mit dem Cognac und der Pfeife. Während der freien Tage (danach müßte ich meine Rolle in *Vogel im Sturm* einstudieren) las ich Lucianas Brief wieder, beabsichtigte jedoch nicht, ihn zu beantworten, denn diesbezüglich ist ein Schauspieler, auch wenn er nur alle drei Jahre einen Brief erhält . . .

Liebe Luciana, antwortete ich ihr am Freitagabend, bevor ich ins Kino ging, Ihre Worte haben mich bewegt, und das ist keine Höflichkeitsfloskel. Es war wirklich keine, ich schrieb, als säße diese Frau, die ich mir eher klein und traurig vorstellte, mit kastanienbraunem Haar und hellen Augen, vor mir und als sagte ich ihr, daß ihre Worte mich bewegt haben. Das übrige fiel konventioneller aus, denn ich wußte nicht recht, was ich ihr nach dieser Wahrheit noch hätte sagen können, nur Füllsel, zwei oder drei Sätze der Sympathie und der Dankbarkeit, Ihr Freund Tito Balcárcel. Aber eine weitere Wahrheit stand im Postskriptum: Es freut mich, daß Sie mir Ihre Adresse gegeben haben, es hätte mich betrübt, Ihnen nicht sagen zu können, was ich fühle.

Niemand gibt es gern zu, aber wenn man nicht arbeitet, langweilt man sich am Ende etwas, wenigstens jemand wie ich. Als junger Mann hatte ich nicht wenige Liebesabenteuer, ich brauchte in meinen freien Stunden nur die Angel auszuwerfen, und fast immer machte ich einen Fang, aber dann kam Bruna, und das währte vier Jahre. Ist man fünfunddreißig, verliert das Leben in Buenos Aires an Farbe und scheint zu schrumpfen, wenigstens für jemanden, der allein mit einer Katze lebt und weder ein großer Leser noch ein Freund von langen Spaziergängen ist. Nicht daß ich mich alt fühlte, im Gegenteil; es ist eher so, als würden die anderen, die Dinge selbst alt und schrundig werden; wohl deshalb ziehe ich es vor, die Nachmittage zu Hause zu bleiben und den *Vogel im Sturm* zu repetieren, allein mit meiner Katze, die mir dabei zusieht, und mich an diesen undankbaren Rollen zu rächen, indem ich sie zur Perfektion treibe, sie mir in einer Weise zu eigen mache, daß sie nicht mehr von Lemos sind, die einfachsten Sätze in ein Spiel von Spiegeln verwandle, das die Person um ein Vielfaches gefährlicher und faszinierender macht. So war dann zum Zeitpunkt, da ich die Rolle im Radio sprechen mußte, schon alles festgelegt, jede Pause und jede Modulation der Stimme, womit ich den Haß langsam steigerte (wieder einmal war ich eine dieser Personen, die auch verzeihliche Seiten hat, doch mehr und mehr der Niedertracht verfällt, bis zur Schlußszene mit der Verfolgungsjagd am Rande eines Abgrunds und dem finalen Sprung, zur großen Genugtuung der Hörer). Als ich zwischen zwei Mates den Brief von Luciana, den ich auf dem Zeitschriftenregal liegenlassen hatte, wiederentdeckte und ihn aus purer Langeweile noch einmal las, sah ich sie erneut vor mir; immer schon war ich ein visueller Typ, und ich kann mir leicht alles mögliche ausmalen, von Anfang an hatte ich mir Luciana eher klein vorgestellt und etwa in meinem Alter, vor allem mit hellen, nahezu durchsichtigen Augen, und auch diesmal sah ich sie so vor mir, wieder sah ich sie etwas nachdenklich vor jedem Satz, den sie mir schreiben würde, und wie sie sich dann entschloß. Eins war sicher, Luciana war nicht die Frau, die erst einen Entwurf macht, bestimmt hatte sie gezögert, mir zu schreiben, aber dann, als sie mich in *Rosen der Schmach* gehört hatte, waren ihr die passenden Worte eingefallen, man spürte, daß der Brief spontan geschrieben war, und zugleich – vielleicht wegen des fliederfarbenen Papiers – wirkte er auf mich wie ein Likör, der lange in sich geruht hat.

Sogar ihr Haus sah ich, wenn ich die Augen nur etwas zukniff, es mußte so eines mit überdachtem Patio oder wenigstens mit einer Veranda voller Pflanzen sein, jedesmal, wenn ich an Luciana dachte, sah ich sie an demselben Platz, und schließlich verdrängte das Bild der Veranda das des Patios, es war eine Veranda mit Oberlichtern aus farbigem Glas und mit Schiebetüren, die das Tageslicht dämpften, Luciana saß in einem Korbsessel und schrieb mir, Sie sind ganz anders als der grausame Fürst in *Rosen der Schmach*, und sie führte den Füllfederhalter an den Mund, bevor sie weiterschrieb, niemand weiß das, denn Sie haben so viel Talent, daß die Leute Sie hassen, das kastanienbraune Haar umflossen von einem Licht wie auf alten Photographien, diese aschgraue und dabei doch helle Atmosphäre der Veranda, ich wäre gern die einzige, die Sie hinter Ihrer Rolle und Ihrer Stimme zu sehen weiß.

Am Abend vor der ersten Folge von *Vogel* mußte ich mit Lemos und den anderen essen gehen, wir probten einige dieser Szenen, die Lemos Schlüsselszenen nannte und wir Scheißszenen, Aufeinanderprall der Temperamente und dramatische Schimpfkanonaden, Raquelita Bailey sehr gut in der Rolle der Josefina, dieses hochmütigen Mädchens, das ich langsam in mein bekanntes Netz von Verruchtheiten, worin Lemos keine Grenzen kennt, hineinziehen würde. Die anderen wurden ihren Rollen nur knapp gerecht, alles in allem kein qualitativer Unterschied zwischen diesem Stück und den achtzehn anderen, die wir schon gespielt hatten. Ich erinnere mich an diese Probe deshalb, weil mir da der kleine Mazza den zweiten Brief von Luciana brachte, und diesmal hatte ich Lust, ihn sofort zu lesen, und ich ging für einen Augenblick in die Toilette, während sich Angelita und Jorge Fuentes auf einem Ball des Sportvereins Gimnasia y Esgrima ewige Liebe schworen, eine dieser Szenerien von Lemos, die die Begeisterung der Stammhörer auslösten und deren psychische Identifikation mit den Personen des Stücks verstärkten, wenigstens laut Lemos und Freud.

Ich nahm ihren schlichten, netten Vorschlag an, sie in einer Konditorei im Almagro-Viertel zu treffen. Es gab die üblichen albernen Erkennungszeichen, sie in Rot und ich eine zweimal gefaltete Zeitung unter dem Arm, es ging wohl nicht anders, und das übrige war Luciana, die mir wiederum in der Veranda schrieb, allein mit ihrer Mutter oder vielleicht ihrem Vater, von Anfang an hatte ich eine ältere Person bei ihr gesehen, in einem Haus für eine größere Familie, wo sich jetzt aber die Leere ausbreitete und überall die Melancholie der Mutter zu spüren war, weil eine andere Tochter gestorben oder fortgezogen war, weil vielleicht vor nicht langer Zeit der Tod durch dieses Haus gegangen war, doch wenn Sie nicht möchten oder nicht können, kann ich das verstehen, es ziemt sich nicht für mich, die Initiative zu ergreifen, aber ich weiß auch – das hatte sie ohne Emphase unterstrichen –, daß jemand wie Sie über solchen Dingen steht. Und sie fügte etwas hinzu, woran ich nicht gedacht hatte und das mich entzückte, Sie kennen mich nicht, außer durch den früheren Brief, aber ich lebe seit drei Jahren Ihr Leben, ich spüre bei jeder neuen Rolle, wie Sie in Wirklichkeit sind, ich entreiße Sie dem Theater, und Sie sind für mich immer derselbe, sobald Sie nicht mehr die Maske ihrer Rolle tragen. (Dieser zweite Brief ist mir verlorengegangen, aber das waren genau ihre Worte, so stand es da; indes erinnere ich mich, daß ich den ersten Brief in ein Buch von Moravia, das ich gerade las, gelegt habe, er ist sicher noch dort in der Bibliothek.)

Hätte ich das Lemos erzählt, hätte ich ihm die Idee für ein neues Stück gegeben, ganz sicher würde es nach einigem Hin und Her zu der Begegnung kommen, und dann würde der junge Mann entdecken, daß Luciana genau so war, wie er sie sich vorgestellt hatte, ein Beweis dafür, wie die Liebe der Liebe und die Vorstellung der Wirklichkeit vorauseilt, Theorien, die bei Radio Belgrano immer gut funktionierten. Aber Luciana war eine Frau über dreißig, und sie machte keinen Hehl aus ihrem Alter, sie war gar nicht so klein wie die Frau, die ihm auf der Veranda Briefe schrieb, und hatte prächtiges schwarzes Haar, das ein seltsames Eigenleben bekam, wenn sie den Kopf bewegte. Von Lucianas Gesicht hatte ich mir kein genaues Bild gemacht, ausgenommen die hellen Augen und den etwas traurigen Blick; die Augen, die mir jetzt lächelnd entgegensahen, waren braun und überhaupt nicht traurig unter diesem beschwingten Haar. Daß sie Whisky mochte, fand ich sympathisch, bei Lemos nämlich begannen fast alle romantischen Begegnungen mit Tee (und bei Bruna war es Milchkaffee gewesen, in einem Speisewagen). Sie entschuldigte sich nicht für ihre Einladung, und ich, der ich mich manchmal leicht exaltiert gebärde, weil ich dem, was mir so passiert, im Grunde nicht recht traue, fand mich sehr natürlich, und der Whisky war einmal nicht verfälscht. Es war wirklich sehr schön, so als wären wir uns rein zufällig und ohne vorherige Verabredung begegnet, so wie gute Beziehungen beginnen, wo keiner etwas herauskehren oder verbergen muß; es war nur natürlich, daß vor allem von mir die Rede war, denn ich war bekannt und sie nur zwei Briefe und Luciana, deshalb ließ ich es zu, ohne eitel zu wirken, daß sie mich an mehrere Hörspiele erinnerte, an das, wo man mich zu Tode folterte, an das andere mit den im Bergwerk verschütteten Arbeitern und an noch weitere Rollen. Nach und nach brachte ich ihr Gesicht und ihre Stimme mit meiner Vorstellung in Übereinstimmung, nur schwer löste ich mich von den Briefen, der Veranda und dem Korbsessel; bevor wir auseinandergingen, erfuhr ich, daß sie in einer ziemlich kleinen Parterrewohnung wohnte, zusammen mit Tante Poli, die in den dreißiger Jahren in Pergamino Klavierlehrerin gewesen war. Auch Luciana mußte Korrekturen vornehmen, wie immer bei diesen Blinde-Kuh-Beziehungen, erst zum Schluß sagte sie, sie habe sich mich größer vorgestellt, mit Kraushaar und grauen Augen; das mit dem Kraushaar verblüffte mich, denn in keiner meiner Rollen war ich mir selbst kraushaarig vorgekommen, aber vielleicht war ihre Vorstellung eine Art Summe, eine Addition aller Schuftigkeiten und Verrätereien in Lemos' Stücken. Ich sagte ihr das scherzhaft, aber Luciana sagte nein, sie habe die Personen so gesehen, wie Lemos sie gezeichnet hatte, doch gleichzeitig sei es ihr möglich, von ihnen abzusehen, schön mit mir allein zu bleiben, mit meiner Stimme und, wer weiß warum, mit dem Bild von jemandem, der größer ist, von jemandem mit Kraushaar.

Hätte es Bruna noch in meinem Leben gegeben, hätte ich mich wahrscheinlich nicht in Luciana verliebt; ihr Fortgang war noch zu gegenwärtig, eine Lücke, die Luciana auszufüllen begann, ohne es zu wissen, und wahrscheinlich, ohne es sich zu erhoffen. Bei ihr hingegen ging alles viel schneller, von meiner Radiostimme ging sie über zu diesem anderen Tito Balcárcel mit seinem strähnigen Haar und weniger Persönlichkeit als Lemos' Ungeheuer; all dies brauchte kaum einen Monat, es gab zwei Rendezvous in Cafés und ein drittes in meiner Wohnung, die Katze akzeptierte das Parfüm und die Haut Lucianas und schlief auf ihrem Schoß, schien sich jedoch zu entrüsten, als sie eines Abends plötzlich überflüssig war und miauend auf den Boden springen mußte. Tante Poli übersiedelte nach Pergamino zu einer Schwester, ihre Aufgabe war erfüllt, und Luciana zog in derselben Woche zu mir; als ich ihr beim Einpacken ihrer Sachen half, war es für mich schmerzlich, daß es keine Veranda, kein aschenes Licht gab, und obgleich ich wußte, daß ich derlei nicht vorfinden würde, empfand ich es doch als Mangel, als Unvollkommenheit. Am Nachmittag des Umzugs erzählte mir Tante Poli liebevoll die wenig interessante Familiengeschichte, von Lucianas Kindheit, von ihrem Verlobten, der jedoch dem verlockenden Angebot einer Gefrierfleischfabrik in Chicago nicht hatte widerstehen können, von der Ehe mit einem Hotelbesitzer aus Primera Junta und der Trennung vor sechs Jahren, alles Dinge, die ich schon von Luciana erfahren hatte, aber anders, so als hätte sie nicht wirklich von sich selbst gesprochen, wo sie jetzt, wie es schien, auf Rechnung einer anderen Gegenwart zu leben begann, mein Körper neben dem ihren, die Tellerchen Milch für die Katze, immer wieder das Kino, die Liebe.

Ich erinnere mich, es war ungefähr zur Zeit von *Blut an den Ähren*, als ich Luciana bat, sich ihr Haar aufzuhellen. Zuerst hielt sie das für den Einfall eines Schauspielers, wenn du willst, kaufe ich mir eine Perücke, sagte sie lachend, und dir würde sehr gut eine mit Kraushaar stehen, wie wär's damit? Aber als ich sie ein paar Tage später erneut darum bat, sagte sie, also gut, schließlich sei es völlig gleich, ob sie schwarzes oder kastanienbraunes Haar habe, fast war es so, als ahnte sie, daß diese Änderung der Haarfarbe nichts mit den Launen eines Schauspielers zu tun hatte, sondern mit anderen Dingen, mit einer Veranda, einem Korbsessel. Ich brauchte sie nicht noch einmal zu bitten, es freute mich, daß sie es für mich getan hatte, und ich sagte es ihr immer wieder, während wir uns liebten, während ich mich in ihrem Haar und ihren Brüsten vergrub und mich, Mund an Mund mit ihr, wieder in den Schlaf gleiten ließ. (Am Morgen darauf, vielleicht auch erst, bevor sie einkaufen ging, ich weiß nicht mehr genau, strich ich ihr Haar mit beiden Händen nach hinten und band es ihr im Nacken zusammen, ich versicherte ihr, daß ihr das besser stehe. Sie betrachtete sich im Spiegel und sagte nichts, doch ich spürte, daß sie nicht einverstanden war, und sie hatte recht, sie war nicht die Frau, die sich das Haar zusammenbindet, es war nicht zu leugnen, daß sie besser aussah, wenn sie es offen trug wie zuvor, als sie es sich noch nicht getönt hatte, aber ich sagte ihr das nicht, denn ich sah sie lieber so, sah sie so besser als an jenem Nachmittag, als sie zum ersten Mal in die Konditorei gekommen war.)

Ich habe es nie gemocht, mich im Radio sprechen zu hören, ich tat meine Arbeit, und damit basta, die Kollegen wunderten sich über diesen Mangel an Eitelkeit, die bei ihnen so offensichtlich war; sie mußten denken, und vielleicht zu Recht, daß die Rollen, die ich spielte, nicht derart waren, daß ich mich ihrer gern erinnerte, und deshalb sah Lemos mich mit hochgezogenen Augenbrauen an, als ich ihn um die Archivbänder von *Rosen der Schmach* bat; er fragte mich, wozu ich sie brauchte, und ich antwortete ihm irgend etwas, Schwierigkeiten mit der Aussprache, die ich überwinden wolle, oder so ähnlich. Als ich mit den Tonbändern nach Hause kam, war auch Luciana etwas überrascht, denn ich sprach ihr nie von meiner Arbeit, sie war es, die mir immer wieder ihre Eindrücke erzählte, die mich nachmittags im Radio hörte, mit der Katze auf dem Schoß. Ich sagte ihr das gleiche, was ich Lemos gesagt hatte, aber anstatt mir die Aufnahmen in einem anderen Zimmer anzuhören, brachte ich das Tonbandgerät ins Wohnzimmer und bat Luciana, noch ein wenig bei mir zu bleiben, ich selbst machte den Tee und verrückte die Lampe ein wenig, damit Luciana es gemütlich habe. Warum nimmst du die Lampe da weg? fragte Luciana, die stand doch gut dort. Sie stand dort gut, als Gegenstand, aber sie warf ein hartes, zu helles Licht auf das Sofa, wo Luciana saß, es war besser, sie bliebe im Dämmerlicht des Abends, ein etwas aschfarbenes Licht, das vom Fenster her kam und ihr Haar umschmeichelte, ihre Hände, die mit dem Tee beschäftigt waren. Du verwöhnst mich zu sehr, sagte Luciana, alles für mich, und du dahinten in der Ecke, setzt dich nicht einmal.

Natürlich spielte ich nur ein paar Szenen aus den *Rosen*, in der Zeit von zwei Tassen Tee, einer Zigarette. Es tat mir wohl, Luciana zu betrachten, wie sie dem Hörspiel lauschte und manchmal den Kopf hob, wenn sie meine Stimme erkannte, mich anlächelte, als störte es sie überhaupt nicht, daß der elende Kerl, Schwager der armen kleinen Carmen, seine Intrigen spann, um das Vermögen der Pardos an sich zu bringen, und daß das schändliche Treiben noch viele Szenen so weiterging, bis zum unausbleiblichen Sieg der Liebe und der Gerechtigkeit, laut Lemos. In meiner Ecke (ich hatte gerade nur eine Tasse Tee an ihrer Seite getrunken und war dann wieder ans andere Ende des Wohnzimmers gegangen, so als hörte ich dort besser) fühlte ich mich wohl, für einen Augenblick fand ich wieder, was mir gefehlt hatte; es wäre mir lieb gewesen, wenn all das noch länger gedauert hätte, wenn das Licht der Abenddämmerung weiterhin dem auf der Veranda geähnelt hätte. Das war natürlich nicht möglich, und so stellte ich das Tonbandgerät ab, und wir gingen zusammen hinaus auf den Balkon, nachdem Luciana die Lampe wieder an ihren Platz gestellt hatte, denn dort, wo ich sie hingestellt hatte, machte sie sich wirklich nicht gut. Hat es dir genützt, dich selbst zu hören? fragte sie mich und streichelte meine Hand. Ja, durchaus, ich sprach von Problemen der Atmung, der Modulation und dergleichen, was sie respektvoll akzeptierte; das einzige, was ich ihr nicht sagte, war, daß in diesem vollkommenen Augenblick allein der Korbsessel gefehlt hatte, und vielleicht hätte sie auch etwas traurig sein müssen, wie jemand, der ins Leere blickt, bevor er einen Brief weiterschreibt.

Wir kamen mit *Blut an den Ähren* langsam zu Ende, noch drei Wochen, und ich hätte Ferien. Wenn ich aus dem Funkhaus zurückkam, las Luciana oder spielte mit der Katze in dem Korbsessel, den ich ihr mitsamt dem dazugehörigen Tischchen zum Geburtstag geschenkt hatte.

Das paßt überhaupt nicht zu den übrigen Möbeln, hatte Luciana halb belustigt, halb verblüfft gesagt, aber wenn sie dir gefallen, dann mir auch, eine hübsche Garnitur und so bequem. In dem Sessel wirst du besser sitzen, wenn du Briefe zu schreiben hast, sagte ich. Ja, gab Luciana zu, schon lange schulde ich Tante Poli einen Brief, der Ärmsten. Da es dort, wo der Sessel stand, nachmittags nicht sehr hell war (ich glaube, sie hat nicht gemerkt, daß ich die Glühbirne in der Lampe ausgewechselt habe), rückte sie schließlich Tischchen und Sessel nahe ans Fenster, um zu stricken oder sich Zeitschriften anzusehen, und an einem dieser Herbsttage, vielleicht auch etwas später, blieb ich einen Nachmittag lange an ihrer Seite, küßte sie immer wieder und sagte ihr, daß ich sie nie so geliebt hätte wie in diesem Augenblick, da ich sie so vor mir sah, wie ich sie immer hatte sehen wollen. Sie sagte nichts, ihre Hände wanderten durch mein Haar und zerzausten es, ihr Kopf sank auf meine Schulter, und sie war ganz still, wie abwesend. Was konnte ich von Luciana anderes erwarten, jetzt, wo es Abend wurde? Sie war wie ihre fliederfarbenen Briefumschläge, wie die schlichten, fast schüchternen Sätze ihrer Briefe. Von nun an konnte ich mir kaum noch vorstellen, daß ich sie in einer Konditorei kennengelernt hatte, daß sie ihr loses schwarzes Haar, als sie mich begrüßte, kurz zur Seite geworfen hatte, um ihre anfängliche Verlegenheit bei unserer Begegnung zu bezwingen. In der Erinnerung an meine Liebe gab es die Veranda, die Silhouette in einem Korbsessel, die sie von der größeren und lebhafteren Gestalt schied, die morgens durch die Wohnung ging oder mit der Katze spielte und erst mit der Dämmerung wieder zu dem wurde, was ich so gern gehabt hatte, was mich so in sie verliebt machte.

Vielleicht es ihr sagen. Ich fand nicht die Zeit dazu, ich glaube, ich zögerte, weil ich sie mir lieber so bewahren wollte, das Gefühl der Fülle war so stark, daß ich nicht an ihr vages Schweigen denken wollte, eine Geistesabwesenheit, die ich vorher nicht an ihr gekannt hatte, diese Art, mich für Augenblicke anzusehen, als suche sie etwas, ein flattriger Blick, der sich dann jäh auf das Nächstliegende stürzte, auf die Katze, auf ein Buch. Auch deswegen war sie mir lieber, es war die melancholische Stimmung der Veranda, der fliederfarbenen Briefumschläge. Als ich einmal mitten in der Nacht aufwachte und sie neben mir schlafen sah, fühlte ich, daß die Zeit gekommen war, es ihr zu sagen, sie endgültig zu der Meinen zu machen, dadurch, daß sie das langsam gewobene Spinnennetz meiner Liebe völlig akzeptierte. Ich tat es nicht, weil Luciana schlief, weil Luciana wach war, weil wir an diesem Dienstag ins Kino gingen, weil wir auf der Suche nach einem Auto für die Ferien waren, weil das Leben sich mit starkem Scheinwerferlicht einmischte, vor und nach der Abenddämmerung, wenn das aschfarbene Licht während dieser Ruhezeit im Korbsessel seine Vollkommenheit zu erlangen schien. Daß sie jetzt so wenig mit mir sprach, daß sie mich manchmal wieder ansah, als suche sie etwas, das sie verloren hatte, unterdrückte in mir das dunkle Bedürfnis, ihr die Wahrheit zu gestehen, zu gestehen, ihr endlich von dem kastanienbraunen Haar, von dem Licht in der Veranda zu sprechen. Ich fand nicht die Zeit dazu, eine zufällige Änderung der Probenzeiten führte mich eines späten Vormittags ins Stadtzentrum, ich sah sie aus einem Hotel kommen, ich erkannte sie nicht wieder, als ich sie erkannte, ich begriff nicht, als ich begriff, daß sie Arm in Arm mit einem Mann ging, der größer war als ich, ein Mann, der sich ein wenig zu ihr herabbeugte, um sie aufs Ohr zu küssen, um sein Kraushaar an Lucianas kastanienbraunem Haar zu reiben.

Schwer zu sagen, wer auf die Idee gekommen war, vielleicht Vera am Abend ihres Geburtstags, als Mauricio unbedingt wollte, daß sie noch eine Flasche Champagner tränken, und sie zwischendurch in dem von Zigarettenrauch und Mitternacht geschwängerten Salon tanzten, aber vielleicht auch Mauricio in dem Augenblick, da der *Blues in Thirds* ihnen von ganz fern ihre erste gemeinsame Zeit, ihre ersten Schallplatten in Erinnerung brachte, als die Geburtstage noch mehr waren als nur eine periodisch wiederkehrende, genau bemessene Zeremonie. Es war wie ein Spiel, als sie beim Tanzen darüber sprachen, lächelnde Komplizen in der allmählichen Benebelung durch den Alkohol und den Rauch, als sie sich sagten, warum auch nicht, letzten Endes könnten sie es machen, und dort würde jetzt Sommer sein; gemeinsam hatten sie sich desinteressiert den Prospekt des Reisebüros angesehen, und plötzlich war Mauricio oder Vera die Idee gekommen, einfach telefonieren, zum Flughafen fahren, mal sehen, ob das Spiel sich lohnt, so was tut man sofort oder nie, was ist schon dabei, schlimmstenfalls kehrt man mit der gleichen liebenswürdigen Ironie zurück, mit der sie von so vielen langweiligen Reisen zurückgekehrt waren, es jetzt aber mal anders versuchen, das Spiel spielen, Bilanz ziehen, einen Entschluß fassen.

Denn diesmal (und das war das Neue, die Idee, die Mauricio gekommen war, die aber auch einem nachdenklichen Augenblick Veras entsprungen sein konnte, zwanzig gemeinsam verlebte Jahre, die geistige Symbiose, die Sätze, die von einem begonnen und vom anderen am anderen Ende des Tisches oder der Telefonleitung beendet werden), diesmal könnte es anders werden, sie brauchten nur die Verhaltensregeln aufzustellen, und sie begeisterten sich für

den völlig absurden Plan, verschiedene Flugzeuge zu nehmen und als einander unbekannt im Hotel anzukommen,
sie würden es dem Zufall überlassen, sie nach ein oder
zwei Tagen im Speisesaal oder am Strand miteinander bekannt zu machen, würden sich unter die anderen Feriengä-
ste mischen, Bekanntschaften machen, höflich miteinander verkehren, bei Cocktailparties auf Beruf und Familie
anspielen, unter so vielen anderen Berufen und Lebensver-
hältnissen, lauter Menschen, die wie sie im Urlaub den
flüchtigen Kontakt suchen. Keiner würde sich über den
gemeinsamen Familiennamen wundern, da es ein gewöhn-
licher Familienname war, es würde sehr vergnüglich sein,
das allmähliche gegenseitige Kennenlernen zu gradieren,
seinen Rhythmus dem des Kennenlernens der anderen Ho-
telgäste anzupassen, sich jeder für sich mit den anderen
zu unterhalten, dem Zufall der Begegnungen nachzuhel-
fen und sich von Zeit zu Zeit allein zu treffen und sich
anzusehen wie jetzt, während sie den *Blues in Thirds* tanzten und für Augenblicke innehielten, die Champagner-
kelche erhoben und genau im Takt der Musik anstießen,
höflich, wohlerzogen und müde, und schon halb zwei bei
soviel Rauch und dem Parfüm, das Mauricio Vera an diesem Abend aufs Haar gesprüht und sich dabei gefragt
hatte, ob es auch das richtige Parfüm war, ob Vera den
Kopf heben und ein wenig schnuppern und es gutheißen
würde, ob er Veras Anerkennung erhalten würde, die so
schwer und so selten zu erreichen war.

Immer hatten sie nach ihren Geburtstagsfeiern miteinander geschlafen, mit verdrossener Liebenswürdigkeit
hatten sie auf den Aufbruch der letzten Freunde gewartet,
aber diesmal, wo niemand da war, wo sie niemanden ein-
geladen hatten, weil es sie mehr langweilte, mit Leuten zu-
sammenzusein als allein zu sein, tanzten sie so lange, bis
die Platte zu Ende war, blieben umschlungen stehen und
sahen sich durch einen Nebel aus Schläfrigkeit an, verlie-

ßen dann das Wohnzimmer, wobei sie einen imaginären Rhythmus beibehielten, gingen versunken und fast glücklich und barfuß über den Teppich des Schlafzimmers, verweilten, langsam sich entkleidend, am Bettrand, einander helfend und es sich erschwerend, und Küsse und Knöpfe und wieder das Zusammenfinden, jeder unausbleiblich mit seiner Vorliebe, jeder richtete sich nach dem Licht der Lampe, das sie dazu verurteilte, die alten Bilder vor sich zu sehen, die bewußten Worte zu flüstern, und nach dieser Wiederholung der Formeln, die sich der Worte und der Körper bemächtigt hatten wie eine notwendige, fast zärtliche Pflicht, das langsame Versinken in schale Benommenheit.

Am nächsten Morgen war Sonntag, und es regnete, sie frühstückten im Bett und beschlossen die Sache im Ernst; jetzt mußte man die Regeln festlegen, jede Phase der Reise, damit es nicht eine Reise wie all die anderen werde und vor allem keine Rückkehr wie all die anderen. Sie nahmen die Finger zu Hilfe: erstens, sie würden getrennt reisen; zweitens, sie würden in verschiedenen Zimmern wohnen, damit nichts sie daran hindere, den Sommer richtig zu genießen; drittens, es würde keine Vorhaltungen und keine Blicke geben wie die, die sie zur Genüge kannten; viertens, ein Zusammentreffen ohne Zeugen würde es ihnen erlauben, Eindrücke auszutauschen und zu sehen, ob die Mühe sich lohnte; der Rest war Routine, sie würden im selben Flugzeug zurückfliegen, da die anderen sie dann ja nicht mehr interessierten (oder doch, aber das würde sich aus Punkt vier ergeben). Was danach geschehen würde, blieb ohne Nummer, gehörte in eine Phase, die entschieden und ungewiß zugleich war, die auf Zufall beruhende Summe, bei der alles möglich war und worüber man nichts sagen konnte. Die Flugzeuge nach Nairobi gingen donnerstags und sonnabends, Mauricio reiste mit dem ersten, nach einem gemeinsamen Lachsessen, bei dem sie sich zutranken und einander für alle Fälle Talismane schenkten, vergiß das Chinin nicht und denk daran, daß du immer die Rasiercreme und die Sandalen vergißt.

Gutgelaunt kam sie in Mombasa an, eine Stunde Fahrt mit dem Taxi, das sie nach *Trade Winds* bringen sollte, in einen Bungalow am Strand mit Affen, die in den Kokospalmen herumturnten, und lächelnden afrikanischen Gesichtern, von weitem sah sie Mauricio, der sich schon eingelebt hatte und im Sand mit einem Pärchen und einem Alten mit rotem Backenbart Ball spielte. Die Cocktailstunde führte sie in der zum Meer hin offenen Veranda zusammen, man sprach über Muscheln und Korallenriffe, Mauricio trat mit einer Frau und zwei jungen Männern ein, irgendwann wollte er wissen, woher Vera komme, und erzählte, er komme aus Frankreich und sei Geologe. Vera fand es nicht übel, daß Mauricio Geologe sein sollte, und sie antwortete auf die Fragen der anderen Touristen, die Pädiatrie mache es von Zeit zu Zeit erforderlich, daß sie sich ein paar Tage erhole, um nicht der Depression zu verfallen, der Alte mit dem roten Backenbart war ein pensionierter Diplomat, seine Gattin kleidete sich, als wäre sie zwanzig, aber es stand ihr gar nicht so schlecht in einer Umgebung, wo fast alles einem Farbfilm ähnelte, Kellner und Affen eingeschlossen, und auch der Name *Trade Winds*, der an Joseph Conrad und Somerset Maugham erinnerte, die Cocktails, die in Kokosnußschalen gereicht wurden, die offenen Hemden, der Strand, wo man nach dem Abendessen spazierengehen konnte bei einem so erbarmungslosen Mond, daß die dahinziehenden Wolken ihre Schatten auf den Sand warfen, zum Erstaunen der Leute, die für gewöhnlich ein schmutziger, nebliger Himmel bedrückt.

Die Letzten werden die Ersten sein, dachte Vera, als Mauricio sagte, man habe ihm ein Zimmer im modernsten Trakt des Hotels gegeben, sehr wohnlich, allerdings ohne den Reiz der Bungalows am Strand. Abends spielte man Karten, der Tag war ein endloser Dialog zwischen Sonne und Schatten, dem Meer und den Schutz bietenden Palmen, bei jedem Peitschenhieb der Brandung den bleichen und matten Körper wiederentdecken, mit Kanus zu den Klippen fahren, um mit Taucherbrillen zu tauchen und die blauen und roten Korallen zu sehen, die Fische, die unschuldig um einen herumschwammen. Über die Begegnung mit zwei Seesternen, der eine rotgefleckt, der andere violett und mit Dreiecken übersät, wurde am zweiten Tag viel gesprochen, wenn es nicht schon der dritte war, die Zeit glitt dahin wie das laue Meerwasser auf der Haut, Vera schwamm mit Sandro, der zwischen zwei Cocktails aufgetaucht war und behauptete, er habe Verona und die Autos satt, der Engländer mit dem roten Bakkenbart hatte einen Sonnenbrand, und der Arzt sollte aus Mombasa kommen, die Langusten in ihrer Grabstatt aus Mayonnaise und Zitronenscheiben waren unglaublich groß: Ferien. Von Anna hatte man nur ein fernes, fast distanziertes Lächeln gesehen, am vierten Abend kam sie an die Bar, um sich etwas zu trinken zu holen, und ging mit ihrem Glas auf die Veranda, wo die Dreitageveteranen sie mit Informationen und Ratschlägen empfingen, im Norden gab es gefährliche Seeigel, auf keinen Fall durfte man im Kanu ohne Hut fahren, sollte auch etwas mitnehmen, um sich die Schultern zu bedecken, der arme Engländer mußte es teuer bezahlen, und die Schwarzen versäumten immer, die Touristen zu warnen, denn für sie, natürlich, und Anna dankte zurückhaltend, trank langsam ihren Martini, so als wollte sie zeigen, daß sie gekommen war, um allein zu sein, daß sie Stockholm oder Kopenhagen vergessen mußte. Ohne lange nachzudenken, beschloß Vera, daß Mauricio und Anna, ganz bestimmt Mauricio und Anna, noch bevor vierundzwanzig Stunden vergangen waren, sie spielte gerade mit Sandro Pingpong, als sie sah, wie die beiden ans Meer gingen und sich in den Sand legten, Sandro spöttelte über Anna, die ihm zu wenig kommunikativ war, die nordischen Nebel, er gewann die Partien ohne Mühe, aber als italienischer Kavalier zedierte er ihr dann und wann ein paar Punkte, was Vera merkte und ihm schweigend dankte, einundzwanzig zu achtzehn, gar nicht schlecht, sie machte Fortschritte, eine Frage der Hingabe.

Irgendwann vor dem Einschlafen dachte Mauricio, daß sie es doch ganz gut machten, fast komisch, wenn man sich vorstellte, daß Vera hundert Meter von seinem Zimmer entfernt in dem beneidenswerten Bungalow schlief, von Palmen liebkost, was für ein Glück du hattest, mein Kind. Sie waren bei einem Ausflug zu den nahegelegenen Inseln zusammengetroffen, und es hatte ihnen viel Spaß gemacht, mit den anderen um die Wette zu schwimmen und Ball zu spielen; Anna hatte sich die Schultern verbrannt, und Vera gab ihr eine Salbe mit todsicherer Wirkung, schließlich kennt sich eine Kinderärztin in Salben aus, zögernde Rückkehr des Engländers, in einen himmelblauen Hausmantel gehüllt, am Abend wurde im Radio von Jomo Kenyatta und den Stammesproblemen gesprochen, jemand wußte eine Menge über die Massai und unterhielt bei vielen Drinks die anderen mit Legenden und Löwen, Karen Blixen und der Echtheit der Amulette aus Elefantenhaar, echtes Nylon, und so war es mit allem in diesen Ländern. Vera wußte nicht, ob es Mittwoch oder Donnerstag war, als Sandro sie zum Bungalow begleitete, nachdem sie einen langen Spaziergang am Strand gemacht und sich geküßt hatten, wie dieser Strand und dieser Mond es verlangten, sie ließ ihn eintreten, kaum daß er ihr die Hand auf die Schulter gelegt hatte, sie ließ sich die ganze Nacht lieben, hörte sonderbare Dinge, lernte es anders kennen und schlief langsam ein, wobei sie jede Minute der weiten Stille unter dem unglaublich feinen

Moskitonetz genoß. Bei Mauricio war es zur Siesta, nach einem Essen, bei dem seine Knie Annas Schenkel berührt hatten, begleitete er sie in ihre Etage, murmelte vor ihrer Tür ein »Bis später« und sah, wie Annas Hand auf der Klinke zögerte, er ging mit ihr hinein, und sie überließen sich einer Lust, die sie erst am Abend freigab, als einige sich schon fragten, ob sie vielleicht krank seien, und Vera zwischen zwei Schlucken unsicher lächelte und sich die Zunge an einem Getränk aus Campari und Kenia-Rum verbrannte, das Sandro an der Bar gemixt hatte, zum großen Erstaunen von Moto und Nikuku, diese Europäer werden langsam alle verrückt.

Laut Abmachung Sonnabend um sieben, Vera nutzte eine Begegnung ohne Zeugen am Strand und wies auf einen entfernten Palmenhain, der ihr passend schien. Sie umarmten sich mit alter Zärtlichkeit und lachten sich an wie Kinder, wie brav sie doch Punkt vier ihrer Abmachung befolgten. Es war eine sanfte Einsamkeit aus Sand und dürren Zweigen; Zigaretten und diese Bräune des fünften oder sechsten Tages, wenn die Augen wie neu glänzen und Sprechen ein Fest ist. Es geht doch sehr gut mit uns, sagte Mauricio gleich, und Vera, ja, natürlich, es geht sehr gut, man sieht es an deinem Gesicht und am Haar, wieso am Haar, weil es einen anderen Glanz hat, das kommt vom Salzwasser, Dummerchen, kann sein, aber Salz macht die Haare eher klitschig, vor Lachen konnten sie nicht weitersprechen, es tat wohl, nichts zu sagen, während sie lachten und einander anblickten, ein letztes Stück Sonne tauchte schnell unter, die Tropen, sieh genau hin und du wirst den legendären grünen Strahl sehen, das hab ich schon von meinem Balkon aus versucht und nichts gesehen, ah, natürlich, der Herr hat einen Balkon, ja, meine Dame, einen Balkon, dafür haben Sie einen Bungalow für Gitarrenspiel und Orgien. Leicht ins Schleudern geraten, noch eine Zigarette, wirklich, es ist wunderbar, hat etwas Prickelndes. Wenn du es sagst, wird es so sein. Und deine, erzähl. Ich finde es nicht schön, daß du deine sagst, das klingt nach Preisverteilung. Ist es ja auch. Gut, aber nicht so, nicht mit Anna. Oh, was für eine zuckersüße Stimme, du sagst Anna, als delektiertest du dich an jedem Buchstaben. Nicht an jedem, aber. Du bist gemein. Und was bist du? Für gewöhnlich bin nicht ich es, die sich delektiert, obgleich. Dacht ich mir's doch, diese Italiener kommen alle geradewegs aus dem Dekamerone. Moment mal, wir machen hier keine Gruppentherapie, Mauricio. Pardon, es ist keine Eifersucht, welches Recht hätte ich dazu. Ah, *good boy*. Also ja? Also ja, ist ja toll, einfach unglaublich toll. Ich gratuliere dir, es würde mir auch nicht gefallen, wenn es dir schlechter ginge als mir. Ich weiß nicht, wie es dir geht, aber Punkt vier besagt, daß. Einverstanden, aber es ist nicht leicht, es in Worten auszudrücken, Anna ist eine Woge, ein Seestern. Der rote oder der violette? Alle beide, ein goldener Strom, rosa Korallen. Der Herr ist ein skandinavischer Dichter. Und Sie sind eine ausschweifende Venezianerin. Er ist nicht aus Venedig, sondern aus Verona. Das bleibt sich gleich, in jedem Fall muß man unweigerlich an Shakespeare denken. Hast recht, darauf bin ich gar nicht gekommen. Kurzum, so geht's mit uns. Ja, so geht's mit uns, Mauricio, wir haben noch fünf Tage. Vor allem fünf Nächte, nutze sie gut. Ich glaube schon, er hat versprochen, mir Kniffe zu zeigen, wie man zur Wirklichkeit gelangt, wie er es nennt. Die wirst du mir erklären, hoffe ich. Ausführlich, das kannst du mir glauben, und du wirst mir von deinem Fluß aus Gold und den blauen Korallen erzählen. Rosa Korallen, Mädchen. Nun, du siehst, wir vertrödeln unsere Zeit nicht. Das wird sich zeigen, jedenfalls vertrödeln wir nicht die Gegenwart, und da wir gerade davon sprechen, es ist nicht gut, daß wir uns so lange bei Punkt vier aufhalten. Noch ein kurzes Bad vor dem Whisky? Whisky, so was

Ordinäres, ich lasse mir Carpano mit Gin und Angostura mixen. Oh, Verzeihung. Macht nichts, für solche Feinheiten braucht es Zeit, wir wollen nach dem grünen Strahl suchen, wer weiß, vielleicht.

Freitag, Robinson-Tag, jemand erinnerte zwischen zwei Drinks daran, und man sprach eine Weile von einsamen Inseln und Schiffbrüchen, eine kurze und heftige warme Regenbö brach herein, die die Palmen silbern färbte und einen neuen Schwung lärmender Vögel mitbrachte, worauf prompt Die Zugvögel, Der Alte Seemann und sein Albatros, es waren Leute, die zu leben wußten, jeder Whisky war umrankt mit Folklore, alte Lieder von den Hebriden oder aus Guadaloupe, gegen Ende des Tages dachten Vera und Mauricio das gleiche, das Hotel verdiente wirklich seinen Namen, es war für sie die Zeit der Passatwinde, Anna die Spenderin längst vergessenen Rauschs, Sandro der Erfinder feiner Kniffe, diese Passatwinde brachten ihnen andere Zeiten zurück, Zeiten ohne Gewohnheiten, die auch sie einst erlebt hatten, Erfindungen und Blendungen im Meer der Bettücher, nur daß jetzt, nur daß jetzt nicht mehr, und deshalb die Passatwinde, die noch bis Dienstag wehen würden, genau bis zum Ende des Zwischenspiels, das wieder die ferne Vergangenheit war, eine Augenblicksreise zu den Quellen, die erneut zu sprudeln begonnen hatten, sie in einer gegenwärtigen, wenngleich schon bekannten Wonne badeten, einer Wonne, die sie schon vor den Abmachungen kannten, vor dem *Blues in Thirds*.

Sie sprachen nicht darüber, als sie sich in Nairobi in der Boeing trafen und sich die erste Zigarette der Rückreise anzündeten. Sich anzusehen wie früher erfüllte sie mit etwas, wofür es keine Worte gab und worüber sie beide zwischen Drinks und Anekdoten aus *Trade Winds* schwiegen, irgendwie mußten sie sich *Trade Winds* bewahren, sie wollten sich weiter von den Passatwinden treiben lassen, die gute alte Segelschiffahrt sollte wiederkehren und die Schiffsschrauben zerstören, Schluß machen mit dem schmutzigen, zähflüssigen Treibstoff des Alltags, der den Champagner der Geburtstage, die Hoffnung jeder Nacht verdarb. Passatwinde von Anna und von Sandro, sie ließen sie sich weiterhin ins Gesicht wehen, während sie sich zwischen zwei Zügen an der Zigarette ansahen, warum jetzt Mauricio, wo da immer noch Sandro war, seine Haut und sein Haar und seine Stimme, die Mauricios Gesicht verfeinerte, so wie Annas heiseres Lachen mitten im Beischlaf jenes Lächeln auslöschte, mit dem Vera freundlicherweise ihre Abwesenheit beschönigte. Einen Punkt sechs gab es nicht, aber sie konnten ihn sich wortlos ausdenken, es war ganz natürlich, daß er Anna irgendwann zu einem weiteren Whisky einlud und daß sie, seine Wange liebkosend, einwilligte und ja sagte, ja, Sandro, es wäre wirklich gut, wenn wir noch einen Whisky tränken, um die Höhenangst loszuwerden, so spielten sie während des ganzen Fluges, es bedurfte keiner Abmachung mehr, um zu beschließen, daß Sandro Anna auf dem Flughafen anbieten würde, sie nach Hause zu begleiten, was Anna aus reiner Hochachtung vor soviel Ritterlichkeit annehmen würde, und vor dem Haus angelangt wäre sie es, die ihre Schlüssel in der Tasche suchen und Sandro einladen würde, auf einen Drink hereinzukommen, sie ließe ihn den Koffer im Flur abstellen und würde ihm den Weg ins Wohnzimmer zeigen, sich wegen des Staubs und der abgestandenen Luft entschuldigend, würde die Vorhänge zuziehen und Eiswürfel holen, während Sandro sich mit anerkennender Miene die Schallplattenstapel und die Graphik von Friedländer ansähe. Es war schon nach elf, sie tranken auf ihre Freundschaft, und Anna brachte eine Dose Gänseleberpastete und Toastbrot, Sandro half ihr, die Appetithappen zu machen, aber sie kamen nicht dazu, sie zu kosten, Hände und Lippen suchten einander, sie ließen sich aufs Bett fallen und zogen sich, schon eng umschlungen, aus, suchten einander zwischen Gürteln und Kleidern, rissen sich das letzte Zeug vom Leibe und schlugen die Bettdecke zurück, dämpften das Licht und nahmen sich langsam, suchend und flüsternd, vor allem aber voll Hoffnung und diese Hoffnung einander zuflüsternd.

Wer weiß, wann wieder die Drinks und die Zigaretten kamen, die Kopfkissen, um sich aufzusetzen und beim Licht der auf dem Boden stehenden Lampe zu rauchen. Sie sahen sich kaum an, die Worte prallten gegen die Wand und kamen in einem langsamen Ballspiel für Blinde zurück, und sie fragte als erste, so als fragte sie sich selbst, was nach *Trade Winds* aus Vera und Mauricio würde, was nach der Rückkehr aus ihnen würde.

»Sie werden es schon gemerkt haben«, sagte er. »Sie werden schon begriffen haben, und dann können sie nichts mehr machen.«

»Man kann immer noch etwas machen«, sagte sie, »Vera wird nicht so weitermachen, man braucht sie nur anzusehen.«

»Mauricio auch nicht«, sagte er, »ich habe ihn nur flüchtig kennengelernt, aber es war ganz klar zu sehen. Keiner von beiden wird so weitermachen, man kann sich leicht vorstellen, was sie tun werden.«

»Ja, wirklich, es ist, als sähe man es.«

»Sie werden nicht geschlafen haben, so wie wir, und jetzt werden sie leise miteinander sprechen, ohne sich anzusehen. Sie haben sich nichts mehr zu sagen, und ich glaube, es wird Mauricio sein, der die Schublade aufzieht und das blaue Fläschchen herausnimmt. Sieh, so ein blaues Fläschchen wie dies hier.«

»Vera wird die Tropfen zählen und sie aufteilen«, sagte sie.

»Sie ist immer sehr praktisch, sie wird das sehr gut machen. Sechzehn für jeden, nicht einmal das Problem mit einer ungeraden Zahl.«

»Sie werden sie auf einmal nehmen, mit Whisky und zur selben Zeit, ohne dem anderen zuvorzukommen.«

»Wird etwas bitter schmecken«, sagte sie.

»Mauricio wird sagen nein, eher sauer.«

»Ja, kann sein, es schmeckt sauer. Und dann werden sie das Licht ausmachen, keiner weiß, warum.«

»Man weiß nie, warum, aber es stimmt, sie werden das Licht ausmachen und sich umarmen. Ganz sicher, ich weiß, daß sie sich umarmen werden.«

»Im Dunkeln«, sagte sie und suchte nach dem Schalter. »So, nicht wahr?«

»Ja, so«, sagte er.

## Sie legten sich neben dich

Für G. H.,
die mir dies mit einer Anmut erzählte,
die sie hier nicht finden wird.

Wann hatte sie ihn das letzte Mal nackt gesehen?

Es war eigentlich keine Frage, Sie kamen gerade aus der Kabine, zupften sich den Büstenhalter des Bikinis zurecht und hielten Ausschau nach Ihrem Sohn, der am Ufer auf Sie wartete, und dann das, ganz unwillkürlich, die Frage, aber eine Frage, die nicht wirklich eine Antwort verlangte, eher Ausdruck eines plötzlich empfundenen Mangels war: der kindliche Körper Robertos unter der Dusche, das Massieren des verletzten Knies, Bilder, die schon seit langem nicht wiedergekehrt waren, jedenfalls war es Monate, viele Monate her, daß Sie ihn das letzte Mal nackt gesehen hatten; über ein Jahr, die Zeit, in der Roberto jedesmal, wenn seine Stimme gickste, gegen die Schamröte ankämpfte, das Ende des Vertrauens, der Zuflucht in Ihre Arme, wenn er Kummer hatte oder ihm etwas weh tat; wieder sein Geburtstag, der fünfzehnte, schon vor sieben Monaten, und dann die verschlossene Badezimmertür, das Gutenachtsagen im Pyjama, den er sich im Schlafzimmer allein anzog, Ihnen nur noch dann und wann um den Hals fallend, die ungestüme Zärtlichkeit und die feuchten Küsse, Mama, liebe Mama, liebe Denise, Mama oder Denise je nach Laune und Tageszeit, du junger Hund, du, Roberto, Denises kleiner junger Hund, da liegt er am Strand und betrachtet sich die Algen, die die Grenze der Flut markieren, hebt ein wenig den Kopf, um Ihnen, die Sie von den Kabinen auf ihn zukamen, entgegenzusehen, wobei du zustimmend die Zigarette zwischen den Lippen preßtest.

Sie legten sich neben dich, und du richtetest dich auf, um nach den Zigaretten und dem Feuerzeug zu suchen.

»Nein, danke, später«, sagten Sie und holten die Sonnenbrille aus dem Beutel, auf den du, während Denise sich umzog, aufgepaßt hattest.

»Soll ich dir einen Whisky holen?« fragtest du sie.

»Besser nach dem Schwimmen. Gehen wir?«

»Ja, klar«, sagtest du.

»Ist dir egal, nicht wahr? Dir ist zur Zeit alles egal, Roberto.«

»Was du nicht alles weißt, Denise.«

»Das ist kein Vorwurf, ich verstehe ja, daß du mit deinen Gedanken ganz woanders bist.«

»Pah!« sagtest du, das Gesicht abwendend.

»Warum ist sie nicht zum Strand gekommen?«

»Wer, Lilian? Was weiß ich, gestern abend fühlte sie sich nicht wohl, hat sie gesagt.«

»Auch ihre Eltern sehe ich nicht«, sagten Sie und suchten mit Ihren etwas kurzsichtigen Augen langsam den Horizont ab. »Wir sollten uns im Hotel erkundigen, ob jemand krank ist.«

»Ich gehe später hin«, sagtest du brummig, das Thema abbrechend.

Sie erhoben sich, und du folgtest ihr ein paar Schritte, wartetest, daß sie sich ins Wasser stürze, gingst dann selbst langsam hinein, schwammst weit weg von ihr, die die Arme hob und dir zuwinkte, und legtest dann im Schmetterlingsstil los, und als du so tatest, als würdest du mit ihr zusammenstoßen, umarmten Sie ihn lachend und gaben ihm einen Klaps, immer derselbe Grobian, selbst im Meer trittst du mir auf die Füße. Miteinander scherzend, sich gegenseitig entwischend, schwammen sie schließlich mit gleichmäßigen Schwimmbewegungen aufs Meer hinaus; am klein gewordenen Strand war die Silhouette von Lilian, die plötzlich dort aufgetaucht war, ein etwas verloren wirkender kleiner roter Floh.

»Soll sie machen, was sie will«, sagtest du, bevor Sie einen Arm hoben und sie riefen, »wenn sie so spät kommt, hat sie selber schuld, wir bleiben hier, es ist so schön im Wasser.«

»Gestern abend bist du mit ihr bis zur Klippe gegangen und spät zurückgekommen. Hat Ursula mit Lilian nicht geschimpft?«

»Warum sollte sie mit ihr geschimpft haben? Es war gar nicht so spät, und schließlich ist Lilian kein Kind mehr.«

»Für dich nicht, aber für Ursula, die sie immer noch mit einem Lätzchen sieht, ganz zu schweigen von José Luis, der nie wird wahrhaben wollen, daß das Mädelchen nun jeden Monat seine Regel hat.«

»O du mit deinen schmutzigen Reden«, sagtest du geschmeichelt und verlegen. »Schwimmen wir bis zur Mole um die Wette, Denise, ich gebe dir fünf Meter vor.«

»Bleiben wir doch hier, du wirst schon noch mit Lilian um die Wette schwimmen, und die wird dich bestimmt schlagen. Hast du gestern nacht mit ihr geschlafen?«

»Was? Aber du ...?«

»Du hast Wasser geschluckt, Dummkopf«, sagten Sie, packten ihn am Kinn und versuchten, ihn auf den Rücken zu werfen. »Wäre doch logisch gewesen, nicht? Nachts bist du mit ihr zum Strand gegangen, ihr seid erst spät zurückgekommen, und heute kommt Lilian zu spät, paß doch auf, Esel, schon wieder hast du mir einen Tritt gegen den Knöchel gegeben, nicht mal draußen im Meer ist man sicher vor dir.«

Du machtest den toten Mann, was Sie ihm gleichtaten, und verhieltest dich schweigend, wie abwartend, doch auch Sie warteten, und die Sonne brannte ihnen in den Augen.

»Ich wollte, Mama«, sagtest du, »aber sie nicht, sie ...«

»Wolltest du wirklich, oder sagst du das nur so?«

»Ich glaube, sie wollte auch, wir waren doch in der

Nähe der Klippe, und da war es leicht, weil ich dort eine Grotte weiß, die ... Aber dann wollte sie nicht, sie hatte Angst ... Was willst du da machen?«

Sie dachten, daß man mit fünfzehneinhalb doch noch recht jung ist, packten ihn am Kopf und küßten ihn aufs Haar, während du lachend protestiertest und jetzt, jetzt wirklich darauf wartetest, daß Denise dir weiter davon rede; schon toll, daß sie davon angefangen hatte.

»Wenn du glaubst, daß Lilian wollte, dann werdet ihr, was ihr gestern nicht getan habt, heute oder morgen tun. Ihr beide seid noch Kinder und liebt euch nicht wirklich, aber das macht ja nichts.«

»Ich liebe sie, Mama, und sie mich auch, ich bin sicher.«

»Ihr beide seid noch Kinder«, wiederholten Sie, »und eben deswegen spreche ich mit dir, denn wenn du heute nacht oder morgen mit Lilian schläfst, werdet ihr es wie Tolpatsche, die ihr seid, machen.«

Du sahst sie zwischen zwei sanften Wellen an, Sie lachten ihm fast ins Gesicht, weil Roberto sichtlich nicht verstand, und du warst geradezu empört, befürchtetest schon, daß Denise nun anfangen würde, dich aufzuklären, um Himmels willen, alles, nur das nicht.

»Ich will damit sagen, daß weder du noch sie im geringsten aufpassen werdet, Dummkopf, und das Ergebnis dieser letzten Ferientage ist dann, daß Ursula und José Luis womöglich erleben müssen, daß ihr Mädchen schwanger ist. Verstehst du jetzt?«

Du sagtest nichts, aber natürlich hattest du verstanden, du hattest schon verstanden, als du Lilian das erste Mal küßtest, du hattest dich mit der Frage beschäftigt, und dann hattest du an die Apotheke gedacht, und aus, weiter warst du nicht gekommen.

»Vielleicht irre ich mich, aber Lilian macht mir den Eindruck, als habe sie von nichts eine Ahnung, außer vielleicht theoretisch, was auf dasselbe hinausläuft. Es freut mich für dich, in einer Hinsicht, aber da du nun schon etwas größer bist, solltest du dich darum kümmern.«

Sie sahen, wie du das Gesicht ins Wasser tauchtest, es dir kräftig riebst und sie wie einer anblicktest, den man gescholten hat. Langsam auf dem Rücken schwimmend, warteten Sie darauf, daß du dich erneut nähertest, um mit dir über eben das zu sprechen, woran du die ganze Zeit gedacht hattest, so als ständest du vor dem Ladentisch der Apotheke.

»Das ist nicht gerade ideal, ich weiß, doch wenn sie noch keine Erfahrung hat, scheint es mir nicht ganz einfach, ihr von der Pille zu reden, abgesehen davon, daß man sie hier ...«

»Daran hatte ich auch schon gedacht«, sagtest du mit deiner rauhesten Stimme.

»Worauf wartest du also noch? Kauf die Dinger, und hab sie in deiner Hosentasche, und vor allem, verlier nicht völlig den Kopf und benutze sie.«

Du tauchtest plötzlich, stießest sie von unten, daß sie schrie und lachte, hülltest sie in eine Wolke aus Schaum und Spritzern, aus der ihre Worte in Fetzen zu dir drangen, zerrissen durch Prusten und Wasserkanonaden, du trautest dich nicht, noch nie hattest du so was gekauft, du trautest dich einfach nicht, du wußtest nicht, wie du es anstellen solltest, in der Apotheke war die alte Delcasse, es gab keine männlichen Verkäufer, wie stellst du dir das vor, Denise, wie soll ich das verlangen, ich werde es nicht können, mir wird heiß werden.

Mit sieben Jahren warst du eines Nachmittags von der Schule mit verschämtem Gesicht nach Hause gekommen, und Sie, die Sie ihn in solchen Fällen nie drängten, hatten gewartet, bis du dich zur Schlafenszeit in ihren Armen wandest, die tödliche Anakonda, wie sie das Spiel nannten, sich vor dem Schlafengehen zu umarmen, und Sie hatten nur einmal zu fragen brauchen, um zu erfahren, daß es dich in einer Pause zwischen den Beinen und am Popo zu jucken begonnen hatte, daß du dich gekratzt hattest, bis Blut kam, und daß du Angst hattest und dich schämtest, weil du dachtest, es wäre die Krätze und du hättest dich bei den Pferden von Don Melchor angesteckt. Und Sie, die ihn küßten, dem die Tränen der Angst und der Scham übers Gesicht liefen, hatten ihn auf den Bauch gelegt, hatten ihm die Beine auseinandergemacht und nach eingehender Untersuchung die Wanzen- oder Flohstiche gesehen, was man sich so in der Schule holt, aber es ist nicht die Krätze, Dummerchen, du hast dich nur blutig gekratzt. Alles ganz einfach, Alkohol und Salbe, mit diesen Fingern, die streichelten und besänftigten, du fühltest dich wie nach der Beichte, glücklich und voller Selbstvertrauen, es ist ja gar nicht so schlimm, Dummerchen, schlaf und morgen früh werden wir noch mal nachsehen. Zeiten, in denen es so war, Bilder, die aus einer so nahen Vergangenheit auftauchten, zwischen zwei Wellen, zwischen Lachen und Lachen, und plötzlich die Kluft durch den Stimmbruch, den Adamsapfel, den Milchbart, diese lächerlichen Engel, die einen aus dem Paradies vertreiben. Es war zu komisch, und Sie lächelten unter Wasser, zugedeckt von einer Welle wie mit einem Bettuch, es war zu komisch, weil es im Grunde keinen Unterschied gab zwischen der Scham, ein verdächtiges Jucken einzugestehen, und der, sich nicht erwachsen genug zu fühlen, um der alten Delcasse gegenüberzutreten. Als du dich, ohne Sie anzusehen, wieder nähertest, wie ein Hündchen um Ihren auf dem Rücken schwimmenden Körper herum paddelnd, wußten Sie schon, worauf du halb sehnsüchtig, halb beschämt wartetest, wie damals, als du dich ihren Blicken aussetzen und ihren Händen anvertrauen mußtest, damit sie das Notwendige für dich taten, und es schämig und süß war, wieder einmal war es Denise, die dich von Bauchweh oder Wadenkrampf befreite.

»Wenn es so ist, werde eben ich gehen«, sagten Sie. »Unglaublich, wie du dich anstellen kannst, Junge.«

»Du? Du willst gehen?«

»Natürlich, ich, die Mama des kleinen Jungen. Du willst doch nicht etwa Lilian schicken?«

»Denise, du bist 'ne Wucht ...«

»Mir ist kalt«, sagten Sie fast schroff, »jetzt nehme ich den Whisky an, und vorher schwimme ich mit dir bis zur Mole um die Wette. Ohne Vorgabe, ich werde dich auch so schlagen.«

Es war, als höbe man langsam ein Kohlepapier und sähe darunter die genaue Kopie des folgenden Tages, das Mittagessen mit Lilians Eltern und Señor Guzzi, dem Schnekkenkenner, die lange und heiße Siesta, der Tee mit dir, der du dich nur selten sehen ließest, doch zu dieser Stunde war es das Ritual, der Toast auf der Terrasse, der langsam sich senkende Abend, Ihnen tat es geradezu weh, dich so lange mit eingezogenem Schwanz dasitzen zu sehen, aber Sie wollten auch nicht gegen das Ritual verstoßen, dieses nachmittägliche Zusammensein, gleich an welchem Ort sie sich befanden, der gemeinsame Tee, bevor jeder seiner Wege ging. Es war offensichtlich und rührend, daß du dich nicht zu wehren wußtest, armer Roberto, daß du ein Hündchen warst, als du die Butter und den Honig weiterreichtest, dir die Cola holtest, ein zappliges Hündchen, Toast verschlingend zwischen halb verschluckten Worten, noch mal Tee, noch eine Zigarette.

Tennisschläger in der Hand, mit feuerroten Wangen, ganz braungebrannt, kam Lilian dich holen, um vor dem Abendessen diesen Film da zu sehen. Sie waren froh, als sie gingen, du kamst dir wirklich verloren vor und fühltest dich nicht wohl in deiner Haut, Lilian mußte dir aus der schwierigen Lage heraushelfen, und sofort begann dieser für Sie unverständliche Austausch von einsilbigen Worten, das Gelächter und Geschubse der nouvelle vague, worin keine Grammatik Klarheit bringen könnte und das das Leben selbst war, das einmal mehr auf die Grammatik pfiff. Sie fühlten sich wohl so allein, doch plötzlich überkam Sie eine leichte Traurigkeit, dieses sittsame Schweigen, dieser Film, den nur sie sich ansehen gingen. Sie zogen sich Hosen und eine Bluse an, worin Sie sich gleich besser fühlten, und gingen hinunter auf die Strandpromenade, blieben vor den Läden und am Kiosk stehen, kauften eine Illustrierte und Zigaretten. Die Ortsapotheke hatte eine stotternde Leuchtreklame, die an eine Pagode erinnerte, und unter dieser unglaublichen grünroten Haube der kleine Verkaufsraum mit dem Geruch nach Heilkräutern, die alte Delcasse und die blutjunge Angestellte, und die war es, die dir in Wirklichkeit angst machte, obgleich du nur von der alten Delcasse gesprochen hattest. Es gab zwei schwatzende verhutzelte Kundinnen, die Aspirin und Tabletten für den Magen brauchten, die gerade gezahlt hatten, doch nicht daran dachten, zu gehen, die sich die Vitrinen betrachteten und so eine Minute weniger gelangweilt verbrachten als die übrigen zu Hause. Sie drehten ihnen den Rücken zu, obgleich Ihnen klar war, daß in diesem kleinen Raum niemandem ein Wort entgehen würde, und als Sie zufällig an die alte Delcasse gerieten, was wirklich ein Wunder war, verlangten Sie ein Fläschchen Alkohol, so als wollten Sie den beiden Kundinnen, die hier nichts mehr zu schaffen hatten, eine letzte Frist geben, und als das Fläschchen kam und die Alten sich immer noch die Vitrinen mit Babynahrung betrachteten, sagten Sie so leise wie möglich, ich brauche etwas für meinen Sohn, das er sich nicht zu kaufen getraut, ja, genau, ich weiß nicht, ob es sie in Schachteln gibt, geben Sie mir auf jeden Fall mehrere, danach wird er sich schon selbst zu helfen wissen. Komisch, nicht wahr?

Jetzt, wo Sie es gesagt hatten, empfanden Sie das auch, ja, es war komisch, und Sie hätten vor der alten Delcasse fast losgelacht, als die, zwischen den Vitrinen unter dem gelben Diplom stehend, mit ihrer krächzenden Papageienstimme erklärte, es gibt sie einzeln und in Packungen zu zwölf und vierundzwanzig. Eine der Kundinnen hatte gestutzt, als traute sie ihren Ohren nicht, und die andere, eine kurzsichtige Alte in einem Kleiderrock bis zum Boden, zog sich unter guten Abend, guten Abend langsam zur Tür zurück, und die junge Verkäuferin, höchst amüsiert, guten Abend, Señora de Pardo, während die alte Delcasse schluckte und, bevor sie sich umdrehte, schließlich murmelte, wie peinlich für Sie, warum haben Sie mich nicht gebeten, mit Ihnen nach hinten zu gehen, und Sie stellten sich dich in der gleichen Situation vor und hatten Mitleid mit dir, weil du dich sicher nicht getraut hättest, die alte Delcasse zu bitten, mit dir in das Zimmer hinter dem Laden zu gehen, ein Mann und so. Nein, sagten oder dachten Sie (genau wußten Sie das nie, und es war auch egal), ich sehe nicht ein, warum ich aus einer Packung Präservative ein Geheimnis oder ein Drama machen sollte, hätte ich sie im Zimmer hinter dem Laden darum gebeten, hätte ich mich verraten, wäre ich deine Komplizin gewesen, und vielleicht hätte ich das in einigen Wochen wieder für dich tun müssen, und das nein, Roberto, einmal ist genug, jetzt muß jeder allein zusehen, wirklich, ich werde dich nie mehr nackt sehen, mein Junge, dies ist das letzte Mal gewesen, ja, die Packung zu zwölf, Señora.

»Sie haben sie ganz entsetzt«, sagte die junge Angestellte, die sich, an die Kundinnen denkend, vor Lachen nicht halten konnte.

»Ich hab's bemerkt«, sagten Sie und holten das Geld aus der Tasche, »man sollte so was nicht tun, wirklich nicht.«

Bevor Sie sich zum Abendessen umzogen, legten Sie das Päckchen auf dein Bett, und als du aus dem Kino kamst, dich beeilend, weil es schon spät war, sahst du die weiße

Packung auf dem Kopfkissen, du wurdest ganz rot und machtest sie auf, dann Denise, Mama, laß mich rein, Mama, ich hab gefunden, was du. Im Dekolleté, sehr jung in Ihrem weißen Kleid, ließen Sie dich hereinkommen, sahen dich vom Spiegel aus an, etwas distanziert und anders als sonst.

»Ja, und jetzt hilf dir selbst, Kind, mehr kann ich für euch nicht tun.«

Es war seit langem abgemacht, daß sie dich nie mehr Kind nenne, du verstandest, daß sie es dir heimzahlte, daß du es büßen mußtest. Du wußtest nicht, wie dich verhalten, gingst bis zum Fenster, dann nähertest du dich Denise und umarmtest ihre Schultern, drücktest dich an sie und küßtest sie auf den Hals, viele Male und feucht und kindlich, während Sie sich zu Ende frisierten und nach dem Parfüm suchten. Als Sie die Wärme der Träne auf der Haut spürten, drehten Sie sich mit einem Ruck um und stießen dich sanft zurück, lautlos lachend, ein langsames Stummfilmlachen.

»Es ist schon spät, Dummkopf, du weißt, daß Ursula nicht gern mit dem Essen wartet. War der Film gut?«

Den Gedanken verscheuchen, obgleich das im Halbschlaf immer schwieriger wurde, es war Mitternacht, und es gab eine Mücke, die sich mit dem Suckubus verbündet hatte, um Sie nicht einschlafen zu lassen. Sie knipsten die Nachttischlampe an, nahmen einen großen Schluck Wasser und legten sich wieder auf den Rücken; die Hitze war unerträglich, doch in der Grotte würde es kühl sein, fast an der Schwelle des Schlafs sahen Sie sie vor sich mit ihrem weißen Sand, jetzt neigte sich Suckubus wirklich über Lilian, die mit weit geöffneten feuchten Augen auf dem Rücken lag, während du ihr die Brüste küßtest und zusammenhanglose Worte stammeltest, natürlich warst du nicht fähig gewesen, es gut zu machen, und wenn du dir darüber klar würdest, wäre es zu spät, der Suckubus wäre gern dabeigewesen, ohne sie zu stören, nur um ihnen beizustehen, damit sie keine Dummheit machten, einmal mehr die alte Gewohnheit, kannten Sie deinen Körper doch so gut, der bäuchlings zwischen Klagen und Küssen Einlaß begehrte, wieder von nahem deine Schenkel und deinen Rücken betrachten, angesichts der Verletzungen oder der Grippe die alten Formeln hersagen, entspann dich, es tut gar nicht weh, ein großer Junge wird wegen einer albernen Spritze doch nicht weinen, komm schon. Und wieder die Nachttischlampe, das Wasser, in der blöden Illustrierten weiterlesen, Sie würden später schlafen, wenn du heimkämst, auf Zehenspitzen durch das Haus gingst und Sie dich im Bad hören würden, fast geräuschlos der Gummizug, das Gemurmel von jemandem, der im Schlaf spricht oder während er einzuschlafen versucht, mit sich selbst spricht.

Das Wasser war kälter, doch Ihnen gefiel sein schmerzender Peitschenhieb, Sie schwammen ohne innezuhalten bis zur Mole, von dort aus sahen Sie die, die nahe dem Ufer im Wasser plätscherten, und dich, der du in der Sonne rauchtest und keine große Lust hattest, dich ins Wasser zu stürzen. Sie machten den toten Mann, ruhten etwas aus, und als Sie wieder zurückschwammen, kreuzten Sie Lilian, die langsam dahinschwamm, sich ganz auf den Stil konzentrierte und Ihnen »Hallo« zurief, was ihre äußerste Konzession an die Erwachsenen zu sein schien. Du dagegen sprangst gleich auf, wickeltest Denise in das Badetuch und bereitetest ihr einen Platz an einer windgeschützten Stelle.

»Es wird dir keinen Spaß machen, es ist eisig.«

»Das hab' ich mir schon gedacht, du hast eine Gänsehaut. Warte, das Feuerzeug geht nicht, ich hab' noch eins. Soll ich dir einen warmen Nescafé holen?«

Sie lagen auf dem Bauch, und auf Ihrer Haut begannen die Bienen der Sonne zu summen, der Sand war ein seidener Handschuh, wie ein Interregnum. Du brachtest den Kaffee und fragtest Sie, ob es dabei bliebe, daß Sie am Sonntag heimführen, oder ob Sie lieber noch bleiben würden. Nein, wozu, es fing schon an kühl zu werden.

»Um so besser«, sagtest du, in die Ferne blickend. »Fahren wir, Schluß, der Strand ist gut für vierzehn Tage, dann wird's langweilig.«

Du wartetest, klar, aber Sie sagten nichts, nur Ihre Hand streichelte dir kaum spürbar das Haar.

»Sag was, Denise, sei nicht so, ich ...«

»Pah, wenn einer etwas zu sagen hat, dann bist du's, mach keine Glucke aus mir.«

»Nein, Mama, nur ...«

»Mehr gibt es da nicht zu sagen, du weißt, daß ich's für Lilian getan habe und nicht für dich. Da du dich nun als Mann fühlst, lerne, dir selbst zu helfen. Wenn das Kindchen Halsweh hat, weiß es jetzt, wo die Tabletten sind.«

Die Hand, die dir das Haar gestreichelt hatte, glitt von deiner Schulter und fiel in den Sand. Sie hatten jedes Wort betont ausgesprochen, doch die Hand war die immergleiche Hand von Denise, taubensanft, die die Schmerzen verscheuchte, die zwischen Wattebäuschen und Wasserstoffsuperoxyd kitzelte und streichelte. Auch das mußte früher oder später aufhören, du wußtest es, eines Nachts oder eines Morgens würde es plötzlich eine Schranke geben. Du hattest als erster auf Abstand gehalten, dich im Bad eingeschlossen, dich allein umgezogen, dich stundenlang auf der Straße herumgetrieben, doch Sie waren es, die die Schranke in einem Moment herunterlassen würde, der vielleicht ebendieser war, diese letzte Liebkosung auf deinem Rücken. Wenn das Kindchen Halsweh hatte, wußte es jetzt, wo die Tabletten sind.

»Mach dir keine Sorgen, Denise«, murmeltest du, den

Mund halb im Sand, »mach dir um Lilian keine Sorgen. Sie wollte nicht, weißt du, am Ende wollte sie nicht. Das Mädchen ist einfach dumm, was willst du da machen.«

Sie richteten sich mit einem Ruck auf, wobei Ihnen Sand in die Augen kam. Durch deine Tränen hindurch sahst du, daß Ihre Lippen zitterten.

»Ich hab' dir gesagt, genug! Hörst du? Genug, genug!«

»Mama ...«

Aber Sie drehten dir den Rücken zu und bedeckten sich das Gesicht mit dem Strohhut. Der Alp, die Schlaflosigkeit, die alte Delcasse, es war zum Lachen. Die Schranke, welche Schranke? Noch war es möglich, daß die Badezimmertür einmal nicht verschlossen wäre und Sie einträten und dich überraschten, nackt und eingeseift und plötzlich verlegen. Oder umgekehrt, daß du an der Tür ständest und du Sie unter der Dusche stehen sähest, wie sie sich so viele Jahre gegenseitig gesehen und miteinander gescherzt hatten, während sie sich abtrockneten und anzogen. Welche Schranke eigentlich, gab es überhaupt eine Schranke?

»Hallo«, sagte Lilian und setzte sich zwischen die beiden.

Ich hatte eigentlich keinen besonderen Grund, mich an all das zu erinnern, und obwohl ich zeitweise gerne schrieb und einige Freunde meine Verse oder meine Erzählungen gut fanden, fragte ich mich doch manchmal, ob diese Kindheitserinnerungen es wert waren, aufgeschrieben zu werden, ob sie sich nicht der naiven Neigung verdankten, zu glauben, daß alles viel wirklicher würde, wenn ich es in Worte umsetzte, um es auf meine Weise festzuhalten, um es präsent zu haben wie die Krawatten im Schrank oder Felisas Körper in der Nacht, etwas, das man nicht noch einmal leben könnte, aber das dann gegenwärtiger wurde, so als eröffnete sich in der bloßen Erinnerung eine dritte Dimension, eine fast immer bittere, aber heiß ersehnte große Nähe. Nie habe ich so recht gewußt, warum, doch immer wieder kam ich auf diese Dinge zurück, die andere zu vergessen gelernt hatten, um sich im Leben nicht mit einer solchen Last an Zeit abzuschleppen. Ich war sicher, daß sich von allen meinen Freunden nur wenige an ihre Spielgefährten erinnerten, wie ich mich an Doro erinnerte, obgleich, als ich über Doro schrieb, fast nie er es war, der mich zu schreiben drängte, sondern anderes, etwas, bei dem Doro nur der Vorwand war für das Bild seiner älteren Schwester, das Bild von Sara zu jener Zeit, als Doro und ich im Patio spielten oder bei Doro im Wohnzimmer zeichneten.

So unzertrennlich waren wir gewesen damals im sechsten Schuljahr, mit zwölf oder dreizehn Jahren, daß es mir nicht möglich war, mich von Doro getrennt zu fühlen, wenn ich über ihn schrieb, mich außerhalb des Blattes Papier zu sehen, während ich über Doro schrieb. Ihn sehen hieß zugleich, mich sehen als Aníbal zusammen mit Doro, und ich hätte mich an nichts bei Doro erinnern können, wenn ich nicht auch gefühlt hätte, daß Aníbal ebenfalls da war in dem Augenblick, es war Aníbal, der den Ball geschossen hatte, der eines Sommernachmittags eine Fensterscheibe in Doros Haus zerbrach, der Schreck und der Wunsch, sich zu verstecken oder alles abzustreiten, das Erscheinen Saras, die sie Banditen schimpfte und zum Spielen auf das freie Feld an der Ecke schickte. Und mit all dem wurde auch Bánfield gegenwärtig, klar, denn alles hatte sich dort abgespielt, weder Doro noch Aníbal hätten sich vorstellen können, in einem anderen Ort als Bánfield zu leben, wo die Häuser und die Brachfelder damals größer waren als die Welt.

Ein Dorf, Bánfield, mit seinen ungepflasterten Straßen und dem Bahnhof der Ferrocarril Sud, mit seinen Brachen, die im Sommer zur Stunde der Siesta von farbigen Heuschrecken brodelten, Bánfield, das sich nachts wie ängstlich um die wenigen Laternen an den Straßenecken scharte, dann und wann ein Pfiff der berittenen Wächter und die schwindelerregende Aureole der um die Lampen herumschwirrenden Insekten. Die Häuser von Doro und von Aníbal lagen so nah beieinander, daß die Straße für sie wie ein weiterer Korridor war, etwas, das sie am Tage oder nachts miteinander verband, auf dem Brachfeld, wo sie während der Siesta Fußball spielten, oder unter dem Licht der Laterne an der Ecke, wo sie zusahen, wie die Frösche und Kröten herumhopsten, um die vom Umschwirren des gelben Lichts trunkenen, herabtorkelnden Insekten zu fressen. Und immer der Sommer, der Sommer der Ferien, die Freiheit des Spielens, die Zeit gehörte ihnen allein, ihnen, kein Stundenplan, keine Klingel, die einen in die Klasse zurückruft, der Geruch des Sommers in der warmen Luft der Nachmittage und der Nächte, auf ihren schweißigen Gesichtern, nachdem man gewonnen oder verloren hat, sich gebalgt hat oder herumgerannt war, gelacht und manchmal auch geweint hat, aber immer zusammen, im-

mer frei, Herren ihrer Welt der Papierdrachen und Fuß-
bälle, der Straßenecken und Gehsteige.

Von Sara blieben ihm nur wenige Bilder, aber jedes leuch-
tete wie ein Kirchenfenster zur Stunde, da die Sonne am
höchsten steht, Blau- und Rot- und Grüntöne, die den
Raum durchstrahlen, bis es weh tut, manchmal sah Aníbal
vor allem ihr blondes Haar, das ihre Schultern umschmeichelte wie eine Liebkosung, die er gern auf seinem Gesicht gespürt hätte, manchmal ihre so weiße Haut, denn
Sara ging fast nie in die Sonne, ganz in Anspruch genommen von den häuslichen Arbeiten, der kranken Mutter
und Doro, der Abend für Abend in verschmutzter Kleidung nach Hause kam, die Knie zerschunden, die Schuhe
schlammbeschmiert. Saras Alter hat er damals nie erfahren, er wußte nur, daß sie schon eine junge Dame war,
eine junge Mutter für ihren Bruder, der noch mehr zum
Kind wurde, wenn sie mit ihm sprach, wenn sie ihm mit
der Hand übers Haar strich, bevor sie ihn wegschickte,
etwas zu besorgen, oder wenn sie die beiden bat, im Patio
nicht so zu schreien. Aníbal sagte ihr schüchtern guten
Tag, wobei er ihr die Hand hinstreckte, und Sara drückte
sie liebenswürdig, fast ohne ihn anzusehen, aber ihn ak-
zeptierend als Doros andere Hälfte, wo er doch fast täg-
lich kam, um zu lesen oder zu spielen. Um fünf rief sie
beide, um ihnen Milchkaffee und Kekse zu geben, immer
an dem Tischchen im Patio oder im dämmrigen Wohnzimmer; Aníbal hatte Doros Mutter nur zwei- oder dreimal gesehen, von ihrem Rollstuhl aus sagte sie sanftmü-
tig ihr Hallo, Kinder, gebt acht auf die Autos, obgleich es
in Bánfield nur ganz wenige Autos gab, und sie lächelten,
völlig sicher, daß sie den Autos geschickt auszuweichen
wußten, daß sie als Fußballspieler oder Wettläufer unver-
wundbar waren. Doro sprach nie von seiner Mutter, sie
lag fast immer im Bett oder hörte im Salon Radio, das

Haus war der Patio und Sara, manchmal ein Onkel auf Besuch, der sie fragte, was sie in der Schule lernten, und ihnen fünfzig Centavos schenkte. Und für Aníbal war immer Sommer, an die Winter konnte er sich kaum erinnern, sein Elternhaus wurde dann zu einem grauen und tristen Gefängnis, wo nur noch die Bücher zählten, die Familie mit ihren Angelegenheiten beschäftigt und alles streng geregelt, die Hühner, für die er zu sorgen hatte, die Krankheiten mit Schleimsuppe und Kräutertee und nur manchmal Doro, der mochte nicht lange in einem Haus bleiben, wo man sie nicht spielen ließ wie bei ihm zu Haus.

Während einer zweiwöchigen Bronchitis begann Aníbal Saras Abwesenheit zu spüren, und als Doro ihn besuchen kam, fragte er ihn nach ihr, und Doro antwortete obenhin, daß es ihr gutgehe, das einzige, was Doro interessierte, war, ob sie diese Woche wieder auf der Straße spielen könnten. Aníbal hätte gern mehr gehört von Sara, aber er traute sich nicht, viel zu fragen, Doro hätte es blöd gefunden, daß er sich für jemanden interessierte, der nicht spielte wie sie, der all dem, was sie taten und dachten, so fernstand. Als er wieder zu Doro gehen durfte, obgleich er noch etwas schwach war, gab Sara ihm die Hand und fragte ihn, wie es ihm gehe, er solle nicht Fußball spielen, um sich nicht zu überanstrengen, besser, sie zeichneten oder läsen im Wohnzimmer; ihre Stimme war ernst, sie sprach zu ihm, wie sie immer mit Doro sprach, liebevoll, aber distanziert, die ältere Schwester, stets achtsam und beinahe streng. Bevor Aníbal in dieser Nacht einschlief, spürte er, wie ihm etwas in die Augen stieg, wie das Kopfkissen für ihn Sara wurde, ein Verlangen, es fest zu umarmen und zu weinen, sein Gesicht an Sara gepreßt, in Saras Haar getaucht, sich wünschend, sie wäre da und brächte ihm seine Medizin, setzte sich ans Fußende des Bettes und sähe aufs Thermometer. Als seine Mutter am

Morgen kam, um ihm mit etwas, das nach Alkohol und Menthol roch, die Brust einzureiben, schloß Aníbal die Augen, und es war Saras Hand, die ihm das Nachthemd hochzog, ihn sanft liebkoste, ihn heilte.

Wieder der Sommer, der Patio von Doros Haus, die Ferien mit den Abenteuerromanen und Spielzeugmodellen, mit der Briefmarkensammlung und den Zigarettenbildern mit Fußballspielern, die sie in ein Album klebten. An diesem Nachmittag sprachen sie von langen Hosen, schon bald würden sie welche tragen, denn wer würde schon in kurzen Hosen auf die höhere Schule gehen. Sara rief sie zum Kaffee, und Aníbal kam es so vor, als habe sie gehört, worüber sie gesprochen hatten, und als wäre auf ihren Lippen eine Spur von Lächeln, wahrscheinlich amüsierte es sie, die Jungen über diese Dinge reden zu hören, und sie machte sich etwas darüber lustig. Doro hatte ihm erzählt, daß sie schon einen Freund habe, einen Herrn, der sie jeden Samstag besuchen kam, doch den er noch nicht gesehen hatte. Aníbal stellte ihn sich als jemanden vor, der Sara Pralinen mitbrachte und sich im Wohnzimmer mit ihr unterhielt, so wie der Verlobte seiner Kusine Lola. In wenigen Tagen war er von seiner Bronchitis ganz genesen und konnte mit Doro und den anderen Freunden wieder auf dem freien Feld spielen. Aber nachts war es traurig und so schön zugleich, allein in seinem Zimmer sagte er sich vor dem Einschlafen, daß Sara nicht da war, daß sie nie zu ihm kommen würde, ob er nun gesund war oder krank, gerade zu dieser Stunde, wo er sie so nah fühlte, sie mit geschlossenen Augen ansah, ohne daß Doros Stimme oder das Geschrei der anderen Jungen sich mit dieser Gegenwart Saras vermischten, die allein für ihn da war, neben ihm, und das Weinen kam wieder wie ein Verlangen nach Hingabe, Doro zu sein in Saras Händen, zu spüren, wie Saras Haar seine Stirn streife, und zu hören, wie ihre Stimme ihm gute Nacht sage, während Sara ihm die Bettdecke hochzöge, bevor sie ginge.

Er traute sich, Doro wie beiläufig zu fragen, wer ihn denn pflegte, wenn er krank war, denn Doro hatte eine Darmgrippe gehabt und fünf Tage im Bett gelegen. Er fragte ihn das, als wäre es ganz natürlich gewesen, daß Doro ihm sagte, seine Mutter habe ihn gepflegt, obwohl er wußte, daß es nicht sein konnte und daß also Sara, die Medizin und alles andere. Doro antwortete ihm, daß seine Schwester alles für ihn tat, wechselte dann das Thema und begann vom Kino zu reden. Aber Aníbal wollte mehr wissen, nämlich ob Sara ihn schon versorgt hatte, als er noch klein war, aber natürlich hatte sie ihn versorgt, denn seine Mama war seit acht Jahren fast invalide, und Sara kümmerte sich um sie beide. Aber dann, hat sie dich auch gebadet, als du klein warst? Klar, warum fragst du mich so dummes Zeug? Nur so, weil ich's wissen will, es muß komisch sein, eine große Schwester zu haben, die einen badet. Daran ist nichts komisch, Mann. Und als du als Kind krank wurdest, hat sie dich da gepflegt und dir alles gemacht? Na klar. Und du hast dich nicht geschämt, daß deine Schwester dich sah und dir alles machte? Nein, warum sollte ich mich schämen, ich war ja noch klein. Und heute? Heute ist es genauso, warum sollte ich mich schämen, wenn ich krank bin.

Warum auch, klar. Wenn er abends die Augen schloß, stellte er sich Sara vor, wie sie in sein Zimmer kommt und an sein Bett tritt, es war sein sehnlicher Wunsch, sie möge ihn fragen, wie er sich fühle, ihm die Hand auf die Stirn legen und dann die Bettdecke zurückschlagen, um nach der Wunde an der Wade zu sehen, ihm den Verband erneuern und ihn einen Dummkopf nennen, weil er sich an einer Glasscherbe verletzt hatte. Er fühlte, wie sie ihm das Nachthemd hochzog und ihn nackt betrachtete, seinen Bauch betastete, um festzustellen, ob er vielleicht eine

Entzündung hatte, und ihn wieder zudeckte, damit er einschlafe. Das Kopfkissen umarmend, fühlte er sich plötzlich so allein, und als er die Augen öffnete in dem Zimmer,
wo es keine Sara gab, war es wie eine Flut von Kummer
und Wonne, denn niemand, niemand konnte von seiner
Liebe wissen, nicht einmal Sara. Niemand konnte diese
Qual verstehen und dieses Verlangen, für Sara zu sterben,
sie vor einem Tiger oder aus einer Feuersbrunst zu retten
und für sie zu sterben, damit sie ihm unter Tränen danke
und ihn küsse. Und als seine Hände hinabfuhren und er
sich zu streicheln begann, wie Doro, wie alle Jungen das
taten, war es nicht Sara, die er sich da vorstellte, es war
die Tochter des Lebensmittelhändlers oder seine Kusine
Yolanda, das konnte mit Sara nicht gehen, die nachts kam,
um ihn zu pflegen, so wie sie Doro pflegte, bei ihr war
da nie etwas anderes als diese Wonne, sich vorzustellen,
wie sie sich über ihn neigte und ihn liebkoste, und eben
das war Liebe, obwohl Aníbal schon wußte, was auch
Liebe sein konnte, und sie sich mit Yolanda vorstellte, all
das, was er mit Yolanda oder mit der Tochter des Lebensmittelhändlers einmal machen würde.

Die Sache mit dem Graben passierte fast am Ende des
Sommers, nach dem Spielen auf dem freien Feld hatten
sie sich von der Clique getrennt, und auf einem Weg, den
nur sie kannten und den sie den Sandokan-Weg nannten,
drangen sie durch das dornige Gestrüpp, wo sie einmal
einen am Baum aufgehängten Hund gesehen hatten und
vor Schreck davongerannt waren. Sich die Hände zerkrat-
zend, bahnten sie sich einen Pfad durchs größte Dickicht,
wobei ihnen die herabhängenden Weidenzweige übers Gesicht fuhren, bis sie den Rand eines tiefen Grabens mit
trübem Wasser erreichten, wo sie immer gehofft hatten,
Gründlinge angeln zu können, doch nie etwas gefangen
hatten. Sie setzten sich immer gern auf den Rand des Gra-

bens und rauchten Zigaretten, die Doro mit Maisblättern drehte, wobei sie über die Abenteuerromane von Salgari sprachen und Reisen in ferne Länder planten und so was. Aber an diesem Tag hatten sie kein Glück, Aníbal blieb mit einem Schuh an einer Wurzel hängen und fiel vornüber, er klammerte sich an Doro, und beide rutschten die Böschung des Grabens hinunter und sanken bis zum Gürtel ein; es bestand keine Gefahr, aber ihnen schien es so, verzweifelt fuchtelten sie mit den Händen, bis sie den Zweig einer Weide zu packen kriegten und sich kletternd und fluchend nach oben zogen, das morastige Wasser troff ihnen aus Hemd und Hose und stank faulig, nach toter Ratte.

Fast ohne miteinander zu reden, gingen sie den Weg zurück und stahlen sich hinten durch den Garten in Doros Haus, in der Hoffnung, daß niemand im Patio wäre und sie sich heimlich waschen könnten. Sara hängte neben dem Hühnerstall Wäsche auf und sah sie kommen, Doro voller Angst und Aníbal hinter ihm, vor Scham vergehend, er wäre am liebsten gestorben, wünschte sich tausend Meilen weit weg in diesem Augenblick, wo Sara sie ansah und die Lippen zusammenkniff, in einem Schweigen, das sie beide starr dastehen ließ, lächerlich und verschämt in der Sonne des Patios.

»Das hat gerade noch gefehlt«, sagte Sara nur, zu Doro gewandt, aber es galt auch Aníbal, der die ersten Worte eines Bekenntnisses stotterte, es war seine Schuld, er war mit dem Fuß hängengeblieben, und da, Doro traf keine Schuld, daß es passiert war, lag daran, daß alles so glitschig war.

»Geht euch sofort baden«, sagte Sara, als hätte sie nicht gehört. »Zieht euch die Schuhe aus, bevor ihr hineingeht, und wascht hinterher eure Sachen im Waschtrog im Hühnerstall.«

Im Bad musterten sie sich gegenseitig, und Doro war der erste, der lachen mußte, aber es war kein überzeugtes Lachen, sie zogen sich aus und stellten die Dusche an, unter dem Wasser konnten sie dann richtig lachen, sich um die Seife kloppen, sich von oben bis unten betrachten und sich gegenseitig kitzeln. Ein Bach von bräunlichem Schlamm rann bis zum Abfluß und wurde langsam klarer, die Seife begann zu schäumen, sie hatten solchen Spaß, daß sie zuerst gar nicht merkten, daß die Tür aufgegangen war und Sara dastand und sie ansah, auf Doro zuging, ihm die Seife aus der Hand nahm und ihm den Rücken wusch, auf dem immer noch Spuren von Schlamm waren. Aníbal wußte nicht, was tun, in der Badewanne stehend, legte er die Hände auf den Bauch und drehte sich dann schnell um, damit Sara ihn nicht sähe, aber es war noch schlimmer nach dieser Dreivierteldrehung und bei dem Wasser, das ihm übers Gesicht lief, er wechselte erneute die Seite und kehrte Sara wieder den Rücken zu, bis sie ihm die Seife reichte mit einem Wasch dir auch die Ohren, da ist noch überall Schlamm.

Diese Nacht konnte er Sara nicht so sehen wie in den anderen Nächten, obgleich er fest die Lider schloß, das einzige, was er sah, war Doro und sich selbst in der Badewanne, Sara, die hereinkam, sie von oben bis unten musterte und danach mit den schmutzigen Sachen in den Armen das Bad verließ, großmütig selber zum Waschtrog ging, um die Sachen zu waschen, und ihnen zurief, sie sollten sich in die Badetücher hüllen, bis alles trocken wäre, Sara, die ihnen den Milchkaffee gab, ohne etwas zu sagen, weder verärgert noch freundlich, die das Bügelbrett unter den Glyzinien aufstellte und nach und nach die Hosen und die Hemden trockenbügelte. Wieso hatte er es nicht fertiggebracht, ihr am Ende etwas zu sagen, als sie sie wegschickte, damit sie sich anzögen, nicht einmal danke, Sara, wie nett du bist, danke schon, Sara. Nicht einmal das hatte er herausbringen können, und Doro auch nicht, sie waren gegangen, sich anzuziehen, schweigend, und danach die Briefmarkensammlung und die Bilderserie mit den Flugzeugen, ohne daß Sara noch einmal kam, abends mußte sie immer ihre Mutter versorgen und das Abendessen machen, manchmal summte sie einen Tango beim Geklapper der Teller, dem Scheppern der Töpfe, war abwesend, wie jetzt unter den Lidern, die ihm nicht mehr nützten, sie kommen zu lassen, damit sie wisse, wie sehr er sie liebte, wie sehr er sich wünschte, wirklich zu sterben, nachdem er gesehen hatte, wie sie sie unter der Dusche betrachtete.

Das mußte in den letzten Ferien gewesen sein, bevor er aufs Technikum kam, ohne Doro, denn Doro sollte das Lehrerseminar besuchen, aber beide hatten einander versprochen, sich weiterhin jeden Tag zu sehen, auch wenn sie in verschiedene Schulen gingen, das machte ja nichts, da sie nachmittags wie immer zusammen spielen würden, sie wußten nicht, daß es nicht so sein würde, daß sie eines Tages im Februar oder März zum letzten Mal im Patio von Doros Haus spielen sollten, weil Aníbals Familie nach Buenos Aires übersiedelte und sie sich nur noch an den Wochenenden sehen konnten, sie waren voller Wut wegen dieser Veränderung, die sie nicht hinnehmen wollten, wegen dieser Trennung, welche die Erwachsenen ihnen aufzwangen wie so vieles andere, ohne an sie zu denken, ohne sie überhaupt zu fragen.

Alles ging auf einmal sehr schnell, veränderte sich wie sie selbst mit den ersten langen Hosen, und als Doro ihm sagte, daß Sara Anfang März heiraten werde, sagte er das wie etwas Belangloses, und Aníbal machte nicht einmal eine Bemerkung darüber, es vergingen mehrere Tage, bis er sich traute, Doro zu fragen, ob Sara nach der Hochzeit bei ihnen wohnen bleiben werde, aber du spinnst wohl, wieso sollen sie hierbleiben, der Typ hat jede Menge

Kohle, er nimmt sie mit nach Buenos Aires, hat noch ein Haus in Tandil, und ich bleibe bei Mama, Tante Faustina will kommen und sie pflegen.

An diesem letzten Samstag in den Ferien sah er den Bräutigam in seinem Auto kommen, blauer Anzug, dick und mit Brille, er stieg aus dem Wagen mit einem Päckchen vom Konditor und einem Strauß Lilien. Zu Haus riefen sie nach ihm, er solle anfangen, seine Sachen zu packen, der Umzug war am Montag, und er hatte noch nichts getan. Er wäre gern in Doros Haus gegangen, ohne zu wissen warum, einfach nur dort sein, aber seine Mutter bestand darauf, daß er seine Bücher, den Globus und die Insektensammlung einpacke. Man hatte ihm versprochen, er werde ein großes Zimmer für sich ganz allein mit Blick auf die Straße bekommen, man hatte ihm gesagt, er könne zu Fuß in die Schule gehen. Alles war neu, alles begann anders zu werden, alles nahm einen anderen Verlauf, und jetzt würde Sara mit dem Dicken im blauen Anzug im Wohnzimmer sitzen, Tee trinken und den Kuchen essen, den er mitgebracht hatte, so fern vom Patio, so fern von Doro und ihm, nie mehr würde Sara sie zum Milchkaffee unter den Glyzinien rufen.

Am Ende der ersten Woche in Buenos Aires (es stimmte, er hatte ein großes Zimmer für sich ganz allein, das Viertel war voller Geschäfte, und ganz in der Nähe gab es ein Kino) nahm er den Zug und fuhr zurück nach Bánfield, um Doro zu besuchen. Er lernte die Tante Faustina kennen, die ihnen nichts anbot, als sie im Patio zu spielen aufhörten, sie schlenderten im Viertel herum und Aníbal zögerte lange, Doro nach Sara zu fragen. Nun, sie hatten sich standesamtlich trauen lassen und waren bereits in dem Haus in Tandil, wo sie ihre Flitterwochen verbrachten, Sara würde alle vierzehn Tage kommen, um ihre Mutter zu besuchen. Und du, vermißt du sie nicht? Doch, aber was soll man da machen. Klar, jetzt ist sie verheiratet. Doro wurde durch etwas abgelenkt, wechselte das Thema, und Aníbal wußte nicht, wie er es anfangen sollte, daß Doro ihm weiter von Sara spreche, vielleicht ihn bitten, ihm von der Hochzeit zu erzählen, und Doro lachte, was weiß ich, wird gewesen sein wie bei allen Hochzeiten, vom Standesamt ins Hotel und dann die Hochzeitsnacht, sie sind ins Bett gegangen und dann hat der Typ. Aníbal hörte ihm zu, während er die Fenstergitter und Balkons betrachtete, er wollte nicht, daß Doro sein Gesicht sehe, und Doro merkte das, anscheinend weißt du nicht, was in der Hochzeitsnacht geschieht. Du hältst mich wohl für blöd, natürlich weiß ich das. Mag sein, aber das erste Mal ist es anders, das hat mir Ramírez gesagt, er weiß das von seinem Bruder, der Rechtsanwalt ist und vergangenes Jahr geheiratet hat, der hat ihm alles erklärt. Auf dem Platz war eine leere Bank, Doro hatte Zigaretten gekauft, beide steckten sich eine an, und Doro erzählte weiter, Aníbal hörte begierig zu, zog den Rauch ein, der ihn schwindlig zu machen begann. Er brauchte die Augen nicht zu schließen, um vor dem Hintergrund des Blattwerks Saras Körper zu sehen, den er sich nie als Körper vorgestellt hatte, die Hochzeitsnacht vermittels der Worte von Ramírez' Bruder, vermittels der Stimme Doros, der weitererzählte.

An diesem Tag traute er sich nicht, ihn nach Saras Adresse in Buenos Aires zu fragen, er schob es auf bis zu einem weiteren Besuch, denn in diesem Augenblick schüchterte Doro ihn ein, doch zu dem weiteren Besuch sollte es nie kommen, die Schule begann, haufenweise Mathematikbücher, und dann waren da die neuen Freunde, Buenos Aires vereinnahmte Aníbal nach und nach, und so viele Kinos im Zentrum und der Fußballplatz von River und die ersten nächtlichen Bummel mit Beto, der ein echter Porteño war. Doro mußte es in La Plata ebenso gehen, immer wieder nahm Aníbal sich vor, ihm ein paar Zeilen zu schreiben, denn Doro hatte kein Telefon, doch dann kam Beto, oder er mußte sich auf eine Übung vorbereiten, Monate gingen dahin, das erste Jahr, Ferien in Saladillo; von Sara blieben ihm nur mehr einzelne Bilder, ein Flash, wenn etwas an María oder Felisa ihn für einen Augenblick an Sara erinnerte. Eines Tages im zweiten Jahr, als er aus einem Traum erwachte, sah er sie ganz deutlich, und er verspürte einen bitteren, brennenden Schmerz; eigentlich war er gar nicht so in sie verliebt gewesen, schließlich war er damals noch ein Kind, und Sara hatte ihm nie Beachtung geschenkt wie jetzt Felisa oder die Blonde in der Apotheke, nie war sie auf einen Ball mit ihm gegangen wie seine Kusine Beba oder Felisa, um das Semesterende zu feiern, nie hatte sie sich übers Haar streicheln lassen wie Maria, nie war sie nach San Isidro tanzen gegangen und um Mitternacht mit ihm zwischen den Bäumen an der Küste verschwunden, Felisa hatte er unter Protest und Lachen auf den Mund geküßt, hatte sie gegen einen Baumstamm gedrückt und ihre Brüste gestreichelt, war mit der Hand hinabgefahren und hatte in dieser flüchtigen Wärme umhergetastet, und nach einem weiteren Ball und vielen Kinobesuchen hatte er hinten in Felisas Garten einen Schlupfwinkel gefunden und war mit ihr auf den Boden geglitten und hatte den salzigen Geschmack ihrer Lippen entdeckt, hatte sich suchen lassen von einer Hand, die ihn führte, natürlich hatte er ihr nicht gesagt, daß es das erste Mal war, daß er Angst gehabt hatte, er war schon im ersten Jahr auf der Ingenieurschule und hatte Felisa das nicht sagen können, und hinterher brauchte er es auch nicht mehr, denn man lernte alles ganz schnell bei Felisa und manchmal auch bei seiner Kusine Beba.

Nie mehr hörte er von Doro, und es war ihm egal, auch Beto hatte er vergessen, der jetzt in irgendeinem Provinznest Geschichtsunterricht gab, für jeden waren die Würfel gefallen, ohne Überraschung, Aníbal akzeptierte alles, ohne es ausdrücklich zu akzeptieren, etwas, das das Leben sein mußte, akzeptierte für ihn; ein Diplom, eine schwere Hepatitis, eine Reise nach Brasilien, ein wichtiges Projekt in einem Konstruktionsbüro mit zwei oder drei Kompagnons. Er verabschiedete sich nach Büroschluß gerade von einem von ihnen und wollte ein Bier trinken gehen, als er auf der anderen Straßenseite Sara kommen sah. Blitzartig erinnerte er sich, daß er die Nacht zuvor von ihr geträumt hatte und daß es immer der Patio in Doros Haus war, auch wenn dort nichts geschah, auch wenn Sara dort nur die Wäsche aufhängte oder sie zum Milchkaffee rief, und der Traum endete so, ohne richtig begonnen zu haben. Vielleicht weil nichts geschah, waren die Bilder von großer Schärfe in der Sommersonne von Bánfield, die im Traum nicht dieselbe war wie die von Buenos Aires; vielleicht eben deshalb oder in Ermanglung eines Besseren hatte er sich an Sara erinnert nach so vielen Jahren des Vergessens (doch es war kein Vergessen gewesen, sagte er sich trotzig), und sie jetzt auf der Straße kommen sehen, sie dort sehen, im weißen Kleid, dieselbe wie einst mit ihrem blonden Haar, das ihr bei jedem Schritt in einem Spiel goldenen Lichts die Schultern peitschte, so an die Bilder des Traums in einer Kontinuität anknüpfend, die ihn nicht verwunderte, die etwas Zwangsläufiges und Vorhersehbares hatte, die Straße überqueren und vor ihr stehenbleiben, ihr sagen, wer er ist, und sie, die ihn erstaunt ansieht, ihn nicht wiedererkennt und plötzlich doch, plötzlich lächelt und ihm die Hand gibt, die seine freudig drückt und ihn weiter anlächelt.

»Nicht zu glauben«, sagte Sara. »Wie sollte ich dich nach so vielen Jahren wiedererkennen.«

»Sie konnten das natürlich nicht«, sagte Aníbal. »Ich aber habe Sie, wie Sie sehen, sofort wiedererkannt.«

»Logisch«, sagte Sara logischerweise. »Wo du damals nicht einmal lange Hosen getragen hast. Auch ich werde mich verändert haben, du bist eben der bessere Physiognom.«

Er zögerte einen Augenblick, bis ihm klar wurde, daß es blöd wäre, sie weiterhin zu siezen.

»Nein, du hast dich nicht verändert, nicht einmal die Frisur. Bist dieselbe geblieben.«

»Ein Physiognom, aber etwas kurzsichtig«, sagte sie mit der Stimme von früher, in der sich Gutherzigkeit mit Spott mischte.

Die Sonne schien ihnen ins Gesicht, man konnte sich bei dem Verkehr und den vielen Leuten nicht unterhalten. Sara sagte, sie habe es nicht eilig und würde gern in ein Café gehen. Sie rauchten die erste Zigarette, die allgemeinen Fragen und das Sichvortasten, Doro war Lehrer in Adrogué, ihre Mama war sanft wie ein Vöglein gestorben, als sie gerade Zeitung las, er hatte sich mit anderen jungen Ingenieuren zusammengetan, es ging ihnen gut, obgleich die Krise, klar. Bei der zweiten Zigarette stellte Aníbal wie beiläufig die Frage, die ihm auf den Lippen brannte.

»Und dein Mann?«

Sara stieß den Rauch durch die Nase aus, sah ihm langsam in die Augen.

»Er trinkt«, sagte sie.

Es lag darin weder Bitterkeit noch Mitleid, war eine reine Information, und dann wieder Sara in Bánfield, vor alledem, vor dem Weggang und dem Vergessen und dem Traum in der Nacht zuvor, genauso wie im Patio von Doros Haus, und sie nahm den zweiten Whisky an, fast ohne etwas zu sagen, wie immer, ließ ihn weiterreden, ließ ihn erzählen, weil er ihr viel mehr zu erzählen hatte als sie, die Jahre waren für ihn so reich an Ereignissen gewesen, sie dagegen schien nicht viel erlebt zu haben, und es war müßig zu sagen, warum. Vielleicht weil sie es ihm gerade mit einem einzigen Wort gesagt hatte.

Schwer zu sagen, in welchem Augenblick alles aufhörte schwierig zu sein, ein Frage- und Antwortspiel, Aníbal hatte die Hand auf die ihre gelegt, und Sara scheute deren Gewicht nicht, sie ließ sie dort sein, während er den Kopf senkte, weil er ihr nicht ins Gesicht sehen konnte, während er ihr hastig vom Patio sprach, von Doro, ihr von den Nächten in seinem Zimmer erzählte, dem Fieberthermometer, dem Weinen ins Kopfkissen. Er erzählte ihr all das mit sanfter und monotoner Stimme, häufte Augenblicke und Episoden an, aber alles mündete darin: ich war so in dich verliebt, Sara, ich war so verliebt und konnte es dir nicht sagen, du kamst nachts zu mir, um mich zu pflegen, du warst die junge Mutter, die ich nicht hatte, du hast mir das Fieber gemessen und mich gestreichelt, damit ich einschlafe, du hast uns im Patio den Milchkaffee gegeben, du erinnerst dich, du hast geschimpft, wenn wir Dummheiten machten, ich hätte es gern gehabt, wenn du von vielen Dingen nur zu mir gesprochen hättest, du aber blicktest mich von oben herab an, lächeltest mich von so fern an, eine riesige Glasscheibe war zwischen uns beiden, und du warst nicht imstande, sie zu zerschlagen, deshalb habe ich dich nachts gerufen, und du bist gekommen, um mich zu pflegen, um bei mir zu sein, mich zu lieben, wie ich dich liebte, du streicheltest mir übers Haar, machtest für mich all das, was du für Doro machtest, all das, was du immer für Doro gemacht hast, aber ich war nicht Doro, und das einzige Mal, Sara, das einzige Mal war schrecklich, nie werde ich es vergessen, ich hatte sterben wollen und konnte nicht oder wußte nicht wie, natürlich wollte ich nicht wirklich sterben, aber eben das war die Liebe, sterben wollen, weil du mich ganz nackt gesehen hattest, wie ein Kind, du warst ins Bad gekommen und hast mich betrachtet, der ich dich liebte, hast mich betrachtet, wie du immer Doro betrachtet hast, du warst schon verlobt, du wolltest heiraten, und ich stand nackt da, während du mir die Seife gabst und sagtest, ich solle mir auch die Ohren waschen, du hast mich nackt betrachtet wie ein Kind, das ich war, und du hast mich nicht beachtet, mich nicht einmal angesehen, denn du sahst nur ein Kind und bist weggegangen, als hättest du mich nie gesehen, als wäre ich gar nicht da gewesen, ich, der ich nicht wußte, wie mich bewegen, während du mich betrachtetest.

»Ich erinnere mich sehr gut«, sagte Sara. »Ich erinnere mich daran so gut wie du, Aníbal.«

»Ja, aber das ist nicht dasselbe.«

»Wer weiß, ob es nicht doch dasselbe ist. Du konntest es damals nicht merken, aber ich hatte gespürt, daß du mich auf diese Weise liebtest und darunter littest, und deshalb mußte ich dich genauso behandeln wie Doro. Du warst ein Kind, aber manchmal bedauerte ich es, daß du noch ein Kind warst, ich fand es irgendwie ungerecht. Wärst du fünf Jahre älter gewesen . . . Ich will es gestehen, weil ich's jetzt kann und weil es richtig ist, daß ich's dir sage, ich bin absichtlich ins Bad gegangen an jenem Nachmittag, es war gar nicht nötig, nachzusehen, ob ihr euch wascht, ich bin hineingegangen, weil es eine Möglichkeit war, mit dieser Situation Schluß zu machen, dich von deinem Traum zu kurieren, damit dir klar würde, daß du mich nie so sehen könntest, während ich das Recht hatte, dich von allen Seiten zu betrachten, so wie man ein Kind betrachtet. Deshalb, Aníbal, damit du ein für allemal kuriert wärest und aufhörtest mich anzusehen, wie du mich ansahst, wobei du glaubtest, daß ich es nicht wüßte. Und jetzt noch einen Whisky, jetzt, wo wir beide erwachsen sind.«

Von diesem Abend bis in die tiefe Nacht – auf Wegen von Worten, die hin und her gingen, von Händen, die sich einen Augenblick lang auf dem Tischtuch trafen, bei einem Lachen und weiteren Zigaretten – würde eine Taxifahrt bleiben, irgendein Ort, den sie oder er kannte, ein Zimmer, alles wie verschmolzen zu einem einzigen Augenblicksbild, das sich auflöst im Weiß von Bettüchern und der fast sofortigen wilden Konvulsion der Körper in einer endlosen Begegnung, in abgebrochenen und wieder aufgenommenen und verletzten und immer weniger glaubhaften Pausen, bei jeder neuen Implosion, die sie beide zerstörte und versinken ließ, sie verzehrte bis zur Betäubung, bis zur letzten Glut der Zigaretten im Morgengrauen. Als ich die Schreibtischlampe ausmachte und den Grund des leeren Glases betrachtete, war alles noch die reine Negation von neun Uhr abends, dieser Müdigkeit nach der Heimkehr von einem weiteren Arbeitstag. Warum weiterschreiben, wenn die Worte sich schon seit einer Stunde über diese Negation hinwegsetzten, sich auf dem Papier ausbreiteten als das, was sie waren, jedes Halts beraubtes bloßes Gekritzel? Bis zu einem gewissen Punkt waren sie auf der Wirklichkeit dahingestürmt, hatten sich mit Sonne und Sommer angefüllt, Patio-von-Bánfield-Worte, Doro-Worte, Spiele und Graben, schwirrender Bienenkorb eines treuen Gedächtnisses. Als dann aber die Zeit kam, die nicht mehr Sara, nicht mehr Bánfield war, war das Inventar alltäglich geworden, utilitäre Gegenwart ohne Erinnerungen und Träume, das pure Leben, nicht mehr und nicht weniger. Ich hatte fortfahren wollen, hatte mir gewünscht, daß auch die Worte einwilligten, fortzufahren bis zu unserem heutigen Alltag, zu einem der langen Arbeitstage im Ingenieursbüro, doch dann hatte ich mich an den Traum in der Nacht zuvor erinnert, an diesen erneuten Traum von Sara, an Saras Wiederauftauchen von so weither, und ich hatte dabei nicht in dieser Gegenwart bleiben können, wo ich wie üblich am Abend das Büro verlassen und im Café an der Ecke ein Bier trinken gehen würde, die Worte waren wieder von Leben erfüllt, und obgleich nichts wahr war, obgleich sie logen, war ich fortgefahren, sie zu schreiben, weil sie Sara nannten, Sara auf der Straße daherkommen ließen, wie schön, fortzufahren, obgleich es absurd war, zu schreiben, daß ich die Straße überquert hatte, mit Worten, die mir helfen würden, Sara zu begegnen und mich von ihr erkennen zu lassen, die einzige Möglichkeit, mich endlich mit ihr zu treffen und ihr die Wahrheit zu sagen, ihre Hand zu nehmen und sie zu küssen, ihre Stimme zu hören und zu sehen, wie ihr Haar ihre Schultern peitscht, mit ihr in eine Nacht zu gehen, welche die Worte mit Bettlaken und Liebkosungen anfüllen würden, aber wie jetzt fortfahren, wie nach dieser Nacht ein Leben mit Sara beginnen, wo ich dort nebenan Felisas Stimme hörte, die mit den Kindern hereinkam und mir sagte, daß das Abendessen fertig sei, daß wir sofort zu Tisch kommen sollten, weil es schon spät sei und die Kinder um zwanzig nach zehn im Fernsehen Donald Duck sehen wollten.

## Aber die Liebe, dieses Wort ...

»*Amor mío*, ich liebe dich nicht um deinetwillen, noch um meinetwillen, noch um unser beider willen, ich liebe dich nicht, weil das Blut mich ruft, dich zu lieben, ich liebe dich, weil du nicht mein bist ...«

Die Liebe, das ist das Thema, das Cortázar in seinem großen Roman *Rayuela* beschäftigt. Sie zu finden ist auch das Hauptanliegen der Protagonisten in den hier zusammengestellten Erzählungen, die die Liebe in vielen Facetten zeigen: die erste Liebe des kleinen Jungen; die Verliebtheit, die Jugendliche aus der Bahn wirft; die Liebe Circes, die den Verlobten mit eigens für ihn angefertigten Pralinen verführt; der Alltag bei Paaren, deren Eheroutine plötzlich aufgerissen wird oder werden soll; die fürsorgliche Liebe der Krankenschwester, die mehr als ihre Pflicht tut; das Spiel der Annäherung in einer Metro, die zur Katastrophe gerät; die tiefste Liebkosung; die Bekanntschaft in einer Autobahnraststätte, die den älteren Mann ratlos und zutiefst verstört zurückläßt ...

Cortázar nimmt die Liebe immer ernst, sie ist ein unbedingtes Erlebnis, oft eine Gefährdung, aus flüchtigem Glück wird bitterster Ernst, manchmal hat sie den Tod zur Folge. Seine Protagonisten können nicht mit der Liebe spielen, denn diese ist eine unbezwingbare Kraft, die sich nicht einsperren läßt in Konventionen, sie ist weder kontrollierbar noch domestizierbar. Eine phantastische Macht, die unversehens in die Realität einbricht, sie aufbricht (um zwölf Uhr mittags, nicht um Mitternacht) und die Menschen verwandelt, verzweifeln läßt. Nur dieses absolute »Sich-Einlassen« verdient die Bezeichnung Liebe, und diese stellt sich unvermutet und ungeplant, am unmöglichsten Ort, zur unpassendsten Zeit ein. Das Gegenteil ist das, schreibt Cortázar in *Rayuela*, »was viele Leute

Liebe nennen, (aber) nichts weiter ist, als daß sie eine Frau wählen und sich mit ihr verheiraten. Sie wählen sie, ich schwöre es dir, ich hab es gesehen. Als ob man in der Liebe wählen könnte, als ob es nicht ein Blitz wäre, der dir die Knochen spaltet und dich mitten im Hof auf die Streckfolter spannt. Du wirst vielleicht sagen, sie wählen sie, weil-sie-sie-lieben, ich glaube, es ist genau umgekehrt. Beatrice wählt man nicht, Julia wählt man nicht. Man wählt nicht den Regen, der einen bis auf die Knochen durchnäßt, wenn man aus einem Konzert kommt.«

Julio Cortázar zeigt in vielen dieser Geschichten, was geschieht, wenn man nicht gewählt hat … oder wie das Leben spielt, wenn man mit der Liebe sorglos umgeht und einfach Liebe macht, ohne sich wirklich einzulassen. Der Leser kann entscheiden, was ihm besser gefällt.

*Michi Strausfeld*

## Inhalt

Circe 7

Der Fluß 27

Das Fräulein Cora 31

Die tiefste Liebkosung 60

Siestas 69

Sommer 87

Kindberg 99

Der Hals eines schwarzen Kätzchens 114

Beleuchtungswechsel 132

Passatwinde 145

Sie legten sich neben dich 157

Unzeiten 170

Nachbemerkung 189
Aber die Liebe, dieses Wort . . .